光明社科文库
GUANGMING DAILY PRESS:
A SOCIAL SCIENCE SERIES

·文学与艺术书系·

文学研究中的
空间及图画转向

王雅静　常　欣｜著

光明日报出版社

图书在版编目（CIP）数据

文学研究中的空间及图画转向 ／ 王雅静，常欣著
. --北京：光明日报出版社，2021.9
ISBN 978 - 7 - 5194 - 6225 - 3

Ⅰ.①文… Ⅱ.①王…②常… Ⅲ.①文学研究
Ⅳ.①I06

中国版本图书馆 CIP 数据核字（2021）第 162135 号

文学研究中的空间及图画转向
WENXUE YANJIU ZHONG DE KONGJIAN JI TUHUA ZHUANXIANG

著　　者：王雅静　常　欣

责任编辑：朱　宁　　　　　　　责任校对：陈永娟
封面设计：中联华文　　　　　　责任印制：曹　净

出版发行：光明日报出版社
地　　址：北京市西城区永安路 106 号，100050
电　　话：010 - 63169890（咨询），010 - 63131930（邮购）
传　　真：010 - 63131930
网　　址：http://book.gmw.cn
E - mail：zhuning@ gmw.cn
法律顾问：北京德恒律师事务所龚柳方律师

印　　刷：三河市华东印刷有限公司
装　　订：三河市华东印刷有限公司
本书如有破损、缺页、装订错误，请与本社联系调换，电话：010 - 63131930

开　　本：170mm×240mm
字　　数：180 千字　　　　　　印　　张：14.5
版　　次：2021 年 9 月第 1 版　　印　　次：2021 年 9 月第 1 次印刷
书　　号：ISBN 978 - 7 - 5194 - 6225 - 3
定　　价：95.00 元

目 录
CONTENTS

绪　论

人类的生存离不开时间与空间，时空的双重维度构成了人类生活的全部。因此，对空间与时间的探讨是人类认识世界与认识自我必不可少的一部分。对时间和空间的探讨在各个学科领域中都有所涉及，如哲学家思考人类在时空之中的位置以及人类的主体性问题；物理学家思考时间的变化和空间的运动；历史学家思考以时间推移为特征的人类历史变迁与发展；社会学家思考时间和空间带给人类社会的巨大影响。但时间和空间作为两个同等性质的维度，在人类生活中一直以来都存在厚此薄彼的情况。比如，我们通常更关注自己的年龄变化，而容易忽略在不同年龄阶段的成长变化。这是由于时间具有显在性，而空间具有隐蔽性。正因为长期以来基于传统线性思维，由时空之间相互挤压与交汇的结果而呈现为时间主导、空间萎缩的不均衡状态。直至20世纪70年代之后"空间转向"的发生以及"空间批评"的兴起，传统的时空观念与理论思潮终于出现了前所未有的颠覆性转变，并由此汇聚成为一个庞大而复杂的"空间阐释学"体系（梅新林，2015：122）。

除了空间一跃而出，另一个现象也开始展露。21世纪，由电视、电影、广告、视频、快照等新媒介为特色的事物开始异军突起，充斥在人类社会的每个角落。例如，当人们想要获取信息时，只需要在电脑中输入一些关键的词语，即可获得海量的信息；当人们想要了解新闻时，只需要在手机上轻轻一点，就可以查看到自己想要的内容；此外，视觉媒介还会主动带给人们各类信息，无论这些信息是否是个体所需要的。我们一打开各类手机软件，就会有海量的新闻袭来，海内外的国家大事，省内外的大小事件，甚至是某条街道、某条小巷中发生了什么，我们都了如指掌。也正因如此，尽管人们得益于视觉媒介带来的快捷和便利，但大量的视觉信息并不只给人类带来好处，人们有时会有一种被视觉媒介带来的铺天盖地的讯息淹没的感觉，以致无法抽身而出，找到自我。以上种种在现在看来十分正常的现象正是图画转向和视觉文化研究领域的内容。因此，通过对图画转向和视觉文化的相关方面展开研究，十分必要，以此来探讨后现代社会的复杂性、多元性具有显著意义。

文学研究受当下的文学思潮影响，而文学思潮又受到历史、社会、哲学等相关学科的影响，因此，无论是"空间转向"还是"图画转向"，都不可避免地"波及"文学领域。传统的文学研究经历了形式主义、新批评、原型批评、结构主义、精神分析批评、接受美学、读者反应批评、后结构主义、西方马克思主义文学理论、女性主义、后现代主义、新历史主义、后殖民主义、性别研究等阶段，逐渐步入文化研究的大框架之中。但文化研究涉及领域广泛，所跨学科众多，除了以雷蒙·威廉斯（Raymond Henry Williams）为代表的马克思主义文化批评家和以皮埃尔·布尔迪厄（Pierre Bourdieu）为代表的文化场域研究者，还有诸多学者都有所建树。威廉斯广泛研究了文学艺术、政治、大众传媒、哲学、历史等诸多领域的理论和现实问题，特别是对社会主义运动和马克思主义思潮进行了独具匠心的研究，并提出了著名的"文化唯物主义"的理论，对当代马克思主义和文化研究产生了极为重要的影响。布尔迪厄则不断尝试在理论上克服具有社会理论特征的对立性，系统地阐述对社会生活的反观性探讨，并提出"惯习"（habitus）、"资本"（capital）、"场域"（field）三个重要概念。不久后，文学研究受到其他学科领域中如日中天的"空间转向"和"图画转向"的影响，尽管还未形成相关学派，但一系列分支理论逐渐得以形成与发展，演变为现代和后现代文学研究领域中的重要方向。

本书正是立足于目前国内外学界的两个研究前沿——空间转向和图画转向，主要围绕如莱辛、弗兰克、索亚、佐伦、米切尔、韦伯、坎宁安、斯科特、斯皮策、赫弗南等国外学者和国内相关知名学者的核心学术观点，对文学研究中的空间转向、图画转向和语象叙事三个重要维度展开详尽、深入的分析，并试图解决在国内研究中所出现的关键词概念模糊、学理渊源误区以及对理论本身理解不够深入等问题，为今后的相关研究提供较为全面、系统的参考。

本书共分为三章，具体内容如下：

第一章题为"文学研究中的空间及空间转向"，将围绕文学研究中的空间转向问题展开讨论，分别对弗兰克、佐伦、索亚、米切尔的空间理论展开论述，并对空间转向后形成的空间叙事学和文学地理学进行探讨。空间的转向由来已久，最早可追溯至莱辛的《拉奥孔》。在莱辛之后，弗兰克强调文学中的空间性问题。佐伦的讨论则严格限制在文学里面，探究的是文本世界里的空间，即文本的空间性，同时对文学中的空间和时间进行了区分。相较于弗兰克和佐伦的微观研究路线，索亚和米切尔采取的是宏观研究的思路，前者在列斐伏尔"再现的空间"基础之上构建了"第三空间"概念；米切尔则强调对空间的超越以及对传统的空间形式的进一步发展。当然，米切尔的贡献不止于此，他还创造了关于图像的理论，并提出"图画转向"这一轰动学界的关键词。"空间叙事学"，顾名思义，是有关空间叙事的学科。但尽管国外已出现

"空间转向"这一公认的现象,事实上却并未出现"空间叙事学"（space narratives）这一术语。对空间和叙事相结合的讨论并不少见,但这些学者所探讨的问题是文学中出现的空间转向以及如何对文学的空间性进行探索,而并非空间和叙事的结合。换言之,国外学界探讨的问题可算是文学空间理论,而非空间叙事学。近年来,国外学者如塞拉·霍内斯（Sheila Hones）、埃拉那·戈梅尔（Elana Gomel）、盖伊·J.威廉姆斯（Guy J. Williams）、阿伦卡·科隆（Alenka Koron）等曾对"叙事的空间"（narrative space）做出宏观和微观方面的相应探讨,丰富了叙事空间领域的研究。国内尽管也并未出现"空间叙事学"这一术语,但已有学者对其展开尝试性的讨论和研究。

第二章题为"文学研究中的图画转向",主要围绕视觉文化研究和米切尔的图像理论展开讨论。图画转向与视觉文化研究的兴起密不可分。本章第一节将对形成于20世纪的视觉文化研究进行概述,以此加深对图像转向的背景和缘由的认识。因此,对视觉文化展开相关研究十分必要,通过视觉文化研究来探讨后现代社会的复杂性、多元性具有显著意义。正如理查德·豪厄尔斯（Richard Howells）所说,"假若我们不能解读视觉文化,我们就会被代替我们创造它的人所支配"（豪厄尔斯,2014:4）。① 视觉文化研究部分重点分析视觉文化研究的概念与内涵、视觉文化的研究对象、视觉文化的研究方法及思路。当代视觉文化的表达"图像转向"归功于米切尔,本章第二节将主要探讨米切尔的图像学理论,这一部分首先对米切尔的三个重要关键词:图像、图画、意象进行阐释,澄清关键词之间的差异与使用语境,同时对元图画和元–元图画这两个米切尔创造的新词做出介绍;在"米切尔意象理论中的生物图画"一节,将分别阐释多利羊、双

---

① 理查德·豪厄尔斯. 视觉文化［M］. 葛红兵等, 译. 南京:译林出版社, 2014.

子塔、恐龙、金牛犊所分别象征的意象复制的恐慌、意象毁灭的恐惧、图腾特征、偶像崇拜与偶像破坏的不同内涵。

第三章题为"语象叙事：文学中的 ekphrasis"。ekphrasis 是文学中古已有之，现在又重新回到大众视野的一个词，它起源于古希腊时期，在当时的语境下主要是与修辞学紧密联系，是作为修辞学中的一个重要技巧得以存在的。自现代开始，ekphrasis 的含义逐渐发生了变化，成为文学中的一种类似文字描述艺术作品的技巧或手法，能够让读者在阅读过程中将文字自动转换成栩栩如生、跃然纸上的画面，从而达到预期的阅读效果。当然，ekphrasis 并不是可以通过这样简单的定义来加以概括的，且其历史悠久，出现在各种不同文类中。从古代的修辞学概念到现代的文类，ekphrasis 历经起伏，重见光明。在当下的语境，对 ekphrasis 进行追溯，并将其现代甚至后现代意义进行彰显，在文学研究领域中十分必要。本章将对 ekphrasis 的概念内涵、研究对象、三个阶段进行梳理，并给出三个用 ekphrasis 方法进行文本分析，探讨文本主题，解读文本内涵的案例。

文学研究是系统、复杂的研究，文学领域中研究方法的探索者济济有众。笔者仅选取了当下文学研究中最新且争议最多的两个转向以及在此转向下重新回归大众视野的古已存在的 ekphrasis 进行探讨，讨论只涉及大框架，而具体问题遗余甚多。同时，鉴于作者的学识和认知有限，加之时间仓促，本书必定存在许多不足和争议之处，恳请各位读者批评指正，共同展开更加深入、细致、有效的研究，以推动文学研究的发展。

著者
2021 年 2 月

第一章

文学研究中的空间及空间转向

21 世纪起，文学研究开始了空间转向。然而，"空间"一词起初并不是文学中自然生成的产物，而是一个跨学科、跨领域，包含广泛内涵的词语。粗略估计，"空间"一词共出现在数学、艺术、哲学、科学等领域，而在不同领域中的概念则完全不同。本书中所指的"空间"概念主要源自艺术领域，尤其是绘画和雕塑中的空间概念，并经过重塑改造后形成独特的文学空间概念。本章将主要阐述空间在不同学科领域中的不同内涵、文学中的时间和空间概念，以及文学研究中的空间转向的具体问题。

第一节 空间的概念

空间（space）这一词语在《大英百科全书》（*The New Encyclopæ-dia Britannica*，1989）中共有两个大条目，一个为数学（math）领域中的空间，另一个则为艺术（arts）、哲学（philosophy）、科学（science）领域中的空间。艺术领域中的空间包含建筑学（architecture）、雕塑（sculpture）、绘画（painting）、园林景观设计（garden and landscape design）、剧院（theatre）等范畴中涉及的空间。哲学领域中的空间包含原子论（atomism）、语言（language）、形而上学（metaphysics）范畴中涉及的空间，以及康德（Kant）、柏拉图（Plato）、亥姆霍兹（Helmholtz）① 等人作品中涉及的空间。科学领域中的空间则包括相对论阐释（relativistic interpretation）和均匀性（uniformity）中涉及的空间。

一、何为空间

如在《韦氏第 3 版新国际英语足本词典》（*Webster's Third New International Dictionary*，1976）中搜索"space"词条，共能找到 13 个解释，分别为：

1）lapse of time between two points in time（两个时间点之间的时间间隔）；

2）a limited extension in one, two, or three dimensions（有限扩展在一维、二维或三维中的有限扩展）；

3）one of the degrees between or above or below the lines of a musical staff（五线谱线之间、以上或低于五线谱线的程度之一）；

4）a mathematical model（一种数学模型）；

5）a region beyond the earth's atmosphere（地球大气层以外的地区）；

6）a blank interval between words or lines in written or printed matter（书面或印刷材料中单词或行之间的空白）；

7）a three – dimensional region（一个三维区域）；

8）an expanse of empty air extending outward and downward from a particular point（从某一特定点向外和向下延伸的空旷空气）；

9）a vague conception of distance and expansiveness induced by a listless or dreamy mental state（一种由倦怠或梦幻的精神状态引起的关于距

---

① 德国生理学家，物理学家及解剖学家。

离和扩张的模糊概念）；

10）a place left open in the pattern of a game of solitaire by the play of a card and made available for occupancy by another card（在单人纸牌游戏模式中的空白处，通过玩一张牌而留下的空位，供另一张牌占用）；

11）an interval in operation during which a telegraph key is not in contact（电报键不接触的一种操作间隔）；

12）time available on radio or television esp. to advertisers（广播或电视上可供广告客户使用的时间）；

13）accommodations obtained or available on a public transportation vehicle（在公共交通工具上获得或提供的膳宿）。

若在《英汉大词典第 2 版》（*The English - Chinese Dictionary*, 2014）中搜索"space"词条，则共可找到 17 个解释，分别为：空间；场地、空地；太空；距离、间隔；持续时间、期间；片刻、一会儿；（词间或行间的）空白、（打字机上）一个字母的宽度；（印刷或书写品的）每页行数；【印】宽度小于对开的铅字；报纸的广告专栏、（电台或电视台）广告时间；（火车、飞机等的）预订座位、铺位；（谱表的）线间空白；【数】空间；【物】绝对空间；<俚>一年监禁；<俚>（个人的）地位、态度、身份；<美俚>生存空间。

不论是在《韦氏第 3 版新国际英语足本词典》还是在《英汉大词典第 2 版》中，都不难发现，"空间"一词的词条阐释中完全不涉及文学性概念，而主要是与自然科学，尤其是物理学和数学领域相关。那为何文学中会出现空间转向呢？要回答这个问题，就要先了解"空间"概念在不同学科领域中的不同内涵。

二、"空间"在不同学科领域中的不同内涵

本书所讨论的"空间"概念源自艺术领域中的"空间"概念，为了更好地理解文学中的"空间"概念，有必要先对艺术领域中的"空间"概念进行简要梳理。在《人类百科全书》中，艺术领域的"空间"概念主要出现在建筑、雕塑和绘画三个板块中。①

第一，建筑中的空间。众所周知，最简单的建筑元素是平面（plane），即一种平坦的、二维的表面，这种表面限制了空间的延伸。最简单的平面是没有开口或装饰的矩形平面（rectangular），如房间的墙壁。墙壁的质量完全由墙壁的宽度和高度的比例决定，这一比例限制了墙壁的空间。但假设现在墙壁上安装着一扇门，门本身的一定比例就为墙壁注入了第三个元素，从而打破了墙壁原有的比例和空间。当然，没有一个建筑平面是独立存在的，它们总是与其他平面相交。比如，房间的墙壁与地板相交、天花板与立面墙相连。这样，不同建筑平面就通过与其他平面的相交共同形成了崭新的空间。

建筑中的空间具备非物质本质（immaterial essence），是在无限的自然环境中被人类创造出的一个完整的、有限的环境，但它是一个难以把握的概念。比如，当我们走进一座建筑时，我们可以看到地板、支架、墙壁和天花板，所有这些属于空间中的内容，都可以被人欣赏，也可以成为学者研究的对象。空间，从人们习惯认为的意义上来看，是空

---

① GWINN R P, NORTON P B, GROETZ P W. The New Encyclopædia Britannica，Vol. B ［M］. Chioago：Encyclopædia Britannica，Inc，1989：948.

GWINN R P, NORTON P B, GROETZ P W. The New Encyclopædia Britannica，Vol. 27 ［M］. Chioago：Encyclopædia Britannica，Inc，1989：27.

GWINN R P, NORTON P B, GROETZ P W. The New Encyclopædia Britannica，Vol. 25 ［M］. Chioago：Encyclopædia Britannica，Inc，1989：307.

的（void），即由空气填充的某种质量（mass）的缺失。但是表达某种东西的空间体验对每个人来说都很常见，尽管空间并不总是能够被有意识地把握住。当一个人处在低矮的洞穴或狭窄的峡谷中，他可能会十分缺乏安全感；但当一个人处于山顶时，就可能会感觉异常兴奋，甚至充满力量。这些反应是心理和动机层面的，主要取决于所处空间。当一个人进入某位设计师的建筑空间，他就开始衡量这座建筑的程度和质量，以此来决定自己的行动。观察者可以预测自身可能移动的位置，并设想自身无法执行的动作。比如，在哥特式大教堂的中殿，两边的高墙会紧紧地限制观察者的活动，但与此同时，中殿顶端的穹隆和头顶的光会让观察者感受到一种身体上的解脱，尽管此时他仍然被地面的建筑物束缚着。由于促使观察者向上看，这种哥特式（Gothic）空间的体验被称为"提升"（uplifting）。

另一方面，文艺复兴时期的空间试图平衡运动感受，将观察者吸引到一个焦点，在这个焦点上，观察者可以感受到各个方向运动的平衡，因此可以解决压缩和释放之间的冲突。因此，在文艺复兴的建筑空间中，一个人可以感觉身体处于放松状态，这就与哥特式大教堂的"提升"体验产生了相反的效果。

当然，空间体验并不局限于建筑物的内部，一个人在大自然的开放空间中所拥有的感觉可以通过艺术进行再创造（re-create）。例如，城市广场和街道，甚至是花园，都可以实现与室内相媲美的各种腔调（expression）。罗马圣彼得大教堂的巴洛克式（Baroque）广场引导观察者沿着巨大的弧形走向教堂入口，就如同在教堂的内部移动。这正是建筑物外部的空间体验，这种空间体验也和建筑物内部紧密结合。

大众审美和空间审美一样，都是根植于人的心理。当一棵大树或一座山被描述为"雄伟"，悬崖峭壁被描述为"危险"，人类的属性就被投射出来了。由于人类不可避免地将非活性物质人性化，这就给了建筑师机会来激发可以预测的某种经验模式。

质量的评价，就像空间的评价，依赖于运动，但这种运动必须是物理层面的。它无法在预期中得到体验，因为当观察者站在一座建筑物，哪怕是最简单的建筑物面前，也总是有他看不到的部分。20 世纪的艺术评论家希格弗莱德·吉迪恩（Sigfried Giedion）① 强调，体验现代建筑需要运动，他认为建筑物可以是四维的（four‐dimensional），因为时间（代表运动）和空间维度是同样有意义的。

有些建筑更依赖于质量表现而非空间表现。埃及金字塔（pyra-mid）②、印度佛塔（stupa）③ 和斯里兰卡的舍利塔（dagoba）④ 都不具备有意义的内部空间，它们仅属于功能、技巧、雕刻层面上的建筑物。希腊神庙的内部与它柱廊状的外观上的形式相比显得微不足道，而早期的基督教和拜占庭（Byzantine）建筑则颠倒了这种强调，把简单的外部变成了一个外壳，营造出一个辉煌而神秘的空间。哥特式建筑则平衡了二者，以表达双重的内容（dual content），即世俗的力量体现在外部，而精神的力量体现在内部。现代技术通过减少墙体的质量、支撑物的大

---

① 1888—1968，现代主义的先驱，20 世纪著名的建筑理论家、历史学家之一。他师从海因里希·沃尔夫林（Heinrich Wolfflin，1864—1945），曾任国际建筑会议（Congrès International d'Architecture Moderne）秘书长，先后执教于麻省理工学院、哈佛大学、苏黎世大学，曾任哈佛大学设计研究生院院长，曾于瑞士苏黎世大学执教艺术史。他的作品《空间·时间·建筑》（Space，Time and ArchitectureEncyclopædia Britannica）及《机械化的决定作用》（Mechanization Takes Command）对于 20 世纪 60 年代在伦敦当代艺术中心（Institute of Contemporary Arts）成立的"独立团体"（Independent Group）的成员具有概念性的深远影响。

② 金字塔在埃及和美洲等地均有分布，大小不一，石块之间没有任何黏着物，靠石块的相互叠压和咬合垒成。

③ 又名浮屠佛塔，最初用来供奉舍利、经卷或法物。

④ 舍利塔，是存放佛祖释迦牟尼或后世高僧舍利子和经书的塔。

小和数量以及允许内外空间的相互渗透，减少了空间和力量表达之间的对比。

第二，雕塑中的空间。和建筑一样，雕塑中也融入了空间概念。雕塑中最重要的两个元素——质量和空间是紧密联系的。所有的雕塑都是由具有质量的物质构成的，同时必须存在于三维空间之中。空间对雕塑设计的影响主要有三种方式：雕塑的物质构成要素进入空间或贯穿空间；雕塑的物质构成要素围合或折叠空间，从而在雕塑内部创造中空或空隙；雕塑的物质构成要素在空间中相互关联。

在雕塑的设计中，质量或空间的被重视程度各不相同。例如，在埃及雕塑和 20 世纪艺术家康斯坦丁·布朗库西（Constantin Brancusi）①的大部分雕塑中，质量是最重要的，布朗库西的大部分思想都致力于塑造一块坚实的材料。另一方面，在 20 世纪安东尼·佩夫斯纳（Antoine Pevsner）②或纳姆·嘉宝（Naum Gabo）③的作品中，质量则被减到最低限度，只由透明的塑料片或薄金属棒组成。雕塑的组成部分本身的固体形式并不重要，它们的主要功能是在空间中创造动感，围合空间。在

---

① 罗马尼亚雕刻家。早年在国内接受教育训练。1904 年移居巴黎后，作品逐渐显露其个人的风格特点。其石雕及金属雕作品，如《吻》（1908）、《睡着的缪斯》（1910）和一组题为《麦厄斯特拉》（1912—1940）的变体雕刻，表现出作者对简洁的抽象美的探求。其木雕作品如《巨子》（1915）等却深受非洲艺术的影响，运用错综复杂的棱角，常以神话或宗教为主题。

② 1886—1962，构成主义艺术家。与许多年轻的俄国前卫艺术家一样，他在莫洛佐夫和史库金的艺术收藏中看到了令他激动的印象派、野兽派、立体主义作品。随后他于 1909 年、1911 年和 1913 年三度前往巴黎，与毕加索、乔治·布拉克等立体主义画家交往，在艺术风格上受到很大影响，开始探索抽象绘画。

③ 1980—1977，出生于俄罗斯，雕塑家安东尼·佩夫斯纳的兄弟。《圆柱》（1932 年）是嘉宝三维几何雕塑的代表作。他的所有作品都使用塑料、玻璃或其他透明材料。在 1946 年定居美国之前，嘉宝在巴黎和伦敦工作。1952 年，他成为美国公民。

20世纪雕塑家亨利·摩尔（Henry Moore）① 和芭芭拉·赫普沃斯（Barbara Hepworth）② 的作品中，空间和质量元素被看作是或多或少比较平等的伙伴，即二者的重要性相对平等。人们无法一下子看到一个三维整体的所有部分，观察者只能通过将三维整体进行旋转，或自己绕着这个三维整体转动，才能看到其全貌。因此，有时人们会错误地持有一种观点，即认为设计雕塑的主要目的是呈现一系列令人满意的投射，并认为这种观点的多样性构成了雕塑和图像艺术（pictorial arts）之间的主要区别。这种对雕塑的态度忽略了一个事实，那就是把实体理解为体积其实是可能的，从任何一个方面都可以全面地理解体积。大量的雕塑设计主要被理解为体积。

　　一个单一的体积是三维立体形式的基本单位，可以被全面地理解。一些雕塑只包含一个体积，其他的雕塑则是许多体积的构造。人的形象通常被雕塑家们视为多个体积的构造，每一个体积都对应着身体的一个主要部分，如头部、颈部、胸部和大腿。

　　一个雕塑的表面实际上就是人们所能看到的一切。从雕塑表面的变化中，我们可以推断出雕塑的内部结构。一个表面有两个方面，它包含和界定了雕塑本体的内部结构，同时它也是雕塑与外部空间发生关系的

---

① 1898年7月30日—1986年8月31日，英国雕塑家，20世纪世界著名的雕塑大师之一。亨利·摩尔以他的大型铸铜雕塑和大理石雕塑作品闻名于世。剑桥菲茨威廉博物馆陈列的"斜倚的人形"（1951年），表现的是一个高度精简、抽象的女性形象，是摩尔雕塑风格的典型代表。他的代表作品包括"斜倚的人形""家庭群像""王与后"等。为纪念人类第一台核反应堆"芝加哥一号堆（Chicago Pile-1）"的建立，亨利·摩尔于1963—1967年特别设计制作了纪念碑"核能（Nuclear Energy）"，现竖立于美国芝加哥大学校园内。

② 英国雕塑家，被国际雕塑界誉为20世纪最伟大的雕塑家之一。她的作品包括石雕、大理石雕像、木雕以及青铜作品和大型户外雕塑作品。其作品是现代艺术的代表作，她对现代艺术的发展有巨大影响（尤其是雕塑）。

部分。不同表面种类的表现特征在雕刻中是最重要的。例如，双弯曲的凸面表示充满、密封、封闭以及内部力量的外向压力。在印度雕塑美学中，这类表面具有特殊的形而上学意义。凹陷的表面代表了空间对雕塑质量的侵占，暗示了外力的作用，经常预示着倒塌或侵蚀。平整的表面倾向于传达材料的硬度和刚性，这类材料是不易弯曲的，不受内部或外部压力的影响。那种一面凸一面凹的表面则可以暗示内部压力的作用，同时也接受外部压力的影响。这些类型的表面都与发展（growth）有关，伴随着向空间的拓展。

第三，绘画中的空间。在一幅画作的平面上呈现体积和空间具有知觉和概念两种方法，这两种方法关系到日常生活中理解空间关系的两个层面。知觉空间（perceptual space）是在某一特定时间，以某一固定位置来看物体的视角。这种视角是通过照相机记录下来的，并在古希腊和罗马时期绘画作品以及自文艺复兴以来大多数西方绘画流派中被表现出来的固定窗口视角（stationary window view）。知觉空间的错觉通常是通过使用线性透视系统（linear perspectival system）而产生的，观察到物体在接近地平线或观察者的视线水平时，眼睛会收缩，平行线和面会收敛。（如图1-1）

然而，年幼的孩子和原始的艺术家并没有以知觉空间的方式来理解空间，而是通过概念空间来理解空间。他们的绘画展示的对象和环境是相互独立的，并以最好的视角表现画作最具特色之处。在他们的画作中，尺寸的概念也是主观的，事物的相对大小由艺术家自己决定，或由艺术家情感意义的程度决定，或由画作中的叙事重要性（兴趣角度）决定。

图 1 –1　约翰内斯·维米尔（Johannes Vermeer）的作品
《音乐课》（*The Music Lesson*，1660）

在大多数文化中，概念上的、多维度的空间表征在某些时期已经被使用。例如，在古埃及和克里特（Crete）的许多绘画中，人物的头和腿是从侧面画的，但眼睛和躯干却是从正面画的。在伊斯兰和文艺复兴前的欧洲绘画中，垂直的形式和表面用能够提供有用信息的立视图（elevation view）来表现，就好像是从地面的角度观看，而它们所处的水平面则用等距视图（isometric plan）①来表示，即好像是从上面的角度观看。

————————

① 等距视图是指绘制物体时每一边的长度都按绘图比例缩放，而物体上的所有平行线在绘制时仍保持平行的一种显示方法。

到了 19 世纪，保罗·塞尚（Paul Cézanne）① 已经将传统的文艺复兴时期的画幅空间夷为平地。他将水平面倾斜，使它们看起来像是将垂直的形式和表面从画面平面向前推向观众。塞尚在一幅画中表现事物的方法，仿佛在一段时间内从不同的方向，用不同的眼睛水平观看。与维米尔设计中逐渐后退的平面形成对比的是，塞尚通过色调和颜色的对比，让观看者产生了错觉，使平面和形式都向观看者靠近（见图1-2）。

图 1-2　保罗·塞尚的作品《苹果篮子》（*The Basket of Apples*，1890—1894）

---

① 1839 年 1 月 19 日—1906 年 10 月 22 日，法国后印象主义派画家。他的作品和理念影响了 20 世纪许多艺术家和艺术运动，尤其是立体派。塞尚的最大成就是对色彩与明暗具有前所未有的精辟分析，颠覆了以往的视觉透视点，空间的构造被从混色彩的印象里抽掉了，使绘画领域正式出现纯粹的艺术，这是以往任何绘画流派都无法做到的。因此，他被誉为"现代艺术之父"。他认为形状和色彩是不可分离的。他主张不要用线条、明暗来表现物体，而是用色彩对比。他采用色的团块表现物象的立体和深度，利用色彩的冷暖变化造型，用几何元素构造形象。19 世纪末，保罗·塞尚被推崇为"新艺术旗手"，作为现代艺术的先驱，西方现代画家称他为"现代绘画之父"。

这种将画面表面作为一个整体结构投射到浅浮雕（low relief）① 中的错觉在 20 世纪早期被立体派（Cubists）② 进一步发展。立体派绘画的概念性的旋转视角不仅显示了不同视角下事物的组成部分，同时呈现了物体的每一个平面及其周围环境。通过从每个角度检查物体的表面和构造，从而在空间中赋予物体以复合印象（composite impression）。

在现代绘画中，表现空间的概念方法与知觉方法往往是相结合的。形式的轨道运动——自文艺复兴以来一直是欧洲设计的基本元素——意图在框架内抓住观众的注意力（如图 1 - 1）。在 20 世纪晚期，在壁画般大小的抽象画中，不断扩大的画面空间将视线引向了周围的墙壁，它们的形状和颜色似乎即将侵入观看者的领地（如图 1 - 3）。

---

① 浮雕是雕塑与绘画结合的产物，用压缩的办法来处理对象，靠透视等因素来表现三维空间，并只供一面或两面观看。浮雕一般是附属在另一平面上的，因此在建筑上使用更多，用具器物上也经常可以看到。浅浮雕是与高浮雕相对应的一种浮雕技法，所雕刻的图案和花纹浅浅地凸出底面。浅浮雕起位较低，形体压缩较大，平面感较强，更大程度地接近于绘画形式。它主要不是靠实体性空间来营造空间效果，而更多地利用绘画的描绘手法或透视、错觉等处理方式来造成较抽象的压缩空间，这有利于加强浮雕适合于载体的依附性。

② 立体派是西方现代艺术史上的一个运动和流派，又译为立方主义，1908 年始于法国。这个名称的出现含有偶然性。1908 年，G. 布拉克在卡恩韦勒画廊展出作品，评论家 L. 活塞列斯在《吉尔·布拉斯》杂志上评论说："布拉克先生将每件事物都还原了……成为立方体"，这种画风因此得名。立体派的主将是 P. 毕加索和布拉克。立体派是富有理念的艺术流派，主要目的是追求一种几何形体的美，在形式的排列组合所产生的美感。它否定了从一个视点观察事物和表现事物的传统方法，把三度空间的画面归结成平面。

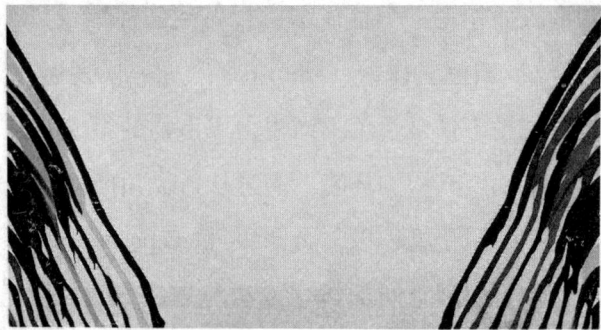

图1-3　莫里斯·路易斯（Morris Louis, 1912—1962）的作品《α-φ》
（*Alpha Phi*, 1961）

可见，空间不仅是绘画中十分重要的一个元素，并且对绘画历史产生了深远影响。从传统文艺复兴绘画，到莫奈的印象派，再到塞尚主导的后印象派，直至20世纪的立体派，空间不断得到拓展，空间的重要性越来越受到重视。可以说，空间是绘画中的一个永恒话题。

然而，如此重要的空间却不只是某些专门的空间学科所研究的对象，它还是历史学、社会学甚至是文学所涉及的重要内容。

第二节　文学作品中的时间和空间

人类的生存离不开时间与空间，时空双重维度构成了人类生活的全部。因此，对空间与时间的探讨是人类认识世界与认识自我必不可少的一部分。对时间和空间的探讨在各个学科领域中都有所涉及，如哲学家思考人类在时空之中的位置以及人类的主体性问题；物理学家思考时间的变化和空间的运动；历史学家思考以时间推移为特征的人类历史变迁和发展；社会学家思考时间和空间带给人类社会的巨大影响。而文学研究中也涉及时间与空间，这主要是由文学作品中大量出现的时间和空间元素决定的。

一、文学作品中的时间

无论是在欧美国家还是中国，20 世纪以前的文学作品中普遍以时间线索为故事的主导。以时间元素作为作品，尤其是小说情节的推动力是传统小说的特色之一。

如 19 世纪美国最伟大的小说家、散文家和诗人赫尔曼·梅尔维尔（Herman Melville, 1819—1891）的成名作《泰比》（*Typee*，1846）就是一部典型的以时间为线索推动故事发展的小说。故事的叙述者托莫及其好友托比因无法忍受"多利号"船上枯燥无味的漂泊生活和残暴船长的呵斥与虐待而弃船闯入异域泰比峡谷，接下来的整个故事都以典型的时间标识词句，如"第二天一大早"（赫尔曼，2011：32）、"大约过了一小时"（ibid：44）、"没过几分钟"（ibid：49）、"又经过两个小时的冒险拼搏"（ibid：49）、"日落时分"（ibid：54）、"第二天早晨"（ibid：58）、"天色已晚"（ibid：64）、"次日清晨我一觉醒来"（ibid：80）、"几天后"（ibid：93）、"第二天过去了"（ibid：97）、"日子一天天过去了"（ibid：109）等。通过大量时间标识词句的使用，来推进托莫在泰比岛上的历险。换而言之，《泰比》就是一部构筑在时间线之上的冒险游历故事，如果离开时间，故事就无法继续展开。

又如在列夫·托尔斯泰（Лев Николаевич Толстой，1828—1910）的《战争与和平》（*War and Peace*，1863—1869）中，战争和和平这两个重大事件作为小说的中心，辐射至鲍尔康斯基、别祖霍夫、罗斯托夫、库拉金等家族，以事件串联人物，以时间推动多条情节线交叉发展，时间是推动整部小说进程的关键因素。时间因素在文学作品中的重要性放在现实主义小说中体现得最为明显。由于现实主义小说旨在如实地反映客观现实，而人们赖以生存的客观现实就是通过时间来维系的，因此现实主义小说，如丹尼尔·笛福（Daniel Defoe）、乔纳森·斯威夫特（Jonathan Swift）、欧·亨利（O. Henry）、杰克·伦敦（Jack London）、奥诺雷·德·巴尔扎克（Honoré-de Balzac）、斯托夫人（Harriet Beecher Stowe）等人的小说普遍都是以时间作为小说事件进展的依据，时间决定了小说的走向。

古今中外的文学作品中都有时间和空间的概念，可以说，时间和空间是文学中的两个无法回避的重要维度。而现代主义可以作为划分文学中时间与空间的不同侧重点的一个标准。在现代主义之前，文学作品中主要以时间为依据来进行叙事，而现代主义之后，文学作品中的空间性越来越强，空间成为文学叙事中的重要依据。国内对文学中的空间也有相当的研究。如陈霖在《文学空间的裂变与转型——大众传播与20世纪90年代中国大陆文学》（2004）中就将文学空间分为两个层面，文学的"第一空间"指的是作家的身份、作品的生产与传播、作家和作品的评价等；"第二空间"指的是文学的生产、传播、接受的过程中，大众传播为文学活动提供的空间载体——期刊图书出版、新闻传播、影视、互联网与文学的互动关系。

二、文学作品中的空间

文学作品中的空间元素虽不如时间元素那么引人注目，但却渗透在文学作品中的每个角落。如果说时间因素可以通过时间标识来得以发现，那么空间元素则需要读者花费一些时间和功夫来寻觅。如在阿道斯·赫胥黎（Aldous Huxley, 1894—1963）的代表作《美妙的新世界》

（*Brave New World*，1932）中一开篇就写道：

> 一幢低矮的灰色建筑，只有三四十层高。大门上方嵌着几个大字：中央伦敦孵化及制约中心。一块盾形牌上刻着世界国的国训：社会、认同、稳定。
>
> 一楼的大房间是朝北的。虽然窗外是夏天，室内也闷热难当，却有一道微弱的寒光射进窗来，贪婪地找寻着某个罩着盖布的人体模型，某个令人毛骨悚然的苍白模型，但寻来寻去，只寻到实验用的玻璃器皿、镍器和凄光凛凛的瓷器。回应冰冷的还是冰冷。工人们穿着白色工作服，戴着像死尸一样苍白的橡胶手套。光线像幽灵一样凝固了，没有一丝生命力。只有在显微镜的黄色镜头下，才能看到某种鲜活的东西，装在锃亮的试管里，一条条像奶油一样，软绵绵，肉乎乎，在工作台上一字长长地排开。（赫胥黎，2015：1）①

这段文字中没有出现任何时间标识，甚至读者在阅读时也无法感知到时间的存在，唯一能感觉到的只有静止和冷漠。赫胥黎通过强化文字的空间性，暂时中止时间，使时间短暂停留在某一刻，从而凸显这一刻发生的事，彰显小说的深刻主题。

又如詹姆斯·费尼莫尔·库柏（James Fenimore Cooper，1789—1851）的小说《最后的莫西干人》（*The Last of the Mohicans*，1826）中描写马瓜等人发现的一处地方：

---

① 阿道斯·赫胥黎. 美妙的新世界［M］. 李和庆，译. 上海：上海文艺出版社，2015.

这儿有条弯弯的小溪，溪水湍急，穿过洼谷后，他突然往一座山丘上攀登。这座山非常陡峭，很难攀登，为了能跟得上，姐妹俩只好下马徒步前进。达到山巅后，大家不知不觉地发现自己来到一块平地上，这里疏疏落落地长着一些树木。（库珀，2014：211 - 122）①

这段文字尽管同时出现了时间标识，但重点却在于空间的转换。马瓜等人发现溪水后，开始攀登上小山丘，随后到达山顶，来到一块平地。寥寥数笔就将人物从山脚到山顶的空间转换讲述得非常清楚。而空间的转换在文学作品中也不是无根之木、无源之水，其中可能暗含着作者的深意，这就需要读者根据不同的文本进行相应的分析。

第三节　文学研究中的空间转向

"从 20 世纪 60 年代开始，地理学、社会学等研究中形成了空间转向。空间和空间性在人的社会生产和生活中具有重要的意义。这些研究同时也是社会批判理论中的一个重要思潮。近几年，空间转向发展成为一种自觉的社会哲学和社会科学哲学中的范式，形成了一种跨学科的共识。"（强乃社，2011：14）②"20 世纪末叶，学界多多少少经历了引人注目的'空间转向'，而此一转向被认为是 20 世纪后半叶知识和政治发展最举足轻重的事件之一。学者们开始刮目相看人文生活中的'空

---

① 詹姆斯·费尼莫尔·库珀. 最后的莫西干人 [M]. 张顺生，译. 广州：花城出版社，2014.
② 强乃社. 空间转向及其意义 [J]. 学习与探索，2011（3）：14 - 20.

间性'，把以前给予时间和历史，给予社会关系和社会的青睐，纷纷转移到空间上来。"（苏贾，2005：19）①

一、20 世纪 90 年代社会科学的空间转向

列斐伏尔对空间理论的贡献主要在于其《空间的生产》（*The Pro-duction of Space*，1991）② 一书。在该书中，列斐伏尔首次提出了"空间转向"这一概念。他在《空间的生产》一书中开门见山地指出，在 20世纪 70 年代，"'空间'这个词有一个严格的几何意义：它所引发的概念仅仅是一个空旷的区域"（Henri Lefebvre，1991：1）。因此，当听到"社会空间"（social space）一词时，大众难免会觉得有些奇怪。随着世界城市化的迅猛发展与全球化空间日益成为资本主义社会关系生产与再生产的重要舞台，现代社会的生产方式、生产关系主要通过城市空间生产及其具体功能来显现。我们迫切需要一种能够透过城市表象揭示其内在机制的学说。列斐伏尔的空间生产理论是在现代性困境之下应运而生的，他率先指出在现代生产条件占统治地位的社会中，空间表现为"占有"和"控制"，提供了以空间政治经济学批判来升级马克思政治经济学批判的理论构思。20 世纪 70 年代，全球资本主义时代到来，信息化和城市化的进一步推进为资本对社会关系的再生产进行建构提供可能。立足于马克思历史唯物主义批判方法，列斐伏尔的空间生产理论对资本主义抽象空间进行了历史的、现实的、革命的批判，揭示了资本主义现实的一系列问题，如城乡推进过程中城市规划带来的两极分化、空

---

① 爱德华·W. 苏贾. 第三空间——去往洛杉矶和其他真实和想象地方的旅程［M］. 陆杨，译. 上海：上海教育出版社，2005.

② LEFEBVRE H. The Production of Space［M］. Oxford：Basil Blackwell Ltd. ，1991.

间生产资源配置中的浪费、人们的多元化诉求与实际上的原子化个人等（胡晓梅，2020：1－2）。① 对列斐伏尔来说，空间不仅是传统地理学意义上的物质概念，也是资本主义条件下社会关系的重要环节，指向社会关系的重组与社会秩序的建构过程，成为浓缩和表征当代社会重大问题的符码。

二、现代文学的空间形式：弗兰克及其反思

国外对文学中的空间概念起步较早，且已有大量研究。最早发现文学中的空间概念的是普林斯顿大学（Princeton University）比较文学教授、克里斯蒂安·高斯批评研讨会（Christian Gauss seminars）主任约瑟夫·弗兰克（Joseph Frank）。弗兰克在其长篇论文《现代文学中的空间形式》（*Spatial Form in Modern Literature*，1945）② 中对德国启蒙运动文学的杰出代表莱辛（1729—1781）的《拉奥孔》（*Laocoon*）展开了著名的分析。莱辛在其著作《拉奥孔》中通过比较"拉奥孔"这个题材在古典雕刻和古典诗中的不同处理方式，论证了造型艺术（画）和诗的区别及界限，阐述了各类艺术形式的共同规律性和特殊性。莱辛认为，一切艺术皆是现实的再现和反映，都是"模仿自然"的结果，这是艺术的共同规律。莱辛认为，绘画、雕刻是以色彩、线条为媒介，诉诸视觉，题材是并列于空间中的全部或部分物体及其属性，其特有的效果就在于描绘完成了的人物性格及其特征；而诗则不然，诗以语言、声

---

① 胡晓梅. 列斐伏尔空间生产理论研究［D］. 开封：河南大学，2020.
② 该文先后通过 3 篇短文分别发表于当年的 *The Sewanee Review* 期刊的第 53 卷第 2 期和第 3 期上。文章题名及页码分别为：Spatial Form in Modern Literature：An Essay in Two Parts.（pp. 221－240），Spatial Form in Modern Literature：An Essay in Three Parts.（pp. 433－456）和 Spatial Form in Modern Literature：An Essay in Three Parts.（643－653）。

音为媒介，诉诸听觉，其擅长的题材是持续于时间中的全部或部分事物的运动，其特有的效果则是展示性格的变化与矛盾以及动作的过程。莱辛还讨论了空间艺术的绘画、雕刻和时间艺术的诗是可以突破各自的界限而相互补充的。绘画和雕刻可寓动于静，选择物体在其运动中最富于暗示性的一刻，使观者想象这物体在过去和未来的状态。诗可化静为动，赋予物体的某一部分或属性以生动如画的感性形象。莱辛于是看到了诸多文艺形式的共同要求，就是赋予描写对象以生动的、丰富的具体形象。就各类艺术所表现的美学理想看，表达物体美是绘画的使命，美是造型艺术的最高法律；诗则不然，它所模仿的对象不限于美，丑、悲、喜、崇高与滑稽皆可入诗。《拉奥孔》通过分析古典雕刻与诗歌的表现手法的差异，论证造型艺术与诗的界限，即空间艺术与时间艺术的界限，得出了画更适合于表现美的结论。

对于莱辛为空间和时间所做的人为区分，弗兰克展开了批评。弗兰克首先承认，莱辛的《拉奥孔》站在了知识潮流的交汇处，他分析了审美的规律，并展示了这些规律是如何规定文学和造型艺术的必要限制，还展示了希腊作家和画家尤其是荷马是如何通过遵守这些规律来创作杰作的。弗兰克认为，莱辛的论点开始于一个简单的观察，即文学和造型艺术（包括绘画和雕刻等）是通过不同的感官媒介工作，因此必然在支配它们的创作的基本法则上有所不同。根据莱辛的观点，造型艺术的形式必须具有严格的空间性，因为物体的可视部分可以在瞬间并置。文学则利用语言，而语言是由一系列随时间推移而变化的词语组成的；要使文学形式与其媒介的本质相协调，就必须首先以某种叙述顺序为基础。因此，在莱辛看来，造型艺术是空间性的，语言艺术是时间性的。弗兰克进一步指出，莱辛的论点是用来攻击他那个时代非常流行的两种艺术流派的，即图画诗（pictorial poetry）和寓言画（allegorical

25

painting）。图画诗人试图用文字来绘画，寓言画家则试图用可见的形象来讲述故事。不过，在弗兰克看来，两者注定要失败，因为它们的目的与媒介的基本属性相矛盾。

弗兰克对空间问题的探讨并未止步于此，他先后于 1977 年、1978 年在 *Critical Inquiry* 第 4 卷第 2 期和第 5 卷第 2 期上发表论文《空间形式：回应批评》（*Spatial Form：An Answer to Critics*）① 和《空间形式：一些进一步的反思》（*Spatial Form：Some Further Reflections*），这两篇文章都是他在《现代文学中的空间形式》一文后对空间的进一步思考，同时，也有针对其他学者，如克莫德（Kermode）提出的批判做出自己的解答。自弗兰克发表《现代文学中的空间形式》一文以来，"'空间形式'的概念本身及其所依据的作品分析在英美评论界得到了广泛接受，但同时也引发了持续不断的反对和异议"（Frank，1977：231），对于弗兰克的实际论点或分析，很少有人提出具体的反对意见。大部分的讨论都是关于举的例子所代表的艺术倾向的更大的文化含义（Frank，1977：234），弗兰克起初并未对这些质疑的声音进行回应，但 20 世纪 70 年代，学界对"空间形式"的概念重新展开了热议，其中无法避免会出现对原来的一些未解问题的新讨论。基于此，弗兰克撰写了《空间形式：回应批评》一文，以回应这些声音。弗兰克表明，自己探讨"空间形式"的"目的是为一种新的文学现象建立描述性的分类，而不是建立一个现代主义批评标准的规则"（Frank，1977：232）。弗兰克首先回应了罗杰·沙塔克（Roger Shattuck）的质疑，沙塔克指出，弗兰克在《现代文学中的空间形式》一文中所举的普鲁斯特的例子，是"把注意力放在普鲁斯特最终的'立体视觉'上，以获得一种超时空的

---

① FRANK J. An Answer to Critics［J］. Critical Inquiry, 1977, 4（2）：231 – 252.

'空间'视角，使叙述者能够将自己的生活作为一个整体来看待"（Frank，1977：233）。弗兰克则认为，他"正在处理的是一个线性的故事……因此，更恰当的表达方式是爬上山顶。这使得人们的目光可以随意地从一幅画移到另一幅画，然后一下子就看完……但它不能废除攀登顶峰的过程，以及攀登过程中事件的时间顺序"（Frank，1977：233）。弗兰克认为，自己并非和沙塔克发生争吵，他认为这种分歧只是因为他们从事的是不同的工作。

除了沙塔克之外，G. 乔万尼尼（G. Giovannini）和沃尔特·萨顿（Walter Sutton）也对弗兰克的分析提出反驳意见。乔万尼尼对不同艺术形式比较研究的方法论问题很感兴趣，并从这一观点来研究"空间形式"问题。也正因如此，乔万尼尼才"完全误解"（Frank，1977：234）了弗兰克所讲的内容。弗兰克驳回了乔万尼尼对其"受到约翰·皮尔·毕晓普（John Peale Bishop）影响"这一主观判断以及其"采用一种基于时间和空间可比较或准相同概念的方法"的非正确评价。弗兰克指出，在莱辛之后，他非常仔细地将时间和空间区分开来，认为两者不可比较，但他也指出，在文学中，现代作品的结构需要从"空间"的角度来理解，而不是按照语言的自然时间顺序。弗兰克认为，乔万尼尼的基本错误是"想当然地认为他对古老的诗如画（ut pictura poesis）问题感兴趣，并坚持认为文学可以获得绘画的'空间'效果"（Frank，1977：235）。弗兰克甚至认为，乔万尼尼完全没有领会他的观点，因此他的批评"太离谱"了（Frank，1977：235）。

另一位更为敏锐的批评家萨顿在《文学形象与读者》（*The Literary Image and The Reader*）一文中强调，由于阅读是一种时间行为，文学的"空间化"永远不可能完全实现。此外，萨顿认为，"很难说艾略特和庞德的诗歌中明显分离的意象与时间没有关系"。对此，弗兰克指出，他和萨顿谈论的是不同的事情，萨顿指的是"诗歌中通过时间对比所传达的主题意义"，而我谈论的重点是"语言的时间性"，而非诗歌中的意象是否能够离开时间（Frank，1977：236）。弗兰克甚至用萨顿的论点反过来提出问题，即萨顿所说的时间对比同样是由词语的并列产生的，在句法上互不相关，这不正意味着意义不再由语言顺序决定，而是由空间决定吗？弗兰克认为萨顿否认了在他看来新奇的形式中所隐含的更深层次的意义，即"深刻的人类连续性"。对此，弗兰克引用了艾略特本人在写《荒原》（*The Waste Land*，1921）的同一年，观看俄罗斯芭蕾舞剧《春之祭》（*Le Sacre du printemps*）的表演时说的一段话，这部作品（《荒原》）"为人类的困境带来了家园的延续……凄凉大草原上的原始人，城市绝望噪音中的现代人，他们的根本问题并没有改变"（转自 Frank，1977：236）。

因此，在弗兰克看来，"现代主义的伟大作品与中世纪雕塑或书籍插图的例子是类似的，在这些例子中，来自《旧约》和《新约》、古典时期的人物，有时还有当地的历史人物，都被组合在一起，成为一个永恒的意义综合体的一部分"（Frank 1977：237）。正如爱森斯坦（Eisenstein）所指出的，在电影里的蒙太奇中，不同的图像并置会自动地在它们之间创造出一种有意义的综合，这就取代了任何时间上的不连续性。罗伯 - 格里耶（Robbe – Grillet）在谈到他的小说缺乏时间深度时也表达了同样的观点："电影只知道一种语法形式：指示性的呈现"（转自 Frank，1977：237）。弗兰克认为，尽管乔伊斯、庞德和艾略特把不同的历史形象并列在一起，看似时间是散乱无规律的，但这种方式成功把过去变成了具有象征意义的现在，"把历史变成了神话"（Frank，1977：237）。

另一个对弗兰克的"空间形式"提出质疑的是菲利普·拉甫（Philip Rahv）。拉甫认为，弗兰克太容易假定神话想象在他研究的作家中实际上是有效的①。这一质疑主要是针对弗兰克过度强调乔伊斯等人通过并置历史形象的做法将历史演变成神话这种观点。显然，拉甫强调的是弗兰克从乔伊斯庞德和艾略特身上看到的神话想象的运作方式，但弗兰克本人看到的却是神话想象的美学拟像（aesthetic simulacrum），即一种习得的永恒幻觉（a learned illusion of timelessness）。弗兰克的确相信乔伊斯、庞德和艾略特回到了写作的原始状态，完全忘记了时间和历史，真正在一种神话般的想象状态中写作，而他们作为现代人的处境并没有受到影响。因此，拉甫认为乔伊斯、庞德和艾略特卷入了历史决定论，这种断言显然是不合理的。也就是说，拉甫试图攻击的并不是"空间形式"，而是其对历史所表达的负面反应的厌恶（Frank，1977：239）。弗兰克认为，拉甫的问题是他"无法调和自己的文学品味和意识形态信仰"（Frank，1977：239），他所表达的实际上是对现代主义整体上的一种隐藏的反对。

弗兰克在《空间形式：一些进一步的反思》② 一文中指出，这篇文章是为了回应学界提出的一些问题，文章"只是发表这些进一步的思考，而不是进行直接的批判辩论"（Frank，1978：276），弗兰克认为，这样"更有益处"（ibid.）。弗兰克指出，如果一个人坚持认为，用空间形式来谈论文学意味着希望构建地图、图表和蓝图，那么它作为一个关键概念的弱点是非常明显的（Frank，1978：276）。弗兰克在该文中重点在文学批评的背景下审视空间形式，并指出文学批评与空间形式之间的关系和连续性。

首先，弗兰克回应了他在《现代文学中的空间形式》中对 20 世纪美

---

① RAHV P. The Myth and the Powerhouse［M］. Boston：Literature and the Sixth Sense，1969：202 – 15.

② FRANK J. Some Further Reflections［J］. Critical Inquiry，1978，5（5）：275 – 290.

国传奇女作家杜娜·巴恩斯（Djuna Barnes）的《夜林》（*Nightwood*）做出的举例分析。弗兰克认为《夜林》是一部具有卓越文学品质的作品，但正如时间的流逝所显示的那样，它并没有对小说的发展产生重大影响。恰恰相反，它的隐喻性纹理把世界变成了"自言自语者的形象"。更有影响力的是意识流作家，如乔伊斯（James Joyce）、福克纳（William Faulkner）和弗吉尼亚·伍尔夫（Virginia Woolf），他们试图打破语言本身，使其在反身层面（reflexive level）或前反身层面（prereflexive level）再现意识的运动。前反身层面突出了生理和心理时间的差异，同时也引起了对自我统一的思考。弗兰克坦言，尽管他在《现代文学中的空间形式》中提到了乔伊斯和普鲁斯特，但他并没有对这些问题给予足够的重视，因为它们都与《夜林》无关。

弗兰克进一步指出，他的这些探讨并没有穷尽对文学中的"空间形式"的探索，而是开始了对一个问题的持续探索，而这个问题的更大影响直到 20 世纪 70 年代左右才开始变得清晰起来。当时文学批评的发展创造了一个新的语境，空间形式的概念现在可以被放置在其中，这种语境起源于俄国形式主义的人类学、信息理论、结构语言学和文学批评的融合，并在布拉格语言学圈进行，也就是被后人称为"法国结构主义"的语境。正是这一批评运动的理论表明，空间形式不仅是一个与先锋写作特定现象相关的概念，而且在整个文学史上发挥着作用，哪怕可能只是次要的作用。文学现代主义实验的激进性使空间形式成为批评意识的重要阵地；但现在这种新奇感已经消失，有可能把这个概念与更广阔的文学视野联系起来。这一普遍理论的发展在诗歌方面显然正在发生，这主要是由于受到雅各布森理论日益增长的影响。雅各布森的观点植根于他自己的诗歌现代主义经验，但他们的系统出发点是索绪尔的语言理论。索绪尔定义符号不是一个名字和一个事物的结合，而是一个声音形象和一个概念的结合。换句话说，语言被看作是一个自我封闭的声音—图像和概念系统。"意义"是根据系统内部的差别关系来定义的，而不是根据符号与语言本身之外的现实的关系来定义。在现代诗歌中，指称性（referentiality）被置于次要地位，或者完全被忽视，而词与词之间的内在联系起着主导作用，因此不难看出这种语言观与现代诗歌的观点是如何协调一致的。雅各布森看到了这种关系，并以此作为其诗歌语言理论的基础。弗兰克认为，尽管他没有使用索绪尔的理论，但他所说的现代诗歌的"空间逻辑（space‑logic）"和索绪尔的理论是非常相似的。弗兰克指出，"在现代主义诗歌中，任何词群的主要参照都是与诗歌本身有关的"（Frank，1978：280），即构成文本的自我反射符号系统。弗兰克还补充道，这种自反性的"空间逻辑需要读者对语言态度彻底重新定位"（Frank，1978：280）。正如弗兰克所说，"在索绪尔的影响下，语言学的这种重新定位实际上已经在文学领域得以形成，而雅各布森的作品在语言学和文学批评方面的影响已使这种重新定位作为现代文学意识的一部分得到普遍认同"（Frank，1978：280）。雅各布森对波德莱尔与列维‑施特劳斯合作撰写的《猫》（Les Chats）的分析，试图展示这首诗背后的语言对等（linguistic equivalences）的密集网络，并将其与句法结构结合在一起。这种将雅各布森的观点应用到特定诗歌上的做法引起了很大的争议，而雅各布森的解读在细节上是不堪一击的。问题似乎在于，在解读过去的诗歌时，雅各布森倾向于把它当作是现代的，似乎纯粹的语法和语言结构的对等完全控制了语义层面。当然，事实远非如此。雅各布森对诗歌语言的研究做出了根本性的贡献，他证明了在所有的诗歌中或多或少存在着一种"空间逻辑"。当这种"空间逻辑"完全占据主导地位的时候，即当它脱离并完全无视语法的顺序的时候，就是"现代主义"开始的时候。

　　然而，"空间形式"的概念"对诗歌的影响并不大，对小说的影响更大"（Frank，1978：281）。因为"空间形式"的重点在于叙事媒介（语言）的短暂性与乔伊斯、普鲁斯特和朱娜·巴恩斯等小说家的实验之间的对立，它们打破了叙事的连续性。但是，只有在伟大的现代主义作家的作品中才会出现这样的现象，如福克纳、多斯·帕索斯和一大批其他作家的作品，如法国的新浪漫小说（nouveau roman）和拉丁美洲的新小说（nueva novela），在这些作品中，"打破叙事顺序首先成为一种重要的审美现象"（ibid.282）。事实证明，莱辛给了弗兰克极大的帮助和启发，他为弗兰克提供了一种掌握叙事形式演变的方法。虽然弗兰克并不关心莱辛对于诗歌和绘画作为模仿媒介之间的竞争关系，但莱辛强调语言是一种线性时间结构这一点让弗兰克对先锋派小说的主要形式特性有了深入的了解。并不是说小说家们试图以任何字面意义来描绘"空间"，但他们的实验将他们引向了一个与他们的媒介（语言文字）的物理感知本质相反的方向（造型艺术）。莱辛曾建议诗人喜欢行动（action）胜于描述（description），不要沉溺于风景如画的（picturesque）细节，因为行动更符合语言的直观性。然而，莱辛关注的是诗歌，而非小说，弗兰克要做的则是在小说中找到某种"空间"特征。

　　其实，弗兰克所探讨的文学的空间性问题也可以说是叙事与再现之间的关系问题。叙事与再现同属西方古典文化的基本特征，二者关系密切，你中有我，我中有你。如果说叙事隶属于文学领域，关注事件的历史性，具有时间线性的特征，那么再现就关注再现者的共时性，关注事件发生的某一时刻的情况，具有空间性特征。因此，叙事与再现就具有文字与图像这两种叙事形式的时间性与空间性的互动。

第四节　空间叙事学：文学叙事中的空间性

"空间叙事学"，顾名思义，是有关空间叙事的学科。尽管国外已出现"空间转向"这一公认的现象，但事实上却并未出现"空间叙事学"（space narratives）这一术语。对空间和叙事相结合的讨论并不少见，如前文所述的弗兰克、佐伦等人的探讨，但这些学者所探讨的问题是文学中出现的空间转向以及如何对文学的空间性进行探索，而并非空间和叙事的结合。换言之，国外学界探讨的问题可算是文学空间理论，而非空间叙事学。近年来，国外学者如塞拉·霍内斯（Sheila Hones）①、埃拉那·戈梅尔（Elana Gomel）②、盖伊·J. 威廉姆斯（Guy J. Williams）③、阿伦卡·科隆（Alenka Koron）④ 等曾对"叙事的空间"（narrative space）做出宏观和微观方面的相应探讨，丰富了叙事空间领域的研究。

一、向叙事中的空间理论发展

加布里尔·佐伦（Gabriel Zoran）走的是和弗兰克一样的微观路

---

① HONES S. Literary geography：setting and narrative space ［J］. Social & Cultural Geography，2011，12（7）：685－699.

② GOMEL E. Narrative Space and Time Representing Impossible Topologies in Literature ［M］. New York：Routledge，2014.

③ WILLIAMS G J. Narrative Space，Angelic Revelation，and the End of Mark's Gospel ［J］. Journal for the Study of the New Testament，2013，35（3）：263－284.

④ KORON A. Narrative space in Ian McEwan's Saturday：A narratological perspective ［J］. Frontiers of Narrative Studies，2018，4（2）：359－373.

线，他对空间问题的讨论同样被严格地限制在文学之中，不超出文学的范畴，要探究的是文学文本世界里的空间，即文本的空间性。在弗兰克开拓性的研究基础之上，佐伦在《向叙事中的空间理论发展》（*Towards a Theory of Space in Narrative*，1984）① 一文中创造性地提出了空间模式（spatial pattern）的概念，以此指涉联系文本断续单位而获得对整个文本共时性感知的文本建构模式。

佐伦在文章开篇就指出，时间和空间是不对称的，时间因素在叙事文本结构中的主导地位在佐伦所处的时代仍然是一个不争的事实，"文学主要是时间的艺术"（Zoran，1984：310）。可以说，空间的存在"被推到了一个角落"（Zoran，1984：310），并长久在这个角落中生存。尽管空间在很长一段时间里都没有在文学文本中得到公认的、明确的地位，但对空间的关注并非不存在。事实上，关于空间的问题已经讨论了不止一次，但是对这个问题的研究一般来说是相当分散的，而且很少有假设能够得到普遍接受。佐伦指出，叙事中时间因素转换的特殊性在于叙事是一种时间结构向另一种时间结构的转换，也就是说，叙事不可避免地具备时间的流动性，不断向前推移，或是向后移动。而空间则是独特的，在空间里，从一个物体到一个符号系统的转变，也涉及从空间安排到时间安排的转变。当然，佐伦在文章最后特别指出，他在这篇文章中的讨论只局限于空间的存在方式，并没有涉及对空间的功能问题的探讨。

佐伦在《向叙事中的空间理论发展》一文中有明确的讨论出发点，即如果说时间有划分的标准（时、分、秒），那么空间是否可以被划

---

① ZORAN G. Towards a Theory of Space in Narrative ［J］. Poetics Today，1984，5（2）：209－335.

分？如果可以，那么应当如何进行划分？划分的标准又是什么？这些问题的答案都是佐伦在该文中试图展示给读者的。

　　首先，佐伦对空间问题的讨论建立在文学文本的虚构世界之中，他强调空间是一种读者积极参与的建构过程。他将叙事的空间看作一个整体，结合垂直（纵向）的空间层次和水平（横向）的空间幅度来分析空间结构的范围。佐伦首创性地提出了叙事中空间的几个层次。在垂直（纵向）维度上（见图 1-4），他将文本空间结构分为地形学空间/地志的空间（topo-graphical）、时空体空间（chronotopic）和文本的空间（textual）三个不同的空间建构等级。地形学空间/地志的空间（topo-graphical）是重构的最高层次的空间，被认为是独立存在的，独立于世界的时间结构和文本的顺序安排。作为静态的空间，地形学/地志的空间可以是一系列对立的空间概念（如里与外、村庄和城市），也可以是人或物存在的形式空间（如神界和人界、现实与梦境）。在文学文本中，可以通过直接的描写（如巴尔扎克的小说开篇通常直接描述环境、揭示背景）实现，也可以通过叙述、对话或者散文式的文本来完成对这一空间的重现。时空体空间（chronotopic）则是佐伦在借用巴赫金的术语基础上提出的，是由事件和运动形成的空间结构，也可以简单称作"时空"，包括共时和历时两种关系。共时指在任意一个叙述点上或运动或静止的客体（objects）在文本中相互联系构成的空间关系，历时则表示在特定的叙述文本中空间的发展存在一定的方向的运动轨迹，它受作者意象、人物意图与行动、情节阻碍等因素的影响。文本的空间（textual）也是文本所表现的空间，受三个方面的影响。第一是语言的选择性（由于语言无法表述空间的全部信息，因此，空间的描写往往是含糊的、不具体的，叙述的详略和语言的选择性决定了叙事中空间重现的效果）；第二是文本的线性时序（语言及其传达的信息在叙述过程中的先后次序影响了空间运动与变化的方向和轨迹）；第三是视角结构「文本的视点会影响叙事中空间的重构，超越文本虚构空间的"彼在"（there）与囿于文本虚构空间的"此在"（here）会形成不同的关注点，两者在叙述过程中可以相互转换，但不同的聚焦会产生不同的空间效果〕。

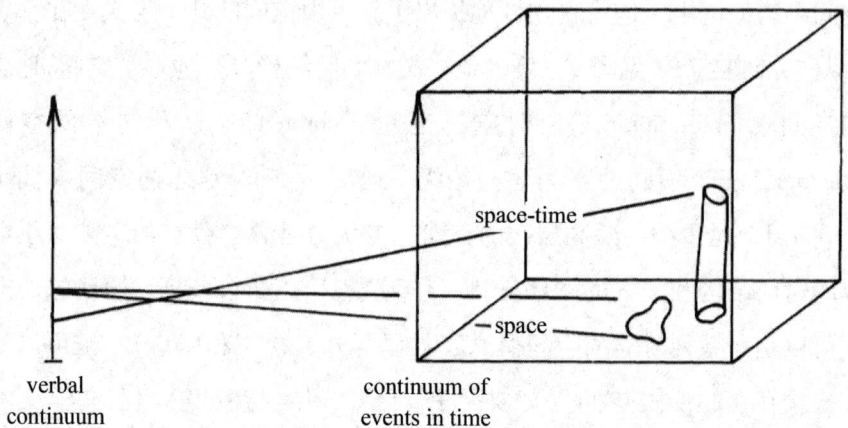

图 1 – 4　佐伦的垂直空间模型（**Zoran**，**1984**：**315**）

除了这三个垂直（纵向）维度上的文本空间结构外，佐伦在水平（横向）维度上（空间的边界、范围），也区分出了三个层次的空间结构：空间单位（units of space）（视域）、空间复合体（the complex of space）与总体空间（the total space）（见图 1 – 5）。我们经常说的场景（scene）是构成空间复合体的一个基本单位，如果进行更细微的划分，与地形学空间这一层面相关的场景就被称为"地点"（place）（地点可以是空间中被度量的一个点，如房子、城市、山林、河流等）；和时空体空间层面相关的场景就成为行动域（zone of action）（行动域可以容纳多个时间在同一地点发生，也可以包含同一事件连续经历的空间，行动域是事件发生的场所，但并没有清晰明确的地理界限）；而与文本的空间层面相关的场景就叫作视域（field of vision）①。视域可能以各种方式从一个视域转移到另一个视域。最明显的是，可能会有一个中断，如一个章节或部分的结束。然而，这未必是最具特色的方法。与自然主义戏剧中的场景不同，文本视域并不总是以完整的、封闭的单元出现。它们可能更不固定，范围可能更宽或更窄，就像电影摄像机一样，或者从一个地方逐渐移动到另一个地方，这使得它们之间的界限比我们前面的讨论可能表明的要模糊得多。空间复合体，空间的文本存在就像一系列的视域。我们已经定义和划分了一个单一的视域，但如何将不同的视域结合起来，创造出一个复杂的整体空间，还有待我们去理解。这个过程发生在两个维度上：文本连续体的变化——当读者阅读文本时，视域如何变化；而"世界"维度则是在重建的世界本身内，对视域的安排。总体空间是一种连续不同于本体区域的无人之境，它不仅是文本中重塑世界的直接延续，也是读者真实世界、外部参照体系、叙述行为本身和更多其他领域的延续。总体空间具有不透明的特征，尽管读者可以根据地名或零散的片段进行推断，但佐伦认为，由于语言不能表达空间的所有方面，因此形成了一定程度的选择性。由于语言的这种选择性和叙述的时序等因素，总体空间呈现出的状态总是不完整的、不确定的。

---

① 视域是其中最复杂也是最抽象的一个概念，涉及读者的阅读解码和心理感知。佐伦认为，视域是当前阅读时刻与记忆合成的结合，是重构世界的一个空间单位，由语言传达出感知而不是由这一世界的特性来决定。因此，视域使读者阅读时对文本的理解以及个人记忆回溯的综合体验，是读者感受深处虚构世界之中的"眼前"所见和所感知的空间。

the total space

the complex of space

the unit of space

level of textual
structure

level of chronotopic
structure

level of topographic
stucture

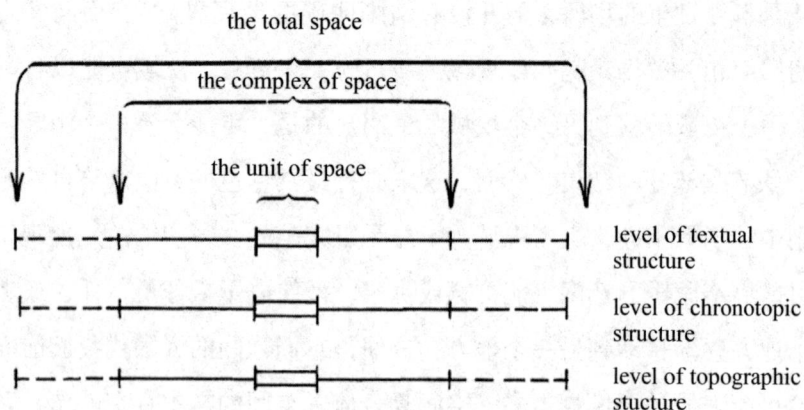

图 1 – 5　佐伦的水平空间模型（Zoran，1984：323）

　　在纵横视角的交叉之中，叙事文本获得了独特的空间模式，形成了区别于故事空间的文本空间。

　　总之，佐伦的文本空间理论很大程度上是基于弗兰克的空间形式理论的一种深入和延续，如佐伦也对文本的空间维度的图形存在问题进行了阐述。佐伦认为，有些文本，尤其是在那些具体的诗歌中，图形空间被开发和激活，成为文本整体结构中不可分割的一部分。然而，这并没有改变语言是一个任意符号系统的事实；换句话说，能指与所指之间的联系并不是建立在它们之间任何真正的结构相似性上，而仅仅是建立在约定上。此外，在弗兰克看来，空间形式是叙事结构舍弃线性顺序和因果关系等时间性因素，转而采用共时性的空间叙述方式，其常见形式有：并置、碎片、蒙太奇、多情节、省略时间标志、弱化事件与情节，给人一种同在性的印象、心理描写、百科全书式的摘录感等。佐伦将弗兰克的这种空间形式理论进一步延伸和细化，提出了文本空间的概念。所谓的文本空间是指符号文本的空间结构或文本所表现的空间。它的构成受三方面的影响,即语言选择、文本的线性时序和视角结构。语言选择影响文本空间的建构效果。"语言无法表述空间的全部信息,空间描写往往含糊抽象,因此,叙述的详略和语言的选择性往往影响叙事空间重现的效果"。可以说,"佐伦的叙事空间理论是迄今为止最具实用价值与理论高度的模型"(王安,2008:144)。

无论是"经典叙事学"还是"后经典叙事学",偏重的都是时间维度,而有意无意地忽视了空间维度上的研究(龙迪勇,2008 a:54)①。可事实上,像一切完整的研究一样,叙事学研究既存在一个时间维度,也存在一个空间维度。佐伦将空间和叙事紧密结合,加速了叙事学的空间转向。在佐伦眼中,叙事文本往往利用空间模式来表现时间和推动整个叙事进程。此外,佐伦认为视角与聚焦对文本空间起着十分关键的作用。叙事视角会影响空间的重构,不同的聚焦会产生不同的空间效果。来自隐含作者与叙述人的讲述使小说在人物与视角的交织中形成了立体空间幻觉。此外,自弗兰克开始,空间研究都不否认读者的作用。佐伦更是强调空间是读者积极参与的建构过程,认为读者通过反应参照完成了对文本空间的整体建构。

二、空间叙事学的概念及内涵

国内尽管也并未出现"空间叙事学"这一术语,但已有学者对其展开尝试性的讨论和研究。最早对空间叙事学展开研究的是龙迪勇,他于 2006 年 10 月发表于《江西社会科学》的论文《叙事学研究的空间

---

① 龙迪勇. 空间叙事学·叙事子研究的新领域 [J]. 天津师范大学学报(社会科学版),2008(6):54-60.

转向》可以算作国内空间叙事学研究的滥觞①。此后，一大批学者相继展开对空间叙事学的相关研究，除龙迪勇外，宁波大学的方英和四川大学的王安都是该领域的代表学者。

龙迪勇在《叙事学研究的空间转向》② 一文中开门见山地指出空间叙事学同时具备时间维度和空间维度，但由于长久以来人们对叙事学的时间维度较重视，而忽视了叙事学的空间维度。该文旨在从理论和创作实践两方面分析叙事学的"空间转向"的知识和文化背景，并从叙事活动、叙事作品、阅读活动三个方面，分析空间叙事学的问题域，指出空间叙事学研究的广阔研究前景。首先，叙事学是关于讲述故事的科学，故事的发生离不开时间线，因此，叙事学的时间维度很好理解。但不可忽视的一点是"叙事是具体时空中的现象，任何叙事作品都必然涉及某一段具体的时间和某一个（或几个）具体的空间。超时空的叙事现象和叙事作品都是不可能存在的"（龙迪勇，2006：61）。所以空间性也是叙事中不可或缺的一个重要特点。对于叙事的时间性，学界已有共识，如叙事中的时态（过去时、现在时、将来时）或者叙事中的时序（顺序、倒叙、插叙）等。但与这类研究不同，龙迪勇曾在《寻找失去的时间——试论叙事的本质》③《反叙事：重塑过去与消解历史》④《叙事学研究之五梦：时间与叙事》⑤ 等论文中尝试突破传统叙

---

① 在此之前，龙迪勇也曾做过空间叙事方面的相关研究，如他在 2003 年发表于《江西社会科学》第 10 期上的文章《论现代小说的空间叙事》及 2005 年发表于《思想战线》第 6 期上的文章《空间形式：现代小说的叙事结构》等。

② 龙迪勇. 叙事学研究的空间转向 [J]. 江西社会科学，2006（10）：61 - 72.

③ 龙迪勇. 寻找失去的时间——试论叙事的本质 [J]. 江西社会科学，2000（9）：48 - 53.

④ 龙迪勇. 反叙事：重塑过去与消解历史 [J]. 江西社会科学，2001（2）：7 - 14.

⑤ 龙迪勇. 叙事学研究之五梦：时间与叙事 [J]. 江西社会科学，2002（8）：22 - 35.

事学对叙事中时间性的研究。这些论文从某种程度上补充了叙事学中时间性的研究不足，如只关注了对叙事"挽留和凝固时间"的一面，却忽略了对叙事"保存甚至创造时间"的关注，甚至忽略了"反叙事"策略对修改印象、颠覆认知、重塑过去的了解。通过以上分析，龙迪勇将叙事和时间的关系从单纯的叙事时态、时序等叙事手段扩展至叙事与时间的深层关系、叙事与记忆的联系等方面，拓宽了叙事学研究中的时间性内涵。

此外，龙迪勇对叙事学中的空间维度，或者说是对叙事与空间的关系也做出了精彩的分析。龙迪勇指出："无论是作为一种存在，还是作为一种意识，时间和空间都是不可分割的统一体。"（龙迪勇，2006：61）正因如此，叙事学中的空间维度也就和时间维度一样，是叙事不可缺少的"重要元素"（ibid.），因此，"尽管叙事学对空间或空间性问题关注较少，但在'空间转向'这一大的知识和文化背景下，叙事学理应做出自己的反应"（龙迪勇，2006：63）。龙迪勇分别从时间性对真实性的遮蔽和空间问题的凸显两方面展开分析，论证叙事和空间之间关系的重要性，以及对叙事学的空间维度展开研究的必要性和必然性。通过对豪尔斯·路易斯·博尔赫斯（Jorge Luis Borges）的短篇小说《阿莱夫》（*El Aleph*，1949）进行解读①，龙迪勇指出，由于叙事必须通过语言来组织，而语言的时间性限制了叙事空间维度的展开，因此，

①　龙迪勇选取的分析片段为《阿莱夫》中的一段文字："现在我来到我故事的难以用语言表达的中心；我作为作家的绝望心情从这时开始。任何语言都是符号的字母表，运用语言时要以交谈者共有的过去经历为前提；我的羞惭的记忆力简直无法包括那个无限的阿莱夫，我又如何向别人传达呢？……此外，中心问题是无法解决的：综述一个无限的总体，即使综述其中一部分，是办不到的。在那了不起的时刻，我看到几百万愉快的或者骇人的场面；最使我吃惊的是，所有场面在同一个地点，没有重叠，也不透明。我眼睛看到的是同时发生的：我记叙下来的却有先后顺序，因为语言有先后顺序。总之，我记住了一部分。"

依循因果关系和时间顺序来安排叙事是不得已而为之的"退而求其次"的做法。"也正是有感于时间性对真实性的遮蔽甚至扭曲,自 20 世纪下半叶以来,许多思想敏锐的学者都觉得应该把空间维度引入到人文社会科学研究中去。"(ibid:63)而空间问题的凸显主要是在福柯、列斐伏尔、丹尼尔·贝尔(Daniel Bell)、约翰·伯格(John Berger)、欧内斯特·曼德尔(Ernest Mandel)、弗雷德里克·詹明信(Fredric R. Jameson)、戴维·哈维(David Harvey)、爱德华·W. 苏贾等学者的空间研究中得以展现,而这些学者的空间研究已然暗示了空间的转向"势不可挡、势在必行"(龙迪勇,2006:66)。在实践层面,20 世纪中叶以来,人们的生活发生巨变,传播媒介的发达促使人们可以无须通过面对面即可实现空间的衔接。而文学研究也促使这一现象的发生。"普鲁斯特和乔伊斯等人在 20 世纪早期,即已经开始了对线形叙事的突破,他们力求在其伟大的作品中追求一种空间化的结构形式。"(ibid.)文学后现代主义的兴起让空间更加得以凸显,时间概念被摒弃,取而代之的是无限延长的空间感和意识流,人们更关注的已经不是曾经以线性顺序为标志的文学作品,而是突破传统形式创作出的"新小说"。

三、空间叙事学的研究对象和方法

空间叙事学的研究对象亦即空间叙事学的研究域。龙迪勇指出,"空间叙事学的问题域是非常宽广的。除了小说、历史、传记等传统上偏重时间维度的叙事文本的空间化问题之外,像绘画、雕塑、建筑等传统上偏重空间维度的艺术文本的叙事问题,亦当在空间叙事学考虑之列,像电影、电视、动画等既重时间又重空间的叙事媒体,亦当在空间叙事学的观照下,获得新的阐释",此外,"与侧重听觉和时间的西方文化不同,中国文化侧重视觉与空间,中国人的思维特点偏重'视觉

思维'，是一种典型的'象思维'或'直觉思维'。因此，中国古代的
叙事文本多呈现出某种'空间性'特征。这种因文化而带来的空间叙
事特征，自然是空间叙事学应该关注的领域（龙迪勇，2006：67）。也
就是说，空间叙事学的研究对象大致可分为四类：一是各类叙事文本的
空间化；二是艺术文本的叙事；三是媒介传播中的叙事；四是中国古代
叙事文本的空间叙事。对此，龙迪勇在《叙事学研究的空间转向》一
文中通过对以小说为主的叙事作品的空间问题进行了详尽阐释，并指
出："在许多小说尤其是现代小说中，空间元素具有重要的叙事功能。
小说家们不仅仅把空间看作故事发生的地点和叙事必不可少的场景，而
是利用空间来表现时间，利用空间来安排小说的结构，甚至利用空间来
推动整个叙事进程。因此，在现代小说中，'空间叙事'已成为一种重
要的技巧。"（龙迪勇，2006：69）龙迪勇分别通过俄国著名作家伊·
阿·蒲宁的中篇小说《故园》探讨了叙述中的"神圣空间"；通过威
廉·福克纳的短篇小说《纪念爱米丽的一朵玫瑰花》（*A Rose for Emily*，
1930），探讨了现代小说叙事中空间成为一种时间的标识物及特殊的时
间形式；通过卡森·麦卡勒斯的中篇小说《伤心咖啡馆之歌》（*Ballad
of the Sad Cafe*，1951），探讨了现代小说中的空间变易与叙事进程的问
题。此外，龙迪勇还通过分析博尔赫斯的短篇小说《阿莱夫》和《小
径分岔的花园》（*El jardin de senderos que se bifurcan*，1944），探讨了现
代小说中复杂的空间形式问题。

龙迪勇不仅追溯了文学中空间性的历史过程，还通过自己建构的空
间叙事学来指导文学阅读和文学批评。由于现代小说的空间感较强，读
者在阅读过程中难免会觉得比较困难，可能需要较强的知识修养、智力
水平和思维能力，因此，阅读现代小说必须讲究技巧才能克服阅读中的
理解困难。对此，龙迪勇指出，"为了把握现代小说的空间形式，我们

必须培养一种新的阅读方式——总体阅读"（龙迪勇，2006：70），也就是说，不要在一开始就非常注重细节，而是抓大放小，注重整体，暂时忽略细节，这样才能做到把握阅读现代小说的正确方法，领悟现代作品或后现代叙事作品中的空间形式。当然，"要在时间的流动中整体性地把握线性小说的空间形式，的确不是一件容易的事"（ibid.），因为小说的本质还是通过语言讲述故事，这就不可避免地受到语言的流动性和线性特征的影响，就会阻碍对小说中的空间形式的了解。此外，"总体阅读"的方式也有局限，只适合于阅读短篇小说，一旦小说篇幅较长，就更难以从整体上把握小说的结构形式及思想内涵。

此外，龙迪勇还在其论文《空间问题的凸显与空间叙事学的兴起》[1] 中对其在《叙事学研究的空间转向》中点到即止的空间叙事学研究对象进行了深入分析，并指出，空间叙事学应当关注两方面内容，一是"探讨'时间性'叙事作品"，二是"探讨在传统文艺理论中被视为'空间艺术'的图像的叙事问题"（龙迪勇，2008：69）。

王安在《论空间叙事学的发展》[2] 一文中从三个阶段较详细地分析了国外空间叙事学的发展，上溯弗兰克，中承米切尔等人，下迄佐伦。作者在文献综述的基础上，试图勾勒出这一新学的发展脉络，并对叙事空间的概念加以反思（王安，2008：142）。首先，弗兰克从叙事的三个侧面，即语言的空间形式、故事的物理空间和读者的心理空间分析了现代小说中的空间形式，从这个角度来说，弗兰克影响了后来学者对叙事空间的认识。"自他之后，为数众多的学者继续从故事空间、空间形式和读者感知等方面展开对空间问题的讨论。"（王安，2008：143）王

---

[1]　龙迪勇. 空间问题的凸显与空间叙事学的兴起 ［J］. 上海师范大学学报（哲学社会科学版），2008（6）：64－71.

[2]　王安. 论空间叙事学的发展 ［J］. 社会科学家，2008（1）：142－145.

安分别列举了米切尔、瑞恩、安·达吉斯坦利、大卫·米克尔森、埃里克·拉布金、凯斯特纳、罗侬、查特曼等学者对空间问题的阐释，并主要梳理了佐伦的空间叙事理论，并做出对空间叙事学的反思。

此外，还有一些学者尽管并未专门对空间叙事学做出阐释，但围绕空间叙事或空间叙事研究展开了相关分析。方英曾于 2013 年发表论文《理解空间：文学空间叙事研究的前提》①，探讨了在文学中理解空间的方式方法，并指出，"如何理解空间是开展空间叙事研究的前提"（方英，2013：102）。首先，了解历史上空间意义的基本内涵和发展脉络是起点；其次，在"空间转向"视域下理解空间是重点；再次，在文学叙事的层面把握空间的意义是落脚点。方英进而指出，"文学叙事空间是由作者、读者、文本共同建构的想象性、艺术化空间，既是表达层面的空间形式，又是内容层面的具象空间"（ibid.）。在文学的空间转向逐渐步入文学空间研究（spatial literary studies）这一新阶段的背景下，方英于 2018 年发表的《绘制空间性：空间叙事与空间批评》② 一文在借鉴詹姆逊的"认知绘图"（cognitive mapping）和塔利的"绘图"（mapping）、"文学绘图"（literary cartography）概念与理论的基础上，讨论近年来国内文学空间研究中的两个热点——空间叙事与空间批评，探讨这两者的根本性内在关联，并指出"这两者都是对存在空间性的绘制，对文学意义的新探索"（方英，2018：114）。方英指出："在空间转向的思潮中，应当提倡一种聚焦空间性的研究，即从"空间性"入手来从事当代的文学理论建构和文学批评，并以"绘制空间性"为

① 方英. 理解空间：文学空间叙事研究的前提 [J]. 湘潭大学学报（哲学社会科学版），2013（2）：102 – 105.
② 方英. 绘制空间性：空间叙事与空间批评 [J]. 外国文学研究，2018（5）：114 – 124.

视角，来审视和梳理最近国内呈井喷式涌现的与空间、地方、地理等问题相关的文学研究"（方英，2018：117）。方英的研究显然扩大了文学空间研究的范畴，将其从文学中的空间概念分析扩展至主动对空间性进行绘制，将文学与地理中的空间结合在一起，丰富了文学空间研究的内涵，提供了空间叙事研究和空间批评的实操方法，具有显著价值和深刻意义。例如，从空间批评的具体操作方面而言，就可以采用以下三种方法：首先，借用空间理论考察某位作家的创作，挖掘作品中的空间性元素和意义；其次，研究不同学科关于空间性的理论思考，及其对文学研究的价值和意义；最后，致力于理论建构，系统探究空间、地方、空间关系等元素与文学研究中某些核心问题的关系。

余新明在《小说叙事研究的新视野——空间叙事》一文中指出："小说空间叙事研究的核心问题应该是空间的叙事功能，即空间如何参与、影响了叙事。"（余新明，2008：80）对这一问题的研究有两种方法：一是"分析空间'生产'出了怎样的社会关系、权力结构、思想观念，这些形而上的意识形态特征又是怎样转化为空间里的人们的实际行为，从而影响、决定了小说叙事的进程"；二是"空间对叙事的参与在很大程度上是通过场景来进行的。场景对叙事的影响有两个方面：一是对叙事时间的干预；二是场景与场景的转移衔接形成小说叙事结构"（余新明，2008：81）。另外，小说空间叙事研究还包括"小说空间叙事的外围问题，这个问题大概可以包含空间叙事的形态、视点、节奏等几个方面"（ibid.）。①

可见，国内学界对空间叙事学的研究对象和研究方法已有一定的探

---

① 余新明.小说叙事研究的新视野——空间叙事［J］.沈阳大学学报，2008（2）：79－82.

讨，但并未形成系统的观点。笔者认为，龙迪勇于 2008 年提出的将空间叙事学的研究对象分为"时间性"叙事作品与"空间艺术"图像的叙事两类比较合理，即探讨以文字记述为特征的、以时间性为特点的文学作品，以及以线条和色彩为特征的、以空间性为特点的图像作品，前者虽表面上是时间性的，但却包含了空间性，需要读者在阅读时有意识地进行挖掘和分析；后者本身就具备空间特性，因此较容易分析。此外，学界对空间叙事学的研究方法也并未形成统一观点，每位学者都有自己的研究方法论和研究理路。根据学界目前的研究成果，笔者认为，空间叙事学的研究方法可大致分为以下两种：一是以新批评研究方式为主的文本细读和封闭阅读方式，将文本中对空间性的表征提炼出来，以此作为参考，结合总体阅读的思路，从整体上把握文本内部隐含的价值观、伦理观和深层思想内涵；二是结合与空间概念无法分割的地理学和地图学研究方法，在阅读文本时绘制文学地图，探索文学作品内部隐含的地理空间和地图表征，当然，此种方法与文学地图学密切相关，笔者将在后文对此加以详述。

第五节　文学地理学：文学与地理学的交叉地带

文学作品的创作、生成、传播、评价都离不开实在的、具体的地理空间，地理空间又反过来影响文学作品，地理因素和文学作品中存在密切联系，于是，"文学地理学"应运而生。国外没有文学地理学，文学地理学是在中国本土诞生的一个新兴学科。文学地理学和文学史、文学批评、文学理论等不同，是纯正的"中国创造"（曾大兴，2012：9），因此，这门还未成体系的学科具有鲜明的中国特色，中国博大宽广的土地赋予了文学广阔的地理空间，而历史悠久的文学传统又给地理提供了时间的填补。曾有学者指出："有了文学地理，文学这个学科才算完整。"（ibid.：8）这句话道出了文学地理学作为一门新兴跨学科存在的必要性和必然性。文学中的空间元素和空间性与地理学中的空间元素和空间性具有某些共同特征，且有重合和交叉，这就决定了文学和地理这两门学科具有结合的可能性。如果说每门学科都应有自身存在的价值，那么，文学地理学也应当成为一门文学和地理学的交叉学科，具有其他跨学科的基本特征，具有跨学科的存在意义。不过，本节将梳理文学地理学的概念内涵、研究对象、研究方法和研究意义，通过对国内外学界针对文学地理学展开的相关研究进行综述，对文学地理学这门交叉学科的形成背景、发展状况和未来前景进行探讨。

一、文学地理学的概念及内涵

文学地理学究竟是一种研究方法，是一种研究视角，还是一门学科？对此，学界并未达成共识。本部分将主要探讨国内学界对"文学地理学"这一词语的概念及内涵的研究情况。

国内最早将"文学地理学"作为专门术语进行探讨的是邹建军，"文学地理学"一词是他提出来的一种批评与研究文学的方法，也是21世纪头十年来开始形成的批评与研究文学的一个新领域，已经成为中国比较文学研究的一个分支学科（邹建军、周亚芬，2010：35）。① 邹建军曾指出，国内之前的"文学地理"主要是指"中国文学史或外国文

---

① 邹建军，周亚芬. 文学地理学批评的十个关键词［J］. 安徽大学学报（哲学社会科学版），2010（2）：35-43.

学史发展所构成的文学总体状况"（邹建军，2009：41）。① 但他并不认可这一概念及其研究方法。邹建军认为，文学是人类精神的流变的产物，因此不应用地理学的确定性和外在化的方式来加以分析。至于"作家地理"（即研究某一历史时期的作家分布，从而形成一个地图）、"在某个地域所形成的作家群的问题"以及"研究作家笔下所建构的空间意象"三个方面都不是文学地理学的研究范畴。

曾大兴身体力行地将文学地理学建设成为一门独立的，有自己的内涵、品质和规范的学科，并对其定义内涵、研究对象、研究方法、研究意义等做出详尽阐释。鉴于文学地理作为一种研究方法已存在上千年时间，但却一直没有一门对应的学科作为支撑，他指出："文学地理也不能总是停留在一个方法的层面，它必须上升到一个学科的水准。任何一个没有学科内涵、学科品质、学科规范的方法，永远都是一种不成熟的方法。"（ibid.）梅新林（2006）曾在《文学地理学的学科建构》② 一文中将文学地理学扼要概括为："融合文学与地理学研究、以文学为本位、以文学空间研究为重心的新兴交叉学科或跨学科研究方法，其发展方向是成长为相对独立的综合性学科。"（梅新林，2012：93）

文学批评的研究对象是具体的作家作品。如果从历史的角度研究作家作品，它就成了文学史的研究；如果从地理的角度研究作家作品，它就成了文学地理的研究。文学理论的研究对象，不是具体的作家作品，也不是具体的文学史或文学地理，而是在文学批评、文学史、文学地理的基础之上，抽象出某些理论、原理或者规律。

---

① 邹建军．文学地理学研究的主要领域［J］．世界文学评论，2009（1）：41-46.
② 梅新林．文学地理学的学科建构［J］．华中师范大学学报（人文社会科学版），2012（4）：92-98.

> 如果它抽象出来的理论、原理或者规律，属于文学批评方面的，那就是文学批评的理论；属于文学史方面的，那就是文学史的理论；属于文学地理方面的，那就是文学地理的理论。（曾大兴，2012：9）

可见，曾大兴将文学批评或文学研究进行了肢解拆分，从文学作品中看到的是什么，该研究成果就属于哪个领域的研究。在这里，文学作品仅是文学批评和文学研究的对象和基础，从中分离出的各种批评和研究成果分属不同方面，如文学史研究、文学地理研究。同理，文学理论的研究也将文学作品视为分析对象，从中抽离出的理论或规律属于哪一领域，其研究成果就属于哪一领域，如文学史理论、文学地理理论。这种分离方式有助于对文学研究和文学理论研究的研究成果进行梳理，同时有助于整理研究对象、划分研究范畴、规范研究领域。

为了满足文学地理学作为一门新兴跨学科的学科建构需求，梅新林曾探讨了对文学地理学学科理论建构的设想。在《文学地理学：基于"空间"之维的理论建构》① 一文中，梅新林在文学地理学的内在需要与学理逻辑的基础上，重点借鉴并重释杰弗里·马丁所归纳的地理学的三个核心问题与弗朗科·莫雷蒂所提炼的文学地图的双重空间概念，然后重构为"版图复原""场景还原""精神探原"的"三原"理论，作为文学地理学理论建构的三大支柱，借此对影响文学地理学理论建构的若干关键问题做了新的反思和辨析。由于文学地理学兼具文学和地理学两门学科的共同特征，这就决定了文学地理学既具备地理学不可避免的三个本原问题："它在哪里""它是什么样的""它意味着什么"，同时

---

① 梅新林. 文学地理学：基于"空间"之维的理论建构［J］. 浙江社会科学，2015（2）：122－136.

又具备文学探索人类文明和精神世界的二重性，既要探讨"文学中的空间"问题，也要探讨"空间中的文学"问题。因此，文学地理学需要同时从文学地理学中汲取各自学科的学术成果，"走向对文学地理学本原意义的学理思考和探索"（梅新林，2015：122）。

对于文学地理学的本位问题，学界也形成了不同的看法。究竟是以文学为本位还是以地理为本位？或者说，是文学本位中的地理研究还是地理本位中的文学研究？对于这个问题，梅新林认为，"只有坚守文学本位论，或者说以文学本位的文学地理研究为主导，以人文地理学中的文学地理研究为辅助，然后整合、发展为相对独立的文学地理学，方能真正确立文学地理学的'空间'研究是'文学空间'而非泛文学乃至泛文化的人文地理空间，这是文学地理学区别于一般人文地理学的关键问题，由此直接决定了文学地理学理论建构的本位立场与方向"（梅新林，2015：134）。梅新林对文学地理学的学科本位问题以及文学地理学研究方法的核心做出了清晰阐释，规范了文学地理学的学科边界，同时澄清了文学地理学研究中文学与地理学之间的交互关系。

二、文学地理学的研究对象、内容和方法

邹建军认为，文学是人类精神的流变的产物，因此不应用地理学的确定性和外在化的方式来加以分析。至于"作家地理"（即研究某一历史时期的作家分布，从而形成一个地图）、"在某个地域所形成的作家群的问题"以及"研究作家笔下所建构的空间意象"三个方面都不是文学地理学的研究范畴（邹建军，2009：41）。他指出，如果只是分析这几个方面的内容，就只属于描述性分析，会较空泛。如果深入探讨文学作品演变的成因，将历史、地理、文化、政治等因素考虑在内，则会更深入，更具有文学地理学的研究意义和研究价值。邹建军曾探讨过文

学地理学研究的八个主要领域，分别为：作家创作时的地理环境影响、文学作品中对某一地理空间的建构、文学作品中的自然山水描写及其意义、文学流派产生和自然地理环境的关系、文学史的演变和地理环境变迁的关系、"地理大发现"对文学作品内容所发生的影响、人类对宇宙空间的新观察对作家观念所产生的影响、东西方作家对地理空间的不同表达（邹建军，2009：42 - 45）。邹建军进而指出，文学地理学批评建设需要关注十个关键词："文学的地理基础与文化基础、文学的'地域性'与文学的'地理性'、文学的地理批评与空间批评、文学作品中的自然意象与人文意象、文学的地理空间与审美空间、文学的地理空间与文学的宇宙空间、文学的环境批评与地理批评、文学的时间性与空间性、文学地理空间的限定域与扩展域、文学地理批评的人类中心与自然中心"（邹建军、周亚芬，2010：35）。其中的重点可以大致归结如下：

1）在文学、文化与地理的关系中，地理因素是基础和前提，文化产生于特定的地理空间，文学产生于特定的文化背景之中；

2）文学的地域性与特定的自然环境存在密切的关系，从而让某种文学具有一定的地域特征；而文学的地理性则是指某一作家的成长与某一作品的产生，往往与特定的自然山水环境存在必然的联系；

3）文学的地理批评与文学的空间批评具有一定的相似性，但差别巨大。从地理的角度切入并研究文学现象中的地理要素就可称为文学地理学批评，而空间批评主要包括对文学作品中所体现出来的空间观念的分析、对具体的文学作品中空间形态的分析等；

4）文学地理学考察文学中的地理空间要素，自然意象是主要的对象、首要的内容，此外，文学作品中的人文意象也是文学地理学要考察的对象；

5）文学地理学意义上的文学空间是与地理相联系的文学空间，在文学地理学意义上所谓文学作品里的想象空间是指文学作品中所存在的事物，往往是作家审美认识与艺术想象的产物、艺术创造；

6）文学的地理空间是指作家在文学作品中所创造的与地理相关的空间意象，而文学的宇宙空间则是指在文学作品中所存在的与地理空间并不一样的宇宙空间意象；

7）文学的环境批评主要关注文学作品中对于自然环境与社会环境的描写，而文学的地理批评主要关注的是文学作品中的自然地理要素存在的形态与发挥的作用；

8）文学的空间批评包括文学的地理空间批评，也包括从一切空间形态出发进行的文学批评，因此，从事文学地理学批评，时间与空间是一对不可分离的概念；

9）文学地理学研究的"限定域"就是研究文学作品里存在的自然与环境问题，从文学文本出发分析与地理空间相关的现象，除此之外，所有的文学地理学批评与研究则是文学地理学研究的"扩展域"；

10）在文学的地理学批评与研究中，我们应当采取的是一种人与自然和谐共生的态度，以适应人类未来发展的需要。

曾大兴在《文学地理学概论》①一书中给文学地理学的定义做了简单明晰的阐释。所谓文学地理学，即"研究文学与地理之间相互作用所形成的文学事象的分布、变迁及其地域差异的科学"，并指出文学地理学的研究对象简单而言就是"文学与地理环境的关系"，而文学地理学研究的主要内容包括："文学与地理环境的关系，文学家的地理分布，文学作品的地理空间及其空间要素、结构与功能，文学接受与文学传播的地域差异及其效果，文学景观的分布、内涵和价值，文学区的分

---

① 曾大兴. 文学地理学概论［M］. 北京：商务印书馆，2017.

异、特点和意义等。"（曾大兴，2017：1）2011 年，曾大兴在《建设与文学史学科双峰并峙的文学地理学科——文学地理学的昨天、今天和明天》① 一文中就文学地理学的学科任务与目标提出了新的看法。他对文学地理学的学科任务做了如下界定：

> 通过文学家（包括文学家族、文学流派、文学社团、文学中心）的地理分布及其变迁，考察不同的自然地理环境和人文地理环境对文学家的气质、心理、知识结构、文化底蕴、价值观念、审美倾向、艺术感知、文学选择等构成的影响，以及通过文学家这个中介，对文学作品的体裁、形式、语言、主题、题材、人物、原型、意象、景观等构成的影响；还要考察文学家（以及由文学家所组成的文学家族、文学流派、文学社团、文学中心等）完成的文学积累（文学作品、文学胜迹等）、形成的文学传统、营造的文学风气等，对当地的人文环境构成的影响。文学与地理环境的关系是一个互动关系。文学地理学必须对地理环境（自然环境和人文环境）与文学要素（文学家、文学作品、文学读者）之间的各个层面的互动关系进行系统的梳理，找出它们之间的内在联系及其特点，并予以合理的解释。（曾大兴，2012：8）

也就是说，文学地理学研究的目标之一就是建立一门与文学史学科并重的文学地理学科，文学学科与地理学科二者同等重要、缺一不可。文学本就是同时在时间和空间中生产、传播、接受、评价的。"几乎所

---

① 曾大兴．建设与文学史学科双峰并峙的文学地理学科——文学地理学的昨天、今天和明天［J］．江西社会科学，2012（1）：5–13.

有的学科，既有解释其时间关系的分支学科，也有解释其空间关系的分支学科。"（ibid.）

　　至于文学地理学研究方法的问题，邹建军在《我们应当如何开展文学地理学研究》① 一文中给出了答案，同时作者表明，文章"讨论的是从事文学地理学研究的基本思路与基本理论，而扎实的个案研究才是建立文学地理学批评的主要路径"（邹建军，2013：23）。邹建军认为，做研究应当从身边做起，从一点一滴做起，从力所能及做起。也就是说，不好高骛远，抓准当下自己能够把握的现象。假如对赫尔曼·梅尔维尔的作品感兴趣，就可以考察一下其作品中对于自然风光的描写，也可以在其作品中考察人与自然之间的关系，分析梅尔维尔在其作品中是如何看待自然环境的，是如何描述海洋的，甚至是如何描写海洋生物以及海洋与人类之间的关系的。"这样的研究也就是文学地理学的研究。"（邹建军，2013：23）当然，文学地理学研究并非这样简单机械，如若只是考察文学作品中的自然风景，那就违背了邹建军曾在阐释文学地理学关键词时特别指出的那三种简单范畴。由于文学地理学研究是中国比较文学的一个分支，因此在进行作品阅读与文本分析的时候还应从跨学科的角度进行思考，考虑特定的自然地理空间与具体的作家作品之间存在何种联系，产生何种影响，有着何种意义。此外，文学地理学研究并非从理论出发而提出来的一种研究角度，而是从文学批评的实践出发，从对具体文学现象和文体问题的讨论中提出来的，因此，文学地理学研究不可能离开对具体现象和问题的研究，不能离开对具体的作家作品的阐释。由于文学地理学目前没有建构起自己的学科，还未能构划出自己的研究方法论，对此，邹建军指出："我们在没有其他办法的时候，也

---

① 邹建军．我们应当如何开展文学地理学研究［J］．江汉论坛，2013（3）：23 – 29.

可以在前人的基础上做一些抽样式的分析与概括。"（邹建军，2013：25）如地理学研究中的实地考察法、案例分析法和图表分析法可以为文学地理学提供方法论层面的参考。显然，无论是实地考察法、案例分析法还是图表分析法，都具有理工科学学科定量研究的特点，而文学地理学中的文学特质并不一定完全适合于这三种方法。因此，在实际的方法运用时，不可对这三种方法进行生搬硬套，文学地理学研究的对象还应是文学文本中反映出的问题，文学作品的文学价值和美学价值仍然是文学地理学的核心。"所谓文学地理学，最主要的内容与角度就是从地理空间的角度来研究文学，首先要对具体的作家创作的作品有一个审美阅读的过程"（邹建军，2013：26），"文学地理学批评或者文学地理学研究首先就是一种审美的研究，而不是一种科学的研究"（邹建军，2013：27）。曾大兴在邹建军的基础上加以补充，他指出："文学地理学不是一种单纯的外部研究，除了外部研究，它还要深入到作家本体，更要深入到作品本体（文本），同时也要深入到接受本体（读者），它实际上是一种内外兼顾的文学本体研究。"（曾大兴，2017：5）这几点在从事文学地理学研究中是始终不能忽视的。

可见，无论学界对文学地理学学科建构的期待有多大的差异性，对文学地理学的研究本体和研究对象的认识是基本一致的，即文学地理学的研究本体是文学（包括作家、作品），研究对象是与地理空间相关且与地理空间相互影响的文学现象（包括文本、读者）。文学文本是文学地理学研究的根基，文学作品的文学性及审美性是研究的意义，地理学研究方法则为文学地理学研究提供了可用的方法。

三、文学地理学的研究案例——虚构与真实:《玛迪》中的文学地图想象

赫尔曼·梅尔维尔（Herman Melville，1819—1891）是美国 19 世纪著名小说家，《玛迪》是其于 1849 年创作的一部长篇小说，也是继《泰比》《奥穆》之后的第三部小说，《玛迪》与这两部小说一道被称为"波利尼西亚三部曲"，属于梅尔维尔早期创作的经典之作。

尽管梅尔维尔是公认的美国经典作家，但国内外学界对其的关注仍主要集中在《白鲸》（*Moby - Dick*，1850）上，对其他小说的关注则较少，尤其是《玛迪》。国外评论界对该小说的评价褒贬不一，有的将其视为《鲁滨孙漂流记》（*Robinson Crusoe*，1719）和《格列佛游记》（*Gulliver's Travels*，1726）的结合体，认为这是一本"奇特的书"（如 Higgins and Parker，1995：193；Pollin，1975：66）、"了不起的书"（如 Higgins and Parker，1995：194）、"伟大的天才之作"（如 Pollin，1975：67）、具有"新鲜感、独创性"（如 Higgins and Parker，1995：199）、能让人产生"愉快感觉"（ibid.）的书、"非常值得一读的书"（如 Pollin，1975：68）；但也有将其看作是一部"荒唐的小说""毫无秩序或联系地混在一起"（如 Higgins and Parker，1995：227）、是一部令大多数读者感到"难懂的作品"（如 Levine and Krupat，2007：2305）。事实是，这本书在当时的确销量不佳，受到普遍的负面或质疑的评论，损害了梅尔维尔在《泰比》和《奥穆》中树立的良好文学声誉。

可令人好奇的是，为什么同一部小说却会使评论界产生如此明显的分歧？事实上，在现在看来，令《玛迪》受到褒贬不一评价的根源在于其独特的叙事手法和超越当时的文学地图想象。梅尔维尔所处时代的评论家们显然相当草率地认为，《玛迪》是一个寓言，而这个寓言显然

难以解释，于是便放弃了所有解释的努力，这就导致"它被认为不仅枯燥乏味，而且难以读懂，令大多数读者感到困惑和失望"（Graham，1957：235）。即使自 1920 年梅尔维尔复兴以来，批评家们也没有做得更好。必须指出的是，当梅尔维尔开始写《玛迪》时，他所做的就是"摸索着前进到一种新的方式，在好几种方式中交替地写作，但没有一种是完全正确的"（Arvin，1950：72）。

从叙事手法上来讲，《玛迪》有着和《泰比》《奥穆》一样的冒险故事开头，但在小说的第二部分转换成了游历故事，且这部分的游历故事是以虚构地名串联起来的完整地图。此外，梅尔维尔在第一部分中按照传统小说的时间顺序讲述航行的冒险经历，但是跨越到第二部分时，却将叙事方式改变成空间叙事，即时间线相对静止，冒险故事在各个不同的空间中依次展开。可见，小说的重点并不在第一部分以时间线性为特征的冒险故事，而在第二部分以空间叙事为特征的游历故事。也就是说，如果对《玛迪》的阅读期待还停留在《泰比》和《奥穆》类型的海外冒险故事中，就无法真正了解并欣赏《玛迪》的独特魅力，甚至会觉得"难懂""毫无秩序"。正如西尔斯所说，"梅尔维尔在 1849 年出版的这本书不仅仅是一本旅行书，它的吸引力在于他的描述和叙述能力以及他对新信息的利用"（Sears，1947：411），而"读者可能非常喜欢它，也可能完全厌恶它，这要看他自己的想象力了"（Bentley's Miscellany，1849：199）。本小节将分析的重点放在小说的游历部分，通过文学地图学的批评视角，重点对小说中的维文扎岛和多米诺拉拉岛这两处地方进行分析，以此剖析《玛迪》中的虚构与真实，试图探索梅尔维尔的文学地图想象及其对当时世界问题的和国家问题的关注、思考与批判。

20 世纪以来，随着跨学科的研究理论与方法盛行，文学与其他学科的结合也越来越紧密，文学地图学就是在这一大背景下形成的。以 1910 年 J. G. 巴塞洛缪（J. G. Bartholomew）所著《欧洲文学历史地图集》（*A Literary and Historical Atlas of Europe*）于英国登特出版社出版为发端，迄今已走过一百余年的发展历程（郭方云，2015：112）。20 世纪 30 年代，布里斯科（J. D. Briscoe）等人合编的《英国文学导图》（*Guide to English Literature*）介绍了 19 世纪英国的伦敦、哈代的威塞克斯等地区，并收录了 9 幅英国不同时期的文学地图，大大加深了读者对英国文学空间分布特征的了解（Bulson，2007：6）。1998 年出版的莫雷蒂（Franco Moretti）的专著《欧洲小说地图册：1800—1900》附有几十幅文学地图，"有的以单个作家为单位进行区域构图，有的根据不同主题进行绘制，极佳地体现了文学地图得天独厚的视觉空间优势"（郭方云，2015：111）。20 世纪中期开始，空间开始进入人文科学领域的研究话语之中，弗兰克的"叙事空间"、巴赫金的"时空体"、福柯的"异度空间"、列斐伏尔的"社会空间三元辩证法"、索亚的"第三空间认识论"等相关理论都促使"文学的空间研究逐渐盛行"（郭方云，2013：110），并"在 20 世纪 90 年代初与地图的文化阐释进行实质性的融合，共同催生了一种新的批评模式——文学地图研究"（郭方云，2015：112）。文学地图的概念有广义和狭义之分，"从广义上看，文学地图是文学世界中空间信息的图形表征或文字描绘"，"从狭义上讲，文学地图指代的则是文学作品中空间信息的图示化表征"（ibid：114）。郭方云曾对"文学地图学"（literary cartography）的概念做出阐释，即文学地图学"特指文学地图批评图示的建构——一种利用地图学特殊的认知模型结合操作范式进行文本分析和寓意阐释的文学批评视角"（ibid：115）。可见，文学地图学属于一种文学批评视角，是用来对文学文本进行分析和阐释的视角。

国内对"文学地图学"的阐释则主要以"文学地理学"之名展开。1998 年，陶礼天发表了《文学与地理——中国文学地理学略说》一文，其中对"文学地理学"的内涵进行了阐释。文章指出，"文学地理学"主要致力于研究文学与地理之间多层次的辩证的相互关系，"文学地理学既是人文地理学的子学科，即文化地理学的一个分支，也是美学的分支即文艺社会学的一个支脉，因而文学地理学实质是一个边缘学科。这里所说的'文学'主要是指地域的文学，即在特定文化地域、具有一定地理空间范围中所产生的文学；所说的'地理'也主要是人文地理，即偏向于人化的自然方面。由此我们可以进一步地说，所谓文学地理学就是研究地域的文学与文学的地域、地域的文学与文化的地域、地域的文学与地域的文化之间的相互关系"（陶礼天，1988：185）。而文学地理学原理则包含文学与地理环境的关系、地域文学、文学作品的地理空间、文学地理景观、文学的地域分异、文学扩散的空间与路径等内容（梅新林，2006：13）。

综上可知，无论是国外的"文学地图学"还是国内的"文学地理学"，都属于文学和地理学科之间的交叉地带，符合跨学科特征，即同时带有文学特点，又属于地图学或地理学的学科范畴，更是一种文学批评的视角。通过跨学科的发展和空间研究的重新兴起，"文学地图学"或"文学地理学"成了一种崭新的文学空间批评视角。通过这种视角，可以发现许多曾经无法在文学文本中发现的新内涵，而这些内涵很可能会直接影响读者的阅读体验和感知深度。因此，在文本分析的实践中，使用"文学地图学"的视角是十分必要的。而通过这种视角对梅尔维尔的《玛迪》展开分析，则可以发现梅尔维尔在该小说中所展现出的对当时的世界问题和国家问题的深切关注。

如前所述，《玛迪》分为两个部分，叙述者均为"我"，亦即塔吉

(Taji)，但当叙述者从小说第一部分的海上冒险故事中抽离出来，进入第二部分的为追寻伊拉（Yillah）而展开游历时，第一人称的塔吉隐退到叙述者之后，成为一个故事的旁观者，叙事视角变成第一人称外视角，即申丹（1994：74）所指的第一人称见证人叙述中观察处于故事边缘的"我"的眼光。叙述者第一次和伊拉到达太平洋玛迪群岛的时候，他们留在了国王米狄亚（Media）的岛上，在几天的时间里，塔吉和伊拉收获了幸福。然后伊拉突然消失。因此塔吉带上国王米狄亚、诗人尤米（Yoomy）、哲学家巴巴兰贾（Babbalanja）和历史学家莫希（Mohi）一起出发了。要理解《玛迪》之旅对小说结构的重要性，读者需要首先了解《玛迪》之旅的形状，它是由岛屿组成的，周围环绕着一圈圆形的暗礁。塔吉的航行在叙述的其余部分将继续在这个圆圈内展开。正是玛迪群岛的形状让塔吉把它称为"世界中的世界"。可以说，"玛迪群岛为小说提供了第一个微观世界：岛屿周围的珊瑚礁将与叙述者在大宇宙中所旅行的赤道相对应"（Sears，1978：415）。塔吉等人所驾驶的三艘独木舟载着这群神奇的人踏上了玛迪群岛的大旅行，接触到了所有可能找到伊拉的岛屿。随着塔吉的游历进展，读者开始意识到玛迪群岛代表了梅尔维尔所处的整个世界及其各种面孔，而其中的多米诺拉拉岛（Dominora）代表的是 19 世纪的大英帝国。

小说中的第 146 章主要讲述了塔吉等人在多米诺拉拉岛上的游历经历。塔吉等人上岛后不久就发现，多米诺拉拉岛的国王贝罗王（Bello）"精明过人"，偏爱扩张领土，只要发现哪里有可能存在岛屿的迹象，就"迫不及待地派遣船只，前去占领它们"（328）[1]，而当的确发现了

---

① 引自赫尔曼·梅尔维尔·玛迪 [M]. 于建华，继小明，仇湘云，译. 北京：文化艺术出版社，2006：328.（本小节中出自该文献的引文不再一一标明出处）

暗礁时，贝罗王会"在礁石上插上他的皇家标枪"（328），声明这些"领土"（328）已归自己所有。这种强烈的征服欲和扩张欲与梅尔维尔所处时代的大英帝国十分契合。

英国的殖民地在 19 世纪猛烈扩张。1801 年合并爱尔兰，英国的正式名称成为大不列颠及爱尔兰联合王国，从这时期开始，英国对亚洲的侵略继续扩大，逐渐成为大英帝国。大英帝国指由英国本土及其治下的自治领、殖民地、领地、托管地和保护国共同构成的大帝国，是有史以来领土面积最大的国家和最大的环球殖民帝国。大英帝国在 19 世纪初达到鼎盛，大约有 4 到 5 亿人口，占当时世界人口的四分之一；领土约3367 万平方公里，占到了世界陆地总面积的四分之一，大英帝国也因此被称为"日不落帝国"。19 世纪中期，英国发动两次侵略中国的鸦片战争，参与镇压中国太平天国革命；镇压 1857—1859 年印度民族大起义，强化对印度的统治。1876 年，保守党迪斯累里内阁为维多利亚女王加冕，使其成为印度女皇。此外，大英帝国还在伊朗、缅甸、南非、埃及、东非以及新西兰、澳大利亚等地扩大侵略，并逐步对南美洲进行渗透，最终成为那里最大的投资者。在野心、奴隶和勇敢探险者的帮助下，英国建立了一个强大帝国，将其国旗插遍了全球。

因此，当读者看到贝罗王"在礁石上插上他的皇家标枪"时自然而然地联想到大英帝国在世界范围内疯狂的殖民行为，代表着维多利亚女王的贝罗王甚至还"对一些偏远地区国家的事务也横加干涉"（326），只要哪里的人民野蛮无理，难以教化，他就"直接去接管那个国家的政权"（326），以此来"解除他们的政治恐慌"（326）。而海军力量最为强大的贝罗王也正象征着 19 世纪成为全世界头号海洋强国的英国。

不过，梅尔维尔并不只是客观地再现了 19 世纪的英国，而是通过叙述者塔吉和其四个同伴的谈话来暗讽英国的殖民和奴隶贸易行为。尽管贝罗王威风凛凛，但他有一个致命的问题，那就是驼背。对于贝罗王驼背这个问题，仁者见仁，智者见智，有人认为，这是因为他"发现自己的领土太大了，一个人统治不过来"（329），有的认为"遥远的殖民地不仅没有给他增加收益，反而给他带来许多麻烦"（329），还有人则断言，"他的国家已经强大到了他无法掌控的地步"（329）。但不论是哪一种解释，最终都说明了一点，那就是贝罗王无止境地疯狂扩张和殖民行径等一系列令人发指的暴行成为其驼背的根源，而这种驼背的后果在另一个国家看来，代表的是其大限将至，"游戏结束"（330），贝罗王即将给更多优秀的人让路。这个国家就是暗指了 19 世纪新兴美国的维文扎岛。

小说中的维文扎岛是与多米诺拉拉岛放在一起被描述的，而维文扎岛的重要性在小说中是不可替代的。小说中是这样描写维文扎这个"强大的共和制国家"（238）的：

> 由于近来收复了大部分领土，维文扎举国上下热情高涨，民族自豪感空前强烈，维文扎人大有戴上狂妄自大之桂冠之势。由于有坚固的堡垒做掩护，他们与敌人展开了持久战，最终击退了贝罗派来镇压他们的军队。因此，维文扎人一致认为，驼背国王受到了前所未有的沉重打击。（238）

为什么在人员和武器都占尽优势的情况下，贝罗王却放弃了一举歼灭好战的维文扎人的好机会？据莫希说，一方面是因为贝罗王的军队当时都分散驻扎在玛迪的各个地区；另一方面是因为贝罗王从未遇到过如此艰巨的战斗，维文萨国①和它的人民简直是不可征

---

① 原文为 Vivenza，于建华等人译为"维文萨"，笔者在此处统一译为"维文扎"。

服的。(329)

> 维文萨人绝不是懦夫；他们生性勇猛，永不言输，仿佛是雄狮孕育的民族。他们在歌谣中把自己描绘成玛迪岛的新兴民族，他们决心建立一个有利于他们发展的新世界。(329)

这些描述中无不透露出维文扎对美国的隐喻。首先，维文扎就是美国，是一个崭新美好的世界，它"朝气蓬勃，充满希望，好像朝霞满天的黎明"（ibid.）。塔吉甚至把维文扎比作圣·约翰，约翰之所以被称作"爱的使徒"，因为他讲到爱的重要性比任何其他新约作者都要多。特别是强调基督徒对耶稣基督的爱，他还讲到基督对教会的爱，同时又提到信徒之间的彼此相爱。他的写作里充满了爱的精神。将维文扎比作圣·约翰似是隐喻了美国的"天定命运论"①，身负重要的传道使命，撒播爱的种子。这是梅尔维尔时代的美国人在看到美国的急速发展之后油然而生的自豪感，是一种对美国前途的期待和赞美。

然而，梅尔维尔绝不只是歌颂赞美了新兴美国的积极面，他还深切关注殖民时期美国大规模扩张、征战以及蓄奴的现象，并表达出其强烈的批判态度。

《玛迪》中的维文扎人尽管很"勇敢"，但却也喜爱"吹嘘"（329），他们的士兵就像一只只"高傲好斗的公鸡"，"整日高唱他们的民族是冉冉升起的太阳"（329）。塔吉甚至认为，维文扎是"可耻的"

---

① "天定命运论"体现了19世纪中期美国迅速发展的爱国主义自豪感和推动当时改革的社会完美主义理想。"天定命运论"认为，美国在包括但不限于北美大陆的广袤土地上拓展自己的疆土是上帝和历史赋予美国人民的神圣使命。其宣扬者坚持认为美国领土的扩张不是自私自利的行为，而是试图把美国的自由信仰传递到新疆域的利他举动。

（329），并质问道："你们究竟勇猛在何处？难道不是从充斥蛮勇的多米诺拉拉岛带回来的吗？除了多米诺拉拉岛，还有哪座岛屿提供给你僵直的脊梁？最蛮勇的心脏？"（329）"任何一个人或一个国家都应该有自知之明，不能妄自称大"（329），这更是对当时的"天定命运论"的无情讽刺及对美国前途的焦虑担忧。

此外，奴隶制问题也成为梅尔维尔对维文扎最直接分析的"中心问题"（Stauffer, 1972：46）。当塔吉等人参观维文扎最南部地区时，发现了那些会让初访者感到"特别反感"（373）的景象：

> 在火辣辣的阳光下，几百个戴着项圈的人正在田里劳作——这里的土壤最适合种植芋头。在他们的身旁站着一些神情冷酷的家伙，他们手里拿着长长的皮鞭，不住地抽打辛勤劳作的奴隶们。血和汗混合在一起，一滴滴落进了土里。（374）

当巴巴兰贾向一个拿着皮鞭的家伙纳利（Nali）询问那里的奴隶们是否有灵魂时，纳利回答说："他们的祖先也许曾经有过但是他们的灵魂已经在一代代的繁衍的过程中消失了。"（374）而当巴巴兰贾询问一个奴隶相同的问题时，得到的回复是"在鞭子的威胁下，我只能相信我的主人的话，我是一个畜生。但是在梦里，我把自己当作天使。我和我的孩子们受到禁锢——他们的母亲的乳汁也是苦涩的"（375）。纳利听到巴巴兰贾和奴隶之间的对话后，异常凶狠地说："你们妄想在这里点燃反叛之火吗？你们难道不知道，这些奴隶一旦被怂恿去争取什么自由，他们就会在可怕的复仇之火中毁灭吗？"（375）对于纳利的这种控诉，诗人尤米则表示："总有一天，复仇者会拔掉他们锁链上的铆钉。"（375）

　　《玛迪》中对维文扎的这段对奴隶和奴隶主的描写堪称针砭时弊、直戳要害。在美国建国之初，奴隶制曾一度从全国性政治辩论中消失，南北双方尚能在政治体制内平稳地解决相关争议。然而，19世纪初以来，随着棉花种植业在南部的快速兴起，奴隶制成为南部的经济命脉，并表现出强烈的对外扩张趋势，南北双方在奴隶制问题上的妥协空间变得越来越小。1819年，在密苏里能否以蓄奴州加入联邦这一问题上，奴隶制再次成为全国性政治议题，南北双方陷入极端对立，联邦首次面临分裂危机。南北双方经过艰苦谈判，最终达成妥协，有惊无险地结束了这次危机。尽管危机暂时解除，但奴隶制问题的危险性被持续暴露出来。

　　1803年，美国总统托马斯·杰斐逊（Thomas Jefferson）与法国皇帝拿破仑谈判，达成了"路易斯安那购地案"（Louisiana Purchase），令美国的领土面积翻了一番。而"新购的领土上，本就生活着差不多3万名奴隶，国会也驳回了在当地限制奴隶制的提案"（克拉曼，2019：19）。在19世纪中期，美国南部是"西方世界里除了巴西、古巴和波多黎各外唯一保留奴隶制的国家"（布林克利，2019：454）。奴隶制在美国建国后并没有得到真正意义上的废除，不但如此，由于奴隶制而产生的暴乱还愈演愈烈。克拉曼（2019：21）就梳理了部分奴隶暴乱事件，如1800年夏天，奴隶加布里埃尔·普罗塞（Gabriel Prosser）计划在弗吉尼亚里士满领导一场奴隶暴动，致使26名黑人被判绞刑；1822年，南卡罗来纳州的查尔斯顿曾挫败过一场奴隶暴动。白人指责来自西印度群岛的自由黑人海员怂恿另一名自由黑人丹马克·维奇（Denmark Vesey）策划了一场暴动。此次事件中，35名黑人被处死。最有名的一起暴动则是发生在1831年夏天，由奴隶传教士纳特·特纳（Nat Turner）领导的美国史上死伤最惨重的奴隶起义（克拉曼，2019：26）。这些真实的奴隶起义都是对虚构的维文扎中的奴隶的隐喻，预示了奴隶主纳利所说的"复仇之火"和尤米所说的"复仇者会拔掉他们锁链上的铆钉"。

此外，梅尔维尔还通过维文扎岛上的岛民对多米诺拉拉岛上岛民的谴责来讽刺美国人民对美国土著人的血腥屠杀。如叙述者指出，"那些指责贝罗王在政治上过于贪婪的人，其实也应该受到同样的指责"（326），原因很简单，这是因为尽管像维文扎岛上的岛民一样将贝罗王形容成一个"贪婪的领土大盗"，但维文扎岛上的岛民又何尝不是如此呢？在维文扎岛，"那些世代以打猎为生的土著虽然尚未彻底灭绝，但也已经被驱赶到越来越偏远的西部地区"（326），土著民族已被逼入绝境，无路可退。这不正是美国西进运动的生动写照吗？美国内战前，死于西进运动的移民只有数百人，但与之相对的是印第安人的大批死亡。在西进运动中屠杀印第安人的罪行是罄竹难书和令人发指的。几乎每一次向西挺进的人流都踩着印第安人的白骨和血迹行进（张友伦，1984：174）。香农（Shannon）曾指出，1637 年 5 月、6 月间，在梅斯提克河畔对佩克特人的大屠杀就是殖民时期的一个典型例子。马萨诸塞殖民讨伐队指挥官约翰·安得黑尔自己供认，曾在这次讨伐中把拥有 400 人的印第安村寨烧杀一光，幸存者不过四五人，村寨内血流遍地，尸骨成堆，简直难以通行（Shannon，1957：100）。独立战争胜利后，美国资产阶级政府对印第安人的掠夺和屠杀不但没有停止，反而变本加厉。19世纪 20 和 30 年代西北地区、佐治亚和佛罗里达的讨伐，使许多印第安村落被夷为平地。一个又一个的部落遭到毁灭，幸免于难的印第安人不得不重新聚集，渡过密西西比河，退居西部"印第安人之乡"的荒凉地区。当时在美国统治者当中曾经流行着这样两句穷凶极恶的口号："野蛮人必须消灭！""一个好印第安人就是死了的印第安人"（张友伦，

1984：174）！可见，维文扎岛上岛民对多米诺拉拉岛上岛民的谴责同样也成为梅尔维尔谴责美国的理由，同样都是野蛮扩张、血腥迫害，19世纪的美国和英国又有何不同呢？

《玛迪》这部看似混乱，令人毫无头绪的长篇小说实则包含着梅尔维尔宏大的文学地图想象。梅尔维尔竭尽所能将当时的世界局势和国家状况进行压缩处理后放进这部鸿篇巨制中。也许受视角所限，《玛迪》在当时不被世人理解和欣赏，但通过20世纪空间转向后形成的文学地图学视角，我们至少可以在《玛迪》中发现19世纪的英国、美国、法国等当时的头号强国的文学版图，并通过小说中的具体描述，重新绘制出整个19世纪的文学地图，这对于我们了解当时的历史、文化、社会等都是必不可少的重要信息。但由于小说中所涉地点数量众多，笔者仅能在有限的篇幅内做部分梳理，通过文学地图学的视角对《玛迪》甚至梅尔维尔的其他小说进行全面、深入的解释还有待后来学者共同努力。

第六节　"第三空间"：爱德华·苏贾的文化理论

爱德华·苏贾（Edward W. Soja）是美国当代著名后现代地理学家，被称为"都市研究"洛杉矶学派的领军人物。他的空间理论呼应了20世纪70年代开始在学界对空间进行反思（即"空间转向"）的潮流，并发掘了异质空间下的国家、民族、政治、经济、文化、意识形态等力量的较量，寻求对资本主义的批判。在《第三空间——去往洛杉矶和其他真实和想象地方的旅程》（*Third Space*：*Journeys to Los Angeles and Other Real - and - Imagined Places*，1996）（以下简称《第三空间》）

一书中，苏贾提出了著名的"第三空间"概念，他所关注的"第三空间"并不是术语本身的概念，而是这一概念所包含的力图打破传统思维定式和视野局限的决心，以及超越和拓展空间边界的态度。苏贾要做的是打破现代主义和后现代主义的壁垒，呈现开放、包容的世界。"他者""开放""包容"等核心概念在苏贾的作品中得到完美诠释。

一、"第三空间"的研究背景及理论基础

在《第三空间》一书中，苏贾在第一部分第一章就浓墨重彩地对亨利·列斐伏尔做出了详尽阐释。可见，苏贾的空间理论受到列斐伏尔的巨大影响。

苏贾指出，"列斐伏尔也许是发现、描述和洞察第三空间并长期坚持揭示遮蔽生活世界道路的第一人"，因此，苏贾以对列斐伏尔的简短回忆作为《第三空间》一书阐释的起点。苏贾非常形象地将列斐伏尔的一生比作"永不停息、仿佛寓言一样的发现之旅"（苏贾，2005：35），而将他的生平视作一次"旅程""行走""探索""特别的空间研究"。

在列斐伏尔之前，空间被视为时间的附庸物，被看作是静止的、理想的、不可动摇的结构。菲利普·韦格纳（Philip Wegner）认为，"空间被看成是一个空空荡荡的容器，其本身和内部都了无趣味，里面上演着历史与人类情欲的真实戏剧"。在文学上，空间附属于时间的这一表现尤为明显。文学文字的语言符号囿于其时间性和线性叙事的特征，无法表达空间的内核，因而，场景和空间在文学中长期无法得到体现。这种情况一直持续到20世纪，才得以改变。可以说，20世纪是一个属于空间的世纪，我们生存的世界不再以时间作为唯一的划分和评价标准，这是一个"同时性"和"并置性"的时代，"我们对世界的体验，与其说是在时间过程中成长起来的漫长生命经验，不如说是同时联系着各个

点并与自身交织在一起的网络的经验"。因此，空间的重要性一直都被忽视，不能仅仅将其视为少部分专门学科如地理学、建筑学等所研究的对象，或将其看作是历史学家、社会学家等人眼中的背景。

列斐伏尔对空间理论的贡献主要在于其《空间的生产》（*The Pro-duction of Space*, 1991）一书。在该书中，列斐伏尔首次提出了"空间转向"这一概念。"对列斐伏尔来说，空间不仅是传统地理学意义上的物质概念，也是资本主义条件下社会关系的重要环节，指向社会关系的重组与社会秩序的建构过程，成为浓缩和表征当代社会重大问题的符码。"列斐伏尔更是提出了"空间的生产"这一概念，即从根本上来说，空间是依靠并通过人的行为生产出来，目的是完成从空间里的生产（the production in space）到空间的生产（the production of space）的转向。在此基础上，他提出了著名的"空间三元辩证法"（the tripartite model of space），即任何空间都是由空间实践（spatial practices）、空间的再现（representation of space）和再现的空间（representational space）这个三元辩证组合在一起的。这三个层次分别与感知的（perceived）、构想的（conceived）和实际的（lived）本体论和认知方式相呼应。正如苏贾所说：

　　在列斐伏尔看来，实际的空间是另一个世界，一个彻底开放的元空间，一切事物都能够在这里找到，新的可能发现与政治策略层出不穷；但在这里人们始终要永不停息，不断进行自我批评，以迈向新的地点和新的认识，绝不能故步自封、裹足不前，要不断探求差异；这是一个"他性"的空间，一个"超越"已知的和理所当然的空间之外的战略性和异类的空间。（苏贾，2005：42）

列斐伏尔在研究中始终贯穿着边缘化意识，这种意识本身就具有去中心化的、异端的特征。与此同时，列斐伏尔对权力中心及其运作方式的深刻理解又使他能够始终带着主流眼光进行思考。因此，这种既包含中心又包含边缘的双重意识让列斐伏尔的理论更具有思辨性和深刻性。列斐伏尔是率先明确使用空间理论来研究"差异"与"他性"的人之一，他将众多的差异斗争放在中心与边缘、构想与实际、真实与比喻的对立中，开辟了反抗传统空间观的"第三空间"，旨在将主体边缘化，探索一个崭新的、与众不同的空间。

列斐伏尔对苏贾的影响可谓巨大，前者超越顽固二元论的"空间三元辩证法"及核心批评策略"作为他者化的第三化"都直接影响了苏贾的空间理论，并成为苏贾对空间重新界定和划分的重要参考标准。

二、"第三空间"的研究方法

在苏贾对空间的重新划分中，有几个重要的关键词，即"他者化""第三化""开放性"。这几个关键词构成了苏贾的空间划分的基础。

苏贾首先从豪尔赫·路易斯·博尔赫斯（Jorges Luis Borges）的一部短篇小说《阿莱夫》（*El Aleph*, 1949）引出对第三空间的复杂理论的概括和梳理。这部用西班牙语写成的小说十分特别，直径大概一英寸的"阿莱夫"被描绘为空间中的一个包罗万象的点，所有的空间都在其中，我们可以通过每一个点或角度看到它，也可以通过它，看到世界上同时发生的现象。在苏贾看来，《阿莱夫》具有重要意义，这个意义甚至可以和列斐伏尔有关空间生产的理论结合起来，从根本上打破人们对空间认识的不足，并强化第三空间的彻底开放性。苏贾指出，第三空间是"一切地方都在其中的空间，可以从任何一个角度去看它，每一个事物都清清楚楚；但它又是一个秘密的、猜想的事物，充满幻象与暗示，对于它我们家喻户晓，但从来没有人彻底地看清它、理解它。这是一个'无法想象的宇宙'"。

苏贾进而指出，由于语言和书写具有时间性，因此，对于这样一种空间而言，任何试图通过语言来进行描述的行为都是不可实现的，永远也无法触及第三空间的核心。也就是说，如果我们把文学文本中特有的文字符号运用到空间问题上，我们就还是停留在纯粹的描述性层面上，无法深入本质。通过语言进行的表述只会将表述的对象降格为一种具体的信息，而非对其核心概念进行深刻理解。既然空间问题无法用语言进行清晰地表述，那如何才能将其展现出来呢？对此，苏贾十分欣赏列斐伏尔的做法。列斐伏尔对《空间的生产》一书有意做出设计，他通过赋格曲（复调）的形式来写作该书，这本身就是对文字的时间性所做的一种终极挑战。书中的每个章节都有独立的主题，对照法使这些主题和谐统一，而不同的对位手段又使得每个主题以不同的形式反复得到展示。这种循环式的、圆形的、空间性的写作方式要求读者阅读时也采用相同的方式，在阅读每个章节时能抓住要点，每个章节既重复了其他章节，同时又重新做出了一种新的诠释。可见，列斐伏尔对空间的定义和诠释是始终贯穿在其《空间的生产》一书的创作实践中的，即使语言的文字符号具有不可改变的时间性，但通过有意加工的写作手段，仍然可以达到文字的空间性状态。列斐伏尔的写作实践给了苏贾很大的启发，这体现在苏贾对空间的重新划分上。

苏贾对空间的重新划分在思路上源自列斐伏尔的"三元辩证法"，具体的划分结果也与列斐伏尔一脉相承。

从思路上来说，苏贾坚持列斐伏尔的"三元辩证法"，并进一步提出自己的"他者化—第三化"观点。列斐伏尔认为，包括二元论在内的一切形式的简化论，都是在将意义缩减成两个术语、概念或要素之间封闭的、非此即彼的对立。而他所要做的，就是努力打破这些二元对立，并使其呈现开放姿态。通过引入"他者"概念，使刻板僵死的二元对立逻辑转变成开放的、辩证的包容关系，这种关系和简单的二元关系相比，是对后者的拆解和重构。苏贾认为，"坚持他者化—第三化的做法，就开始了不断扩展的破坏连"。这里的重点就在于"不断扩展"，也就是说，"他者化—第三化"意味着没有尽头，没有终点，这是一种对传统思维方式的彻底颠覆、破旧立新。而在这种新的思维方式的基础上，苏贾指出，他的"第一空间"概念对应于列斐伏尔的"空间实践"，"第二空间"概念对应于列斐伏尔的"空间的再现"，而"第三空间"则对应于列斐伏尔的"再现的空间"。简单地说，第一空间是物理的、自然的；第二空间是精神的、抽象的、非自然的；第三空间是社会的。

当然，苏贾的空间划分和列斐伏尔的空间划分并非完全一一对应，可以说，苏贾的三类空间源于而又不同于列斐伏尔的三类空间。

列斐伏尔的"空间实践"指的是空间性的生产，是生产社会空间性的物质形式的过程，是具体化的、社会化的、经验的空间，可被描述为"感知的"空间，这种空间可以被直接感知到，并"在一定范围内可进行准确测量与描绘"，这个层面的空间是过去所有的空间学科关注的焦点，也是苏贾的"第一空间"概念的物质基础。苏贾的"第一空间"偏重于客观性和物质性，力求建立关于空间的形式科学。也就是说，我们对"第一空间"的感知是直接的，例如，我们可以通过数量计量、形态识别、行与列的变化、建模的方式直观地感知第一空间的结构，我们还可以通过地理信息系统（GIS）、卫星遥感技术采集第一空间的数据，以便对其内容进行准确描绘。因此，苏贾的"第一空间"概念主要是地理学家、空间分析学家和制图学家的工作范畴。不过，与此同时，苏贾也指出了几点问题。首先，尽管第一空间认识论的视野非常广阔，精确性也毋庸置疑，但它是不完整的、片面的。此外，在对"第一空间"进行外部研究和理解时，相关研究主要是探讨如何从非空间因素来解释第一空间中出现的现象，但却忽视了第一空间对非空间因素的巨大影响。分析者"害怕第一空间分析有陷入所谓环境决定论或空间决定论的危险"。

列斐伏尔的"空间的再现"所指的是概念化的、构想的空间，这一类空间通常是科学家、规划者、城市学家们的研究范畴，这一空间是认识论的力量源泉，同语言、话语、文本等与书写和言说有关的世界相关。苏贾进而指出，他把这一类空间称为"第二空间"，这一空间是"乌托邦思维观念的主要空间，是符号学家或译码员的空间，是一些艺术家和诗人纯创造性想象的空间"；是"创造性艺术家和具有艺术气质的建筑师进行阐释的地方"。"比较来看，'第二空间认识论'要晚近得多，可视为对'第一空间认识论'的封闭和强制客观性质的反动。简言之，即用艺术对抗科学，用精神对抗物质，用主体对抗客体。"在这一类空间的阐释中，现实成为一种辅助工具，而非研究对象或研究范畴。苏贾认为，随着现代化进程的加快，加上实证主义者、结构主义者、后结构主义者的研究范式的转变以及存在主义、现象学、阐释学等思想的融合，促使第一空间与第二空间的界限逐渐变得模糊。尽管这种模糊不可避免，人们对空间的认识还是集中在这两类空间上，长期以来，无法看到这个中心之外的边缘区域。这就引发了苏贾对"第三空间"概念的思考。

"再现的空间"在列斐伏尔看来是既与前两类空间有区别但又同时包含它们的空间，这一空间体现出的是遮蔽性、不可知性、神秘性，似乎是只可意会不可言传。列斐伏尔指出，这一类空间是艺术家、作家、哲学家、人类学家、精神分析学家和其他的相关研究者居住、使用、研究的空间。这一空间展现出了前两类空间所没有的那种对秩序的反抗、对边缘的重视，和对统治的颠覆。苏贾认为列斐伏尔的"再现的空间"非常接近于自己所指的"第三空间"。在苏贾看来：

> 第三空间认识论源于对第一空间—第二空间二元论的肯定性结构和启发性重构，是我所说的他者化—第三化的又一个例子。这样的第三化不仅是为了批判第一空间和第二空间的思维方式，还是为了通过注入新的可能性来使它们掌握空间和知识的手段恢复活力。这些可能性是传统的空间科学未能认识到的。（苏贾，2005：102）

可见，"第三空间"认识论在质疑第一空间和第二空间认识论的同时，也在向它们注入传统空间科学没有认识到的新的可能性，并使其持续保持开放的姿态。

三、"第三空间"的现实意义

苏贾从洛杉矶出发，视野进而扩展到城市和区域的普遍性研究，他将传统的政治经济学和当前兴盛不衰的文化研究方法结合起来，集中探讨阶级、种族、性别、性趋向等问题同社会生活空间性的关系，反思由此凸显出来的差异和认同的文化政治（苏贾，2005：7）。

过去几十年，城市的变化巨大，史无前例。发展已经不可阻止，一方面社会在飞速发展，急剧变化令人目迷五色；另一方面社会中的人甚至都不知道自己是要去向哪里。加之，过去数十年间，现代主义的弊病已经呈现出来，危机纷呈。城市被大块大块推倒重建，因此，现代人开始迷茫，这就呼唤新的思考和思维方式。由于人类居住、生存的城市承载着人类的所有行为，城市对人类行为必然具有重大影响，同时，人类的行为对城市的发展也举足轻重（苏贾，2005：8）。因此，人与城市的互动关系就是苏贾的空间研究的缘由。

苏贾选择空间作为其研究的切入点是有原因的。20世纪六七十年代，学界开始对空间进行反思，而反思的成果最终导致建筑、城市设计和地理等学科变得你中有我，我中有你，相互交叉，互相渗透。

与其说"第三空间"是苏贾在列斐伏尔"再现的空间"基础上提出的一个新概念，或是苏贾对列斐伏尔空间概念的重新阐释，毋宁说是一种思维范式的转变、辩证思考的进步。苏贾在《第三空间》中关注的并不是"第三空间"这一概念本身的含义，而是其中包含的打破传统思维定式和视野局限的努力、超越和拓展边界的态度。"他者""开放""包容"的概念在苏贾的作品中得到了完美的诠释。苏贾的"第三空间"对我们研究者不断探究新的领域并发现新的可能性具有极大的启示意义。

第二章

文学研究中的图画转向

图画转向与视觉文化研究的兴起密不可分。人们普遍认为视觉图像已经取代文字成为我们这个时代的主要表达方式。本章第一节将对形成于 20 世纪的视觉文化研究进行概述，以此加深对图像转向的背景和缘由的认识。因此，对视觉文化展开相关研究十分必要，通过视觉文化研究来探讨后现代社会的复杂性、多元性具有显著意义。视觉文化研究部分重点分析视觉文化研究的概念与内涵、视觉文化的研究对象、视觉文化的研究方法及思路。当代视觉文化的表达"图像转向"归功于米切尔，本章第二节将主要探讨米切尔的图像学理论，这一部分首先对米切尔的三个重要关键词：图像、图画、意象进行阐释，澄清关键词之间的差异与使用语境，同时对元图画和元－元图画这两个米切尔创造的新词做出介绍；在"米切尔意象理论中的生物图画"一节，将分别阐释多利羊、世贸双子塔、恐龙、金牛犊所分别象征的意象复制的恐慌、意象毁灭的恐惧、图腾特征、偶像崇拜与偶像破坏的不同内涵。

自术语"图画转向"（pictorial turn）于 20 世纪 90 年代在美国被米切尔提出后，与图画紧密相关的视觉的相关话题和视觉性问题的探讨在人文科学和社会科学领域也开始日益高涨，并引发了"视觉转向"（visual turn）的趋势（转引自段炼，2012：24）。在米切尔的早期作品中，如《图像学：图像、文本、意识形态》（1986）和《图画理论》（1994）中，"他对图像和文字之间的差异提出了质疑，同时也对承诺为上述质疑提供可能性答案的权力体系和价值标准提出了质问"（段炼，2012：10）。[①] 全国人文学科捐赠基金会的报告《人文学科在美国》"对为西方传统'所忽视'的价值观和文本表示担忧，担心美国文化正在成为'一个不用来读而用来看的产品'"（转引自段炼，2012：10）。"关于视觉文化研究的领域，照当代学者们的一般说法，主要是今日传媒所涉及的各种视觉图像，如影视、广告、网络图像、通俗读物、电子游戏等流行文化现象中的图像，以及摄影、视觉艺术等正统的高雅文化。在这些视觉文化领域中，研究者们关注的主要对象是图像，包括独立的静止图像，如单幅图片，以及连续的活动图像，如电影和电视作品。研究这些对象时，学者们关注图像的内在构成机制和传播功能，以及二者之间的关系。由于有了这些关注，便有了今日的'图像转向'之说"（段炼，2012：21）。作为公共知识分子，米切尔希望在《图画理论》中"处理视觉与文字再现的紧张关系，并指出这种紧张关系与文化政治斗争密不可分。他亦渴望建立一门课程，强化视觉文化和读写能力在它与语言和文学之间关系的重要性"（段炼，2012：10）。

第一节　视觉文化研究

图像转向与视觉文化研究的兴起密不可分。本节将对形成于 20 世纪的视觉文化研究进行概述，以此加深对图像转向的背景和缘由的认识。人类社会自进入 20 世纪开始，就步入了视觉社会。英国工程师约

[①]　段炼. 艺术学经典文献导读书系：视觉文化卷［M］. 北京：北京师范大学出版社，2012.

翰·洛吉·贝尔德（J. L. Baird，1888—1946）① 于 1925 年制造了第一台能传输图像的机械式电视机（即现代电视机的原型），那时的人们对这样一个盒子般大小却能闪烁光芒、呈现图像的物件十分感兴趣。随后，电视机在全球范围内逐渐普及开来并得以流行。约翰·冯·诺依曼（John von Neumann，1903—1957）② 于 20 世纪 40 年代发明了计算机，这又将视觉媒介往前推进了一步。接着，乔治·海尔迈耶（George Heilmeier，1936—2014）③ 于 1968 年研发出第一片液晶面板（Liquid Crystal Display，LCD），将视觉媒介的承载体进行了巨大的革新，使得这种轻薄、省电的新载体为人类生活提供便捷的服务。此后，人类社会中大量充斥着直观的视觉图像，如广告、视频、快照等。当人们想要获取信息时，只需要在电脑中输入一些关键的词语，即可获得海量的信息；当人们想要了解新闻时，只需要在手机上轻轻一点，就可以查看到自己想要的内容；此外，视觉媒介还会主动带给人们各类信息，无论这些信息是否是个体所需要的。比如，我们一打开各类手机软件，就会有海量的新闻袭来，海内外的国家大事，省内外的大小事件，甚至是某条街道、某条小巷中发生了什么，我们都了如指掌。也正因如此，尽管人们得益于视觉媒介带来的快捷和便利，但大量的视觉信息并不只给人类带来好处，人们有时会有一种被视觉媒介带来的铺天盖地的讯息淹没的感觉，以致无法抽身而出，找到自我。以上种种在现在看来十分正常的现象正是视觉文化研究领域的内容。因此，对视觉文化展开相关研究十分必要，通过视觉文化研究来探讨后现代社会的复杂性、多元性具有显著意义。正如理查德·豪厄尔斯（Richard Howells）所说，"假若我们不能

---

① 英国科学家。

② 美籍匈牙利数学家、计算机科学家、物理学家。

③ Bellcore 的前任主席，Craven、Telcordia Technologies 公司的名誉主席。

解读视觉文化，我们就会被代替我们创造它的人所支配"（豪厄尔斯，2014：4）。①

一、视觉文化研究的概念及内涵

说到视觉文化，首先就需要对这个名词进行定义。何为视觉文化？米切尔认为视觉文化"是关于视野或视觉社会性的社会形态"（转引自段炼，2012：30）"暗示着一个更接近视觉人类学的概念，如人造的、常规的、仿造的——就像语言一样，虽然事实上我们称之为'自然语言'，但同时我们清楚自然体系与人工建构的文化体系之间有明确界限"（ibid.），因此，米切尔将这一领域称为视觉文化。段炼认为，视觉文化指"通过想象、记忆和幻想达到的内在可视化的世界，此时记忆同时在视觉上和口头上进行编码并和修辞密切联系"（段炼，2012：29）。雷蒙·威廉斯在区分了文化与社会二者之间的区别后指出，视觉文化是"所有人类形成社会的那些成分中与视觉有关的部分"（段炼，2012：30）。

保罗·杜罗（Paul Duro）认为，视觉研究中的某些特定概念被用来同时指称文化和艺术，并形成对抗性，这种对抗性体现在文字和视觉性之间的比较上。如在巴洛克时期，人们会选择一首诗和一幅画作为比较的对象，前者象征文字，后者象征视觉，通过二者间的比较来得出研究结果（段炼，2012：41）。

米切尔在《图画理论》（*Picture Theory*, 1994）一书中回应了视觉文化的定义，它的副标题强调了这本书是由关于语言和视觉表现的文章组成的。其包含米切尔著名的论文《图画转向》，其中有一个更清晰和

---

① 理查德·豪厄尔斯. 视觉文化［M］. 葛红兵等，译. 南京：译林出版社，2014.

更理论上的视觉文化的定义：

> 　　不管图画转向是什么，我们很清楚它不是回到天真的模仿、复
> 制或对应的理论表征，或再次兴起的形而上学的图像"存在"：而
> 是后语言学的、后符号学的重新发现的可视性、设备、机构、话
> 语、身体和图形之间复杂的相互作用。它意识到观看（注视、凝
> 视、一瞥、观察、监视和视觉愉悦的实践）可能和各种形式的阅
> 读（解译、译码、解释等）一样是一个深刻的问题，视觉经验或
> "视觉文化"可能不是完全文本化的模型可以解释的。最重要的
> 是，我们认识到，尽管图画再现的问题一直与我们同在，但它现在
> 以前所未有的力量，不可避免地压迫着文化的各个层面，从最精致
> 的哲学思考到最丰富的大众传媒产品。① （Mitchell，1994：16）

　　米切尔认为，英语的视觉文化学者至关重要的问题是分清"意象"
（image）和"图画"（picture）之间的区别，并由此引申出他在诸多学
术论文和专著中对意象和图画二者进行解释和区分。

二、视觉文化的研究对象

　　米歇尔·科梅塔（Michele Cometa）在《从意象/文本到生物图画：
米切尔意象理论中的核心概念》（*From Image/Text to Biopictures*：*Key*

---

① MITCHELL W J T . Picture Theory：Essays on Verbal and Visual Representation ［M］.
Chicago，IL：University of Chicago Press，1994.

Concepts in W. J. T. Mitchell's Image Theory)① 一文首先回应了视觉文化/研究这一学科的危机。能够纳入视觉文化范围的东西非常宽泛，涉及美学、艺术、文学、电影、文化等学科。那么有没有共同之处？如何限定视觉文化的研究对象？文中第一部分罗列出的两大段视觉文化的研究对象，意味着视觉文化这门学科已经逐渐无政府化，没有边界，因此就面临了危机。

科梅塔指出，米切尔是视觉文化中最重要的人物，他试图在视觉文化研究中寻找新路径的突破。那么他找到的办法就是，探讨在所有学科都无法解决的，但所有学科却又共同集中的那个矛盾焦点——意象（image）/图画（picture）。米切尔的贡献在于把意象（image）提取出来，对于产生意象的历史、文化语境，在米切尔所说的"影子地带"谈论视觉文化。因此，作者在文中是回归视觉文化研究的学科背景，目的是探讨米切尔理论中的核心概念——图画转向（pictorial turn）、意象和图画的区别（image and picture）、语言图画（language picture）、生物图画（biopicture）。

如果要对视觉文化的研究对象做出一番梳理，恐怕其中包含的内容是巨大且庞杂的。玛格丽特·迪科维茨卡娅（Margaret Dikovitskaya）曾指出，视觉文化具有双重定义，一是以学科对象为中心的定义，二是以融合在视觉文化项目中的知识传统为中心的定义。约翰·沃克（John Walker）和莎拉·卓别林（Sarah Chaplin）在这一定义的基础上，指出视觉文化至少包含如下对象：

---

① COMETA M. From Image/Text to Biopictures：Key Concepts in W. J. T. Mitchell's Image Theory［M］//PURGAR K. W. J. T. Mitchell's Image Theory：Living Pictures. New York and London：Routledge Taylor & Francis Group，2017：117 – 137.

美术：绘画、雕塑、版画、素描、混合媒介形式、装置、照片－文本、先锋电影和视频、事件和行为艺术、建筑。

工艺/设计：城市设计、零售设计、企业设计、标识符号、工业设计、工程设计、插图、图形、产品设计、汽车设计、战争武器设计、运输和太空飞行器设计、排版、木雕和家具设计、珠宝、金属制品、鞋子、陶瓷、布景设计、计算机辅助设计、亚文化、服装和时尚、发型设计、身体装饰、纹身、景观和花园设计。

表演艺术和奇观艺术：戏剧、表演、手势和肢体语言、演奏乐器、舞蹈/芭蕾舞、选美、脱衣舞、时装表演、马戏表演、嘉年华和节日、街头游行、公众典礼（如加冕典礼）、游乐场、主题公园、迪士尼世界、游乐场、电子游戏、声光表演、烟火、照明和霓虹灯，流行和摇滚音乐会，全景，蜡像馆，天文馆，群众集会，体育赛事。

大众和电子媒体：摄影、电影、动画、电视和录像、有线和卫星、广告和宣传、明信片和复制品、插图书籍、杂志、漫画、漫画和报纸、多媒体、光盘互动、互联网、远程信息、虚拟现实、计算机图像。（John Walker and Sarah Chaplin，1997：33）①

随后，约翰·沃克（John Walker）重新列出了这个清单，用更具体的概念来丰富它，这不仅存在于视觉制作的媒介或知识领域，甚至还包括具体的研究对象，就使得视觉文化的研究对象情况变得更加复杂、

① WALKER J，CHAPLIN S. Visual Culture：An Introduction ［M］. Manchester：Manchester University Press，1997.

多元、矛盾：

照片、广告、动画、电脑图形、迪斯尼乐园、工艺品、生态设计、时尚、涂鸦、花园设计、主题公园、摇滚/流行表演、亚文化风格、纹身、电影、电视和虚拟现实——我想加上性别和性、拉斯维加斯、好莱坞和宝莱坞、对死亡和暴力的描述、国际机场、公司总部、购物中心、当代艺术（如视频和装置）、转基因艺术、巴厘岛旅游艺术、人造树胶、芭比娃娃、火人、当代好奇柜、雪花球、浮标的历史、皮礼士、感官，微型雕塑、为婴儿制作的器皿、流苏花边、大理石纹理的衬页、繁殖、克莱尔配饰店的维多利亚式半环、人造草皮、象牙麻将、水下大富翁、20世纪50年代的健康和安全录像、电子邮件贺卡、电子宠物、餐厅装饰、猫咪桌面指针时钟、荧光涂料、东欧圣诞装饰、夜行神龙的石膏模型、鸡形的加纳棺材和舷外马达、萨泰里阿教雕像、粉色火烈鸟和其他草坪装饰品、迷你高尔夫、商业土著绘画、货物崇拜、19世纪的海报和传单、书籍插图、儿童书籍、护照和官腔形式、票、地图、地铁和公共汽车图表、香烟包装、旅游景点烟灰盒、以及许多摄影主题、包括家庭照片墙、世纪末的同性恋色情文学、达盖尔的立体透视模型、第一个闪电图像、针孔相机的历史、以及从朱莉娅·玛格丽特·卡梅伦到克劳德·卡恩、戴安·阿尔比斯、南·戈尔丁和卡瑟琳·奥佩的女性摄影。（John Walker, 1998：14-16）①

---

① WALKER J. Visual Culture and Visual Culture Studies ［J］. The Art Book, 1998, 5 （1）：14-16.

很显然，沃克和卓别林进一步扩展了视觉文化的研究对象，并试图结合随着时代潮流产生的诸如文化研究、现象学、女性主义和酷儿理论等研究范式，将视觉文化的涉及范围扩散到至少与三四十门学科产生关联。这种对视觉文化范畴无限扩展的思路无疑将视觉文化研究推向自我矛盾的境地。这是由于，一门学科若无法对其研究范畴和研究对象进行限定，就无法真正形成一门学科。如若视觉文化无法框定自己的研究范畴和研究对象，而是任由它与其他学科融合，那么视觉文化最终无法形成一门独立的学科。

三、视觉文化的研究方法及思路

文化研究在人文科学领域具有十分重要的地位，从 20 世纪 80 年代初开始便已经成为科学领域中不可或缺的一部分。但由于文化研究并无先例可供参照，一般参照社会学研究思路，如采用自然科学研究的模式，即定量研究方式。但这类传统的定量研究方式越来越无法解释一些文化现象，尤其是随时代发展而新兴的文化现象，如阶级问题、种族问题、性别问题等。于是人们发现，文化研究不能仅仅依赖于传统社会学研究的定量研究法，而更应关注研究对象的文化语境及群体状态。因此，"在这一研究思路中，主观性问题与社会关系的主观方面被赋予了重要地位"（段炼，2012：25）。那么，文化研究的研究范式必然发生根本转变，即认为文化是一种"代表性的、象征的、语言性的体系，成为社会、经济、政治力量和进程的怂恿者，而不仅仅为诸现象的简单反映"（ibid.）。

关于视觉文化的研究方法，学界并未形成统一的共识。社会学家珍妮特·沃尔夫（Janet Wolff）[1] 曾指出，"艺术研究的要领是一种将文本分析与社会体系分析相结合的方法"（段炼，2012：27）。在沃尔夫看来，无论是传统的社会学研究模式还是人文学科中的文本分析方式，都不足以对艺术研究展开详尽分析。前者着眼于文化层面，忽视文本；后者着重于文本阅读，忽视社会制度和体系。因此，沃尔夫认为，最好的研究方法是将二者进行结合，即关注社会文化层面的内容，同时不忘文本分析的思路。

米切尔认为，视觉文化与语言学有着相似之处，"视觉文化与视觉艺术品之间的关系与语言学和文学著作二者的关系相同。然而艺术品与文学却是各自体现着根本不同的角色，一方面，是直接呈现视觉影像与图像；另一方面，则是语言表达；语言根植于一种可以科学描述的体系（句法、语法、语音），而图片则不能。……视觉文化的出现是对传统的阅读观念和文学观念的挑战。因为文学文本中所充斥的视觉符号、字母形式和书写方式变成了人们热切探讨的问题，研究者有必要将书写当作一种图像系统"（段炼，2012：29）。

具体而言，当我们要研究某个视觉文本时，我们不能仅仅从表面上去进行评价，否则无法透过视觉文本的表面探索深层的含义。对此，豪厄尔斯曾做过详细阐释。比如，当我们观看一幅画作时，我们应当首先思考这幅画的类型，是风景画还是肖像画？是动物画还是静物画？或者是风俗画？此外，我们作为观者还需了解这幅画中展示了什么？是人还是物？是什么样的人或物？画中还有什么？当然，我们还需要对画作中

---

[1]　珍妮特·沃尔夫（Janet Wolff）生于英国曼彻斯特，曾做过秘书，学过现代舞蹈，后在英国利兹大学任社会学高级讲师。后移居美国，先后任罗彻斯特大学艺术和艺术史系教授、视觉文化研究中心主任、哥伦比亚大学艺术系副主任。主要著作有：《艺术的社会生产》《美学与艺术社会学》《女性的命题：妇女与文化论集》等。

的场地、时期、时间、天气、主题等进行界定。除此之外，如果我们了解这幅画作中人或物的背景，就可以获得更多的必要信息，从而加深对画作的理解，尽管这些背景信息需要观者与画家具备共同的文化传统或文化记忆，分享相同的代码（豪厄尔斯，2014：5-10）。因此，对视觉文本，尤其是欧美视觉文本的理解无法脱离宗教艺术，因为宗教艺术是欧美文化艺术的根基和源泉。当然，对于宗教或神话的应用不只存在于艺术作品中，在日常生活中也有所体现。

此外，对一幅画作的阐释和对一个文本的阐释一样，是具有多种可能性的。凯瑟琳·贝尔西（Catherine Belsey）在《英语学习研究方法》（*Research Methods for English Studies*）① 一书中的第9章"作为研究方法的文本分析"（Textual Analysis as a Research Method）一文中，通过将16世纪意大利文艺复兴后期威尼斯画派的代表画家提香·韦切利奥（Tiziano Vecelli 或 Tiziano Vecellio，约 1488/1490 年—1576 年）的代表作《塔克文和卢克蕾提娅》（*Tarquin and Lucretia*，1571）作为视觉文本，以文本分析（textual analysis）方法为参照，基于"画和观众共同塑造意义（the picture and the spectator contributes to the process of making it mean）"的理念，对画作展开多维度、多视角的分析，为观者提供了视觉文本的具体分析思路和方法。

---

① BELSEY C. Textual Analysis as a Reserad Method [M] //GRIFFIN G. Reserad Methods for English studies. Edinburgh：Edinburgh University Press，2005：157-174.

图 2 – 1　塔克文和卢克蕾提娅（*Tarquin and Lucretia*）①

　　贝尔西指出，如果我们将画作的主题作为分析的重点，那么，从直观上来看，该画作的主题是"强奸"（rape）。观者可以从画面上清楚地看到两个主要人物之间的位置，即男（塔克文）在上，女（卢克蕾提娅）在下，塔克文手中举着一把锋利的匕首，膝盖抵在卢克蕾提娅的大腿中间，卢克蕾提娅身上唯独仅有的是覆盖在其大腿上的白色床单，用来抵挡对方的攻击显然是无力的。基于强奸这一主题，这幅画作会给观者带来强烈的紧张感，因为观者会急于想知道接下来要发生什么，当然这些就全凭观者自己的想象了。贝尔西认为，画作本是静态的，而强奸却是一种动态的行为，但是提香的画作《塔克文和卢克蕾

①　图片来源于网址 https：//thehistoryofbyzantium. com/2018/08/07/byzantine – stories – episode – 7 – women – in – the – roman – world – part – 1 – the – lesser – sex/tarquin – and – lucretia – by – titian – 1571/。

提娅》却将人物的动态性非常逼真地呈现出来，观者能够通过观看这幅画继续设想故事接下来的发展可能性。

如果我们把关注的重点放在画中的人物上，那么画作《塔克文和卢克蕾提娅》会如何引导我们去观察卢克蕾提娅？卢克蕾提娅在画中是反抗暴力攻击的受害者（victim），还是塔克文或观者性欲的反映客体（object of desire）？画中的灯光从左边打出，投射到卢克蕾提娅裸露的身体上，使卢克蕾提娅的胸部成为色情关注的焦点，同时，两条复合线条让观众注意到的是攻击的行为而不是被攻击的女性身体，也就是说，观者的视角会聚焦于两个人物之间发生了什么事上面，因此这幅画变得更具震撼性而非由性欲激发的单纯的挑逗性。在这里，贝尔西推导出了她想要表达的重点，那就是，观者对这幅画可以有很多的阐释空间，研究者想要试图找到画的不确定性，重点就是明确"是什么持续抓住了观者的注意力"（Belsey，2005：159）。

如果观者发现这幅画在性别政治（gender politics）的历史上有着重要地位，那么就会涉及 20 世纪 70 年代一大批女性主义者对强奸行为的争论。在当时，强奸意味着对弱势群体的强迫，与性别差异相比，强奸更关注的是男女之间的力量差异。放到对画作《塔克文和卢克蕾提娅》的分析中，若我们将女性形象和强奸本质结合起来，将画和 20 世纪 70 年代的女性主义结合起来，就会发现一个假设，即画里的强奸行为很可能体现出画家提香本人所隐藏的性别意象、对艺术中的强奸母题的关注，或是对强奸态度的历史，甚或是 16 世纪威尼斯的文化历史等的关注。

如果观者将注意力放在画作的微观细节上，就可能发现画中女子卢克蕾提娅在床上仍佩戴着珠宝首饰，这似乎不合时宜，尤其是在人们睡觉时。尽管 16 世纪 70 年代的威尼斯女人通常会在睡觉时戴首饰，但画家似乎更有深意。通过分析卢克蕾提娅佩戴的各种首饰（尤其是结婚戒指），提香似乎想要告诉观众，画中的女子已婚，并且属于贵族阶层。结合当时的历史事件，可知画中女子所嫁之人为画中男子的朋友兼战友；在文艺复兴时期的意大利，强奸是一种偷盗行为，是一种侵犯丈夫或父亲私人财产的犯罪行为；已婚女贵族被强奸意味着罪加一等。再看画中的服饰和姿态，如塔克文袖子卷起，右边裤袜脱落（就像哈姆雷特一样），织物折痕的真实逼真性（贵重、色泽鲜艳等），呈现出一种支配的、迫切的状态，强调其野蛮不受法律约束的残暴行为；而卢克蕾提娅则脸色苍白、裸体、半仰卧，展示出一种被支配的状态。由此可见，画作并未将兴趣局限于性别政治，还涉及了国家政治层面的意义。画作《塔克文和卢克蕾提娅》不仅体现了男女关系，还体现了压迫阶级和被压迫阶级之间的关系。在画作中，卢克蕾提娅对塔克文的反抗象征贵族的反抗。塔克文的服饰属于现代而非 16 世纪 70 年代威尼斯的服饰，这是否是由于画家对历史不感兴趣、不甚了解，还是由于画家被时代错误（anachronism）所驱动？（Belsey，2005：168）。或者是当时的威尼斯共和国为了维护自身而向土耳其人发出的一种呼吁？由于当时威尼斯受奥斯曼（土耳其）帝国扩张计划的威胁，在共和主义成立初期，画作由威尼斯共和国送至西班牙国王，这一历史事件是否和对画作的阐释有关？对此，贝尔西并未明确给出答案，而是为观者的深入阐释提供了可能的方向。

接下来，观者还可能对画作中的其他细节感兴趣。如塔克文背后还有一个较为隐蔽的人物，他皮肤黝黑，表情似是好奇，或是愤怒，也可能是恐惧？那么，画中的这一神秘观察者到底是谁？为何在一幅以强奸为主题的画作中会出现这样一个人物，而且这个人物还位于画作隐蔽的一角。贝尔西认为，画作中这一隐蔽的人物是强奸行为的观者，塔克文很可能会将这具奴隶的尸体放在卢克蕾提亚的床上以此来诋毁她的名声。也就是说，画作中的强奸行为正在被一个奴隶观看，而这个观看者不久后将成为受害者，并"配合"施害者给另一位女性受害者增加不良名声。因为在当时，女性与奴隶通奸比被国王的儿子强奸更可耻，于是卢克蕾提亚很可能最终放弃了抵抗，选择屈服。塔克文前面是毫无抵抗力的女人，尽管她的反抗有一种英雄气概，但他身后是个毫无抵抗余地的奴隶。奴隶的身体在画中只出现了一半，就好像他从来都不属于自己，而是属于他人。在这里，对奴隶的无力反抗的呈现是否是画家为了加强卢克蕾提亚的无力反抗？另外，卢克蕾提亚的左手在抵抗时并没有本该出现的那种紧张坚硬的肌肉，她看似并没有用力，也许是想体现出她并不想反抗？这里是否出现什么问题？也许提香的这幅画并不是想描绘主角之间的外部抗争，而是想描述卢克蕾提亚内心的自我抗争？也就是说，卢克蕾提亚对塔克文的暴力反抗逐渐过渡到对其强迫行为的屈服，这正体现了卢克蕾提亚内心经历的变化。是否还有其他的阐释可能？我们可以看到，卢克蕾提亚的左右手看似抵抗，实为爱抚，她也许不是在抗争而是在享受？这是否说明性本能不受自己控制，会不由自主产生？如果卢克蕾提亚是无辜的，那么她根本不需要自我惩罚；而如果她是认为自己的身体不受性欲的强烈控制而导致与塔克文发生了通奸行为，基于这一点，她反抗塔克文，则是另一种阐释了。画作的不可判定性正是其感染力的核心，它吸引读者沉迷在对其描述和阐释的过程中。上述一系列问题都是贝尔西为观者抛出的问题，这些问题没有固定答案，如果想解答这些问题，就需要观者具有细致的观察力、完备的知识储备水平以及强大的逻辑思辨能力。贝尔西对画作《塔克文和卢克蕾提亚》的多维阐释是以绘画为例的视觉文化研究的方法参照。

第二节 W. J. T. 米切尔的图像学理论

"图画的转向不再仅仅是一种科学现象，一种对旧问题的新视角，而是当代生活中不可避免的事实，需要有意识地发展一种新的视觉素养。"（J. Trumbo，1999：409 – 425）① 今天，我们不仅在人类科学中，而且在我们对我们所生活的社会中的形象的普遍认识中，正在目睹一种图像的转向。当代视觉文化的表达"图像转向"归功于米切尔。图像学理论是米切尔学术生涯的核心，要想深入了解米切尔的图像学理论，首先就需要了解米切尔图像学理论的起源。米切尔图像学方法的具体起源，主要是文学和哲学的，强烈植根于罗蒂的"语言转向"，丰富了维特根斯坦和古德曼的语言哲学（Cometa，2017：122）。②

米切尔处理意象问题的方法的深层根源是他意识到视觉和语言在两种交际系统中不可减少地共存与融合。正是意识到这两种媒介的不可简化性——同时确保文化产物仍然是"混合媒介"——才使得我们能够有效地克服由所谓的语言转向所引发的文本崇拜，这就有可能误解现代性中的文化产品，从而决定将所有文化实践消解在纯粹的文本现象中。米切尔也清楚地意识到，尽管"视觉"的问题似乎侵入了现代性的每一个话语，但它与其他古老的文化背景并不陌生。他受到的文学教育和

① TRUMBO J. Visual Literacy and Science Communication［J］. Science Communication，1999，20（4）：409 – 425.

② COMETA M. From Image/Text to Biopictures：Key Concepts in W. J. T. Mitchell's Image Theory［M］//PURGAR K. W. J. T. Mitchell's Image Theory：Living Pictures. New York and London：Routledge Taylor & Francis Group，2017：117 – 137.

他所拥有的大量历史知识使他在其三部曲中能够涉猎广泛，从他心爱的威廉·布莱克的"文本绘画"到美国有线电视新闻网络（CNN），从浪漫主义到可口可乐广告，从风景美学到作为 20 世纪虚构偶像的恐龙。

因此，米切尔的图像理论一直都在回应视觉（意象）和语言（文本）之间的关系问题。在他看来，意象（image）和文本（text）之间是冲突、矛盾、融合的复杂关系，因此，不能简单地将这二者进行对立。米切尔的重点并不是意象和文字之间的差别，而是当意象和文字相遇的时候，会产生什么样的无穷可能性？这样才能超越简单的比较。应当抛弃以前的固有思维模式，即本体论和差异，换个思维模式，关注认识论和可能性。

一、图像、图画、意象：W. J. T. 米切尔图像学理论核心概念探析

W. J. T. 米切尔（W. J. T. Mitchell，1942—）是美国乃至世界著名的艺术史家和图像学研究学者，主张跨越多学科体系，在对后语言学和后符号学的研究基础上提出"图画转向"的概念，并以此延伸出新的图像学科，即批判图像学（Critical Iconology）。米切尔的图像学研究的目的并非创造一种"图像理论"（picture theory），而是"图绘理论"（picturing theory）。在其最重要、影响最深远的专著《图像学：意象、文本、意识形态》（*Iconology*：*Image*，*Text*，*Ideology*，1986）一书中，米切尔对意象与文字的辩证关系进行了论述，对图像、图画和意象三个核心概念做出了详尽阐释，并创造了元图画和元 – 元图画的概念。米切尔的图像学理论自诞生起便在学界引起广泛探讨，但国内对其理论中的核心概念的理解和使用却存在混乱的现象。笔者认为，厘清米切尔图像学理论中的核心概念有助于进一步理解其图像学理论体系，也有助于加深对米切尔理论中文字和意象关系，即语象关系的认知。

《图像学：意象、文本、意识形态》（以下简称《图像学》）、《图画理论：语言与视觉再现文集》（1994）、《图画想要什么：形象的生命与爱欲》（2005）被称为米切尔图像学研究"三部曲"，是米切尔对于图像、图画、意象问题研究成果的集大成之作。在米切尔的图像学理论中，被反复提及并探讨的关键术语有三个，即图像（icon）、图画（picture）、意象（image）①，此外，米切尔还在《图像学》一书中创造出元图画（meta – picture）和元 – 元图画（meta meta – picture）的概念。因此，要想深入理解米切尔的图像学理论，就必须厘清这些核心术语和概念的定义及内涵。首先需要指出的是，由于米切尔的图像学理论内容庞大、涉猎广泛、理论深奥、语言晦涩，其中不断出现的几个术语在米切尔不同时期的不同专著、文章或讲座中存在细微的差别。为了对术语进行统一，本书主要参照米切尔的图像学研究"三部曲"中的术语定义，对图像、图画和意象，以及元图画和元 – 元图画概念进行阐释，并分析米切尔多次重复在其理论体系中论述以上术语和概念的原因。

二、图像、图画、意象的差别

图像、图画和意象是米切尔图像王国中至关重要的术语，构成了其

---

① 本书中将讨论的"图像"、"图画"和"意象"三个词在米切尔的图像学理论中对应的原文分别为"icon"、"picture"和"image"。由于这三个英文单词本身在词典中的定义非常多，且概念和外延都较复杂，如 icon 有"图标、肖像、画像"等含义；picture 有"照片、图片、图画"等含义；image 有"肖像、影像、图像、想象"等含义。可见，这些定义过于宽泛，且范畴有重合，加之国内学界对这三个术语的译法存在较大差异。此外，在《图像学》导论中，米切尔对"图像学"一词展开分析时，把 icon 等同于形象、图画或相似物（likenesses），iconology 在学界又被公认译作"图像学"。因此，为了将这三个关键术语之间的关系阐释清楚，笔者在本书中统一将 icon 译为"图像"，将 picture 译为"图画"，将 image 译为"意象"。后文不再对此译名另做说明。当然这种区分是米切尔个人做出的，只在他的理论中有效。对其他作者而言，这三个词没有显然的不同。

整个图像学理论的根基，也成为米切尔探讨图文关系，或语象关系的前提。因此，对这三个术语的概念和内涵进行梳理十分必要。首先，笔者将对这三个术语的原文及译名进行探讨，以厘清术语的核心内涵，规范术语的使用范畴。

图像（icon）是直接与米切尔的图像学（iconology）相关联的重要术语。在字典中，icon 一词被译为"画像，肖像"，此外，在计算机领域中，icon 被译为"图标，图符"。为了规范学科间的界限，笔者认为，icon 译为"图像"较为合理，既可涵盖 icon 本身"像"的内涵，也可将其与其他意义相近的术语进行区分。此外，米切尔图像理论中的"图像学"一词为 iconology，这也正好呼应了译为"图像"的 icon。图画（picture）是呈现在观者面前的物质实体，如画布上的画作、书本中的画或电脑中的图片等。意象（image）是米切尔的图像学理论中最为重要的术语，也是国内外学界对米切尔的图像理论争议最多的术语之一。米切尔在其《图像学》一书中曾对其图像王国中的一系列核心概念体系做出了详尽阐释，其中就包括"意象"这一贯穿其研究的关键术语。意象与图画则有所不同，简单地说，"意象是对相像、相似或类似形式的感知——C. S. 皮尔斯（C. S. Pierce）将其定义为'象似的符号'，是一种内在感官特质与其他物体相似的符号，而图画是'意象出现的物质支持和物理媒介'"（Gori，2017：41）。米切尔认为，要想知道"意象"是什么，就必须回到潘诺夫斯基（Erwin Panofsky）和贡布里希（E. H. Gombrich）那里，因为"如果语言学界有索绪尔和乔姆斯基，图像学界就有潘诺夫斯基和贡布里希"（Mitchell，1986：8）。

简单而言，在米切尔看来，"意象不仅仅是一种特殊的标志，而是像历史舞台上的演员，具有传奇地位的存在或人物。对于那些按照自己的意象创造自己和世界的生物而言，意象是一段历史，它与我们讲述自己从造物主'按意象制造'的生物进化而来的故事相似，并参与其中"（Mitchell，1986：9）。因此，意象是抽象的、概念的、非实体的，而图画是具体的、实际存在的。因此，你可以画出或者挂出一幅图画，但你不能画出或挂出一个意象。由于"意象"所包含的内容过于广泛，如图形类（graphic）、视觉类（optical）、感知类（perceptual）、精神类（mental）、语词类（verbal）的相关事物都属于"意象"的范畴，为了更好地对"意象"这一概念展开分析，米切尔通过家族树的形式将"意象"进行简单地分类并建构出一个谱系，以使这一概念更加明晰。（见图 2 – 2）

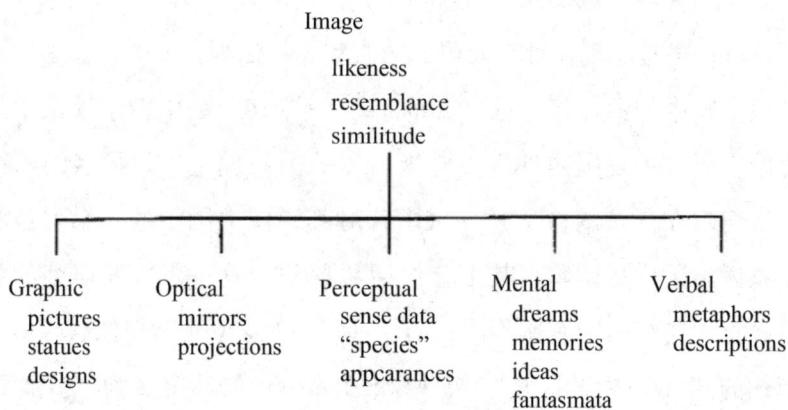

```
                            Image
                            likeness
                            resemblance
                            similitude
                              |
    ┌─────────┬─────────┬───────┴───────┬─────────┬─────────┐
  Graphic    Optical    Perceptual      Mental     Verbal
  pictures   mirrors    sense data      dreams     metaphors
  statues    projections "species"      memories   descriptions
  designs                appcarances    ideas
                                        fantasmata
```

图 2 – 2　意象家族树（Mitchell，1986：10）

可见，意象不只是物质的意象图像的主题，还是任何相像性、相似性和类似性的感知。因此，米切尔的"意象家族树"最顶层出现了三个关键词：相像性（likeness）、相似性（resemblance）和类似性（similitude）。如果不能理解这三个词在米切尔的图像理论中的重要性和特殊性，就无法理解米切尔的图像理论中的其他概念和论证。对此，米切尔举了一个十分形象生动的例子。假如说一棵树或一种树的一个枝节像另一棵树的一个枝节，这并不是说它们是完全相同的，而是说它们在某些方面相似，而在另一些方面不相似，比如，两个枝节的宽细程度相同，但坚硬程度有差异。然而，通常我们不会说每一种相似的东西都是一个意象，如一棵树和另一棵树很像，但我们不能把这棵树称作另一棵树的意象。也就是说，"只有当我们试图建立一个关于我们如何感知一棵树和另一棵树之间相似性的理论时，'意象'这个词才会与这种相似性相关"（Mitchell，1986：33）。可见，在外延不变的基础上，米切尔将"意象"的内涵进行了充分扩展，将其延伸至所有与客观物质实体具有相似关系的概念，将其扩散至涉及物理学、心理学、艺术史和文学批评等领域。但也正因如此，"现在，这些学科中的每一个都在各自的领域中产生了大量关于意象功能的文献，这种情况往往会吓到任何试图对这个问题进行概述的人"（Mitchell，1986：11）。既然意象涉及的范围广泛，那么应该如何对它进行研究呢？贡布里希曾根据感知和光学对图画意象（pictorial imagery）进行研究，但米切尔认为类似这样的研究会进一步模糊不同学科之间的边界，无法明确图像学研究的对象和路径。米切尔认为，"尝试对意象进行概述，审视我们在不同类型意象之间所划的界限，并对这些学科对相邻领域意象的性质所做的假设提出批评"（Mitchell，1986：12），这样才能使得对意象的研究变得有价值。在此基础上，米切尔首先确定了"意象家族树"中除精神类的和语词类的意象之外的其他意象可以被称作严格的、适当的、直接意义上的意象。这是因为精神类意象相对而言个体差异较大，且判断时的不确定因素较多，不够严格；而语词类意象涉及人体的所有器官，着重于头脑中的想象成分，也不够严格适当。

事实上，米切尔把符号学家皮尔斯（Pierce）的直觉当作公理，认为意象是一种标志———一种相似性的标志。这意味着，第一步是"把它们从肉眼的暴政中解放出来"（Gori，2017：42），人的眼睛能够看到的东西属于意象范畴，但也仅仅属于意象分支下的"图形类"（graphic）中的一部分，除了肉眼可见的东西之外，其他涉及感知的、精神的、语词的东西也属于意象范畴。因此，要理解意象在许多领域中的流传，既有图像的和视觉的意象，也有感知的和语词的意象。米切尔认为，意象不是事物本身，而是一种相似或类似的关系。这就呼应了米切尔对意象概念所赋予的虚拟特征，即某种存在于意识中的，与客观实体相类似或相近似的东西，即意象概念的核心不在于物体本身，而在于与某物体相似的概念。意象不是事物，而是相似与类似的关系，因此，它们的领域远远超出了所谓的视觉图像（绘画、素描、照片、视频等），而我们在自然景观、语言、几何和数学中都可以找到意象。意象介于符号学和美学之间的地带，介于符号的概念领域和感官的美学领域之间，我们不需要用像学习语言时所必需的代码来理解它们，而是直接对它们进行感知（Gori，2017：41）。因此，意象的概念既不单纯是符号学的，也不单纯是美学的，它漂浮在视觉再现与语言再现之间的空白中。在米切尔的论文《意象 X 文本》（*Image X Text*）中，他用 X 图形的方式表达了这种"文字与意象之间无法表达的空间的创伤性缺口"（Gori，2017：43）。"意象 X 文本"的表意文字"X"可以扩展成分形，在页面上占据空间，形成一个图表，显示符号和感觉之间复杂的交集（参见图 2-3）。

EYE　　　WRITING　　　SYMBOL

PICTURES　　　SENSES / SIGS　　　SPEECH

ICON　　　MUSIC　　　EAR

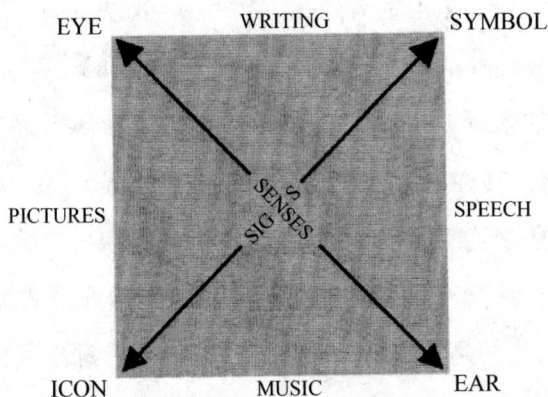

图 2 - 3　"意象 X 文本"图形（Gori，2017：43）

　　语言学家皮尔斯将符号功能分成的图像（icon）、指示符（index）和符号（symbol）三部分，可以被认为是米切尔理论的哲学基础（Gori，2017：44）。米切尔参考皮尔斯对符号功能的分类方式，对意象和文本之间复杂关系展开的分析具有独创性。米切尔将人体的感官和图像、图画、文字放在一起进行多维度的探讨。如当图像（icon）和听觉（ear 指代的知觉）重合时，人就可以感知到音乐（music）；当听觉和符号（symbol）重合时，人就可以听到言语（speech）；当符号和视觉（eye 指代的知觉）重合时，就出现了文字（writing）；而当视觉和图像重合时，图画就能被感知到。此外，图像和符号之间是指示（signs）关系，视觉和听觉之间是感觉（senses）关系，两组关系之间是相互通达的，它们的中心就是意象。这样，米切尔就将图像、图画和意象之间的关系形象地展现出来。这种根据皮尔斯符号域之间的"X"形关系对意象和文本之间展开分析所得出的结论也和皮尔斯的结论有相似之处，即"图画"具有所有媒介的混合性质，所有的符号都是混合的符号，所有的媒介也都是混合的媒介，因此，所有的艺术都是混合的艺术

(while all signs are mixed signs, all media are also mixed media, and, accordingly, all arts are mixed arts.)（Gori，2017：48）。

不过，米切尔对于 image 和 picture 内涵的阐释在其理论体系中并不是一成不变的，其在《图画想要什么?》 (*What Do Pictures Want?*，2005)① 一书的前言部分指出，他在这本书中所说的"意象"（image）是指在某些媒介中出现的任何相似、图形、主题或形式。所谓的"物体"（object），指的是意象出现的物质支撑，或者意象所指的或带入视野的物质事物，包括关于客体性和客观性的概念，关于某物与主体对立的概念。所谓的"媒介"（media），指的是一系列的物质实践，它们将意象与物体结合在一起，从而产生图画（picture）。米切尔进而指出，"从最狭隘的意义上说，图画只不过是我们所看到的挂在墙上、贴在相册里、或装饰在插图书籍书页上的那些熟悉的物件之一。然而，从更广泛的意义上说，图画出现在所有其他媒介中……"（Mitchell，2005：ⅹ ⅲ）。可见，在《图画想要什么?》一书中，image 的内涵并没有发生显著变化，但是 picture 的内涵则被扩展了。米切尔承认，最初那种"呈现在观者面前的物质实体，如画布上的画作、书本中的画或电脑中的图片等"是属于最狭隘意义上的"图画"，而若将"图画"的意义进行扩展，延伸到更广义的范畴，那其所指的就不仅是出现在墙上、相册里、书籍中的实体之画，还有"出现在所有其他媒介中"，并以"漫画或模式化的形式""脑海中的图画的形式""命题或文本的形式"得以展现出来的图画。可见，米切尔本人对意象和图画两个术语的界定在不同语境下也存在一定差异。不过，无论米切尔对 picture 的内涵如何界定，

---

① MITCHELL W J T. What Do Pictures Want? ［M］. Chicago：The University of Chicago Press，2005.

他对图画本身所具备的生命力和活力是从未否认的，正如他本人所言："图画就像生命一样，受到欲望和欲望的驱使。"（Mitchell，2005：6）

　　总体而言，在米切尔那里，图像和潘诺夫斯基图像概念中的图像比较接近，即指传统艺术领域中的图像，尤指包含宗教意蕴的图像，如基督圣像。而米切尔所指的图画则是在后现代语境下包罗万象的具体图画，尤指大众阶级和大众文化中出现的所有图画。米切尔着重强调图画转向，也正是为了凸显后现代语境下大众文化的重要性。米切尔所指的意象则是每个图画背后所隐藏的一种看不见、摸不着的意象，但这些意象统领着图画，是使具象图画得以产生的根基。

三、元图画：关于图画的图画

　　首先需要明确的是，米切尔探讨元图画的目的是回答"图画是什么"这一问题。众所周知，"元"意味着"关于"，如"元小说"是关于小说的小说；"元语言"是关于语言的语言；"元批评"是关于批评的批评；"元理论"是关于理论的理论。那么，元图画（Metapictures）就是关于图画的图画，是图画的自我指涉，用于呈现图画的自我认识。当然，这样一种简单的定义并不能全面概括元图画的内涵。米切尔主要是用该词来描述一种特殊的图画，即能够实现自我指涉（self - reference）的图画，以此证明图画具有制作、生产、表意和欲望的内涵。在米切尔这里，图画不再是维特根斯坦或福柯等人用来进行处理的对象（objects），而是一个可以自己言说、展开行动、表达欲望的主体（agency）。而让图画自圆其说是为了图绘理论（picture theory），而不是从外部引进某种关于图画的理论。正如米切尔本人所言："我不是依靠一种既存的理论、方法或话语来解释图片，而是让它们自己说话。我想从'元图画'开始研究作为理论形式的图画本身。简而言之，我们的目的是研究图画理论，而不是从其他地方引进图画理论。"可见，米切尔更深远的目的已经跳出对元图画的阐释，而且通过元图画自我指涉的内涵来反对语言学压制下图画无言的状况，将图画从语言中解放出来，重新获得生命力。米切尔不想以任何一种现存的理论、方式或话语来阐释图画，尤其避免用语言学来言说图画，只有图画自己来言说自己，才能达到米切尔所说的"图画转向"（Pictorial Turn）的目的。

米切尔的元图画理论在其《图绘理论：文字和视觉再现文集》（*Picturing Theory：Essays on Verbal and Visual Representation*，1994）① 一书中得到了详尽阐释。正如该书的副标题所提到的，该书主要是探讨文字和视觉再现之间的关系的文集，因此，对于元图画的探讨也必然不能脱离这个大的语境，不能离开对文字与图像/图画之间关系的探讨。在此基础上，米切尔指出他的分析方法是"图画再现的语言再现（ek-phrastic）"（Mitchell，1994：38），即忠实地描写以不同方式来指涉自我的一系列图画。米切尔还在该文中对元图画的种类和特征做了清晰的梳理，让读者对元图画有了更深入的了解。

第一类元图画是以索尔·斯坦伯格（Saul Steinberg）的画作《螺旋》（*The Spiral*，1964）为代表的具有自我指涉性的图画。斯坦伯格是罗马尼亚裔的美国画家及漫画家，也是 20 世纪重要的漫画家。他以敏锐的观察力和精妙的构思记录下了他所经历的大时代图景，影响了后代许多画家。他不满 20 岁就开始发表作品，27 岁起定居美国。由于其画作的影响力，从 20 世纪 50 年代到 1999 年，他长期给《纽约客》供稿而名声日盛，前后为《纽约客》画了 87 个封面、1000 多幅插图，成功

---

① MITCHELL W J T. Picturing Theory：Essays on Verbal and Visual Representation ［M］. Chicago：The University of Chicago Press，1994.

地将面向大众的插画推到了高雅艺术的水准（汪家明，2018：13）。斯坦伯格的漫画名作八九十年代常常刊载于国内的《读者》和《青年文摘》上，他独有的简练、奇诡的线条，流露出当代都市人敏感、冷峻的幽默感。斯坦伯格《线条》中的世界是辽阔安静的，具有哲人般的魅力。斯坦伯格漫画的最大特点是细细的、无所不能的线条。他是那种"纯线条表现"一类的画家，甚至被称为用线条表演魔术的人。他似乎对生活中的线条特别敏感，无论是人物、衣饰、动物（狗、猫、马）、树木、花草、建筑物、马路、汽车，甚至草写的字母都能变成一根根线条，游弋在他笔下。他似乎更喜欢描写线条繁复的物象，如巨大的装饰奢侈的房子，房前柱子和雕饰，房内楼梯、窗户、橱柜、沙发、地毯、瓶花等。他是生活中美妙线条的发掘者。他告诉人们：线条无处不在，世界是由线条组成的。线条将万物简化，重新定位，一切臃肿、含混、五色乱目的东西都变得清晰明了。斯坦伯格漫画的另一个特点是随意营造、变化多端的空间。美妙的线条只有营造出美妙的空间才有存在的意义（汪家明，2018：3-4）。①斯坦伯格非常擅于通过想象让观者感知到视觉逻辑悖论。如在图2-4中，观者可以看到一个男人正在用笔画圆圈。从静态角度来看，这幅图画非常简单；但如果用动态的视角来看，则会产生两种视觉效果：第一，图中间的男人正在用笔画出一个螺旋，且这个螺旋的最外围是不断向外延伸的风景（有山峰、房屋、树木等）；第二，外围的风景正在逐渐缩小，直至图中间这个男人手中的画笔。因此，这幅画可以同时从顺时针方向和逆时针方向进行解读。从顺时针方向（螺旋由内到外）看，这幅画可以被看作是对一段熟悉的

---

① 汪家明. 线条——斯坦伯格的世界［M］. 北京：生活·读书·新知 三联书店，2018.

现代绘画历史的讽喻，一段从对外部世界的表现开始、然后走向纯粹抽象（远处的风景）的历史；按逆时针方向（螺旋由外到内）解读，这幅画则展示了另一段历史，从人物到抽象，到风景，再到底部的文字（已经超越了这幅画中螺旋的边缘）——一个"新世界"（New World）。也正因如此，这幅画作是米切尔眼中典型的"元图画"，即自己讲述自己的图画，解释图画从何而来的图画。画图之人也身在图中，也成为被观者观看和阐释的对象。

图2-4　索尔·斯坦伯格《螺旋》（*The Spiral*, 1964），源自斯坦伯格的新世界系列。

斯坦伯格画；ⓒ1963，纽约客杂志有限公司，1991年。

除了最著名的"螺旋"图之外，斯坦伯格的其他部分作品也有异曲同工之妙。如在图2-5中，左下角的一只手正在绘出一个人，这个人的手又绘出另一个人，另一个人的手又绘出下一个人，循环往复，以此类推，第一只手和最后一只手很可能在某个点上重叠。观者不禁想问：到底哪只手才是第一个开始绘画的手？图画中到底有多少只手？这幅画也是关于图画的图画，即若干只正在绘画的手绘出的图画在画中行使自我指涉、自我解释的权利。

图2-5 斯坦伯格手绘图

除了斯坦伯格的画作之外，米切尔还列举了以下两类元图画：

第一类是以斯坦伯格的"螺旋"和阿兰的"埃及写生课"为代表的画。对"螺旋"的解读前文已提及，此处不做赘述。在"埃及写生课"（参见图2-6）中，观者可以看到，台上的一位埃及女人是台下若干埃及学生写生课的模特（参照物），所有的学生都在根据这位模特的外形（身高、体型、发型、动作等）来进行绘画。从画中可以看出，学生们手中的画笔不只是用来绘画，还用来作为判断模特身形的标尺。作为学生，他们看到的是台上的模特；而作为观者，我们看到的是画中的学生在看画中的模特。这幅著名的画作通常被认为是生动描绘了古典艺术中的模仿论，即忠实复制、还原了客观对应物，要求则是达到艺术再现的准确性。也就是说，台上的模特是多高的，学生画在画板上的就必须是按照一定比例缩放后的身高；模特的体型是什么样的，学生画在画板上的就必须是基于缩放比例的对应体型；模特的动作是怎样的，学生画在画板上的就必须是一模一样的动作。这就是对客观对应物（自然）的艺术再现。当然，贡布里希对于这样的艺术再现方式并不赞同，他认为，美学理论已经放弃原来的主张，不再注重逼真的艺术再现这个问题，而是转向艺术中的错觉问题。对阿兰的"埃及写生课"的这两种解读，与对斯坦伯格的"新世界"的两种解读一样，"处于一种辩证关系当中"，即二者"相互矛盾、相互对立，但又相互需要、相互赋予活力"。而对于这类图画的解读，永远不能停留在一个静止的状态，只通过一种单一的方式进行阐释，而只能是"在二者之间的论争或对话中构成"（Mitchell，1994：45）。

DRAWING BY ALAIN © 1955 THE NEW YORKER MAGAZINE, INC.

图 2-6　阿兰："埃及写生课"。阿兰画；©1955，纽约客杂志有限公司，1983 年。

106

第二类元图画是"辩证的意象"（dialectical images），即基本功能是展示矛盾的或截然不同的解读共存于同一个意象中的图画。这个现象有时被称作"多重稳定性"（multistability）。这类元图画中最经典的例子当属"鸭－兔"图（参见图 2－7）。这幅图非常贴切地印证了米切尔所说的"多重稳定性"，不论观者从哪个视角来看，都能看到对应的物体。当观者把图画中左边的两个长条物看作嘴巴，那么这幅图所描绘的就是一只鸭子，右边的圆形物就是鸭子的头；但如果观者把这两个长条物视为两只长耳朵，那么这幅图所描绘的就成了一只兔子，右边的圆形物就是兔子的头。两个透视的观看都可以达到稳定性效果。同样类型的元图画还有纳克方块（参见图 2－8）这个仅仅由 8 条直线组成的图非常简单，但也同样呈现了两种透视结果：一种是 A 面朝上放置的立方体；另一种是以 B 面朝上放置的立方体（参见图 2－9 和图 2－10）。从不同的透视视角来看纳克方块所得到的视觉效果是截然不同的，同一个立方体的面积和体积都未发生变化，只是立方体的观看角度产生了变化，从而形成了米切尔所说的"辩证"特点。当然，尽管在同一幅图画中有几种透视的可能性，但在某一个具体的时刻里，只能有一个被看到的内容，这就表明，意识总是只能有一个事物占据观者注意力的中心，同时，每一个内容都只能坚持几秒钟，随之会被另一个内容所取代。在图 2－11《我的妻子和我的岳母》中也有两种透视结果：如果观者把图画正中间的白色区域视为一个人的侧脸，那么图画中的人就是一个年轻的少女，她的脸正在向右后方转过去；而如果观者把图画正中间的那个白色区域当成是一个人的鼻子，那么图画中的人则成了一个老妇人，图画变成了这个妇人的侧面画像。同理，在图 2－12 中，如果观者的聚焦重点不同，也会看到不同的内容。聚焦的重点如果放在图画正中间的白色区域，那么观者看到的就是一个在黑色背景之中的白色花瓶；

如果聚焦的重点在图画左右两侧的黑色区域，那么看到的就会是两个人的侧脸。

对此，米切尔指出，他希望以三种不同形式的图画自我指涉（pictorial self-referentiality）为例的斯坦伯格的"新世界"系列、阿兰的"埃及写生课"和"鸭-兔"图这三个意象，可以粗略绘制出元图画的基本类型。斯坦伯格的"新世界"系列是严格或规范的自我指涉的例子，是自己再现自身的图画；阿兰的"埃及写生课"总体来看是自我指涉的，代表了再现某一类图画的图画；"鸭-兔"图则涉及话语或语境的自我指涉，它的自反性取决于它能否介入对视觉再现本质的反映。"任何能够用来反映图画本质的图画都是元图画。"（Mitchell, 1994: 57）

当然，图画远不止上述三类，"偶像崇拜、恋物癖和墨镜"都属于图画的范畴，"它们似乎不仅有存在感，而且有自己的生命，会跟我们说话，也会回头看着我们"（Mitchell, 1994: 57）。正因图画的这种生命力、活力和自我阐释能力，作为理解图画的工具——元图画让观者对自我理解产生疑问。

图2-7 "鸭-兔"图（duck-rabbit）[1]　　图2-8 纳克方块（Necker Cube）

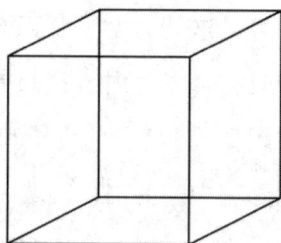

---

[1] 图片来源于网址：https://baike.baidu.com/pic/% E9% B8% AD% E5% 85% 94% E5%9B% BE/6987245/0/dbb44aed2e738bd41ef7e372a18b87d6267ff99b? fr = lemma&ct = single#aid =0&pic =9825bc315c6034a86098d971c1134954082376c3。

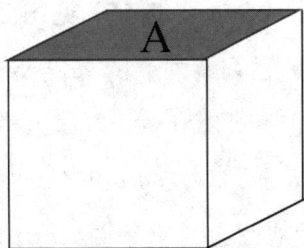

图2-9　纳克方块透视1　　　图2-10　纳克方块透视2

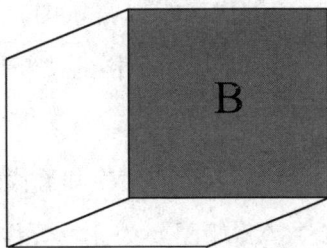

图2-11　我的妻子和我的岳母①　　　图2-12　人脸还是花瓶?②

四、元-元图画：图画自我指涉的百科全书式迷宫

米切尔还创造了"元-元图画"（meta-meta picture）一词，用来指涉那些"图画自我指涉的百科全书式迷宫"（Mitchell，1994：58）的图画。在米切尔看来，元-元图画的最佳例子就是委拉斯开兹

---

① 重印自诺玛·谢德曼的《普通心理学实验》（Chicago：University of Chicago Press，1939）。

② 图片来源于网址：http：//www.360doc.com/content/12/1114/15/599863_24780 8783.shtml。

（Velázquez）的代表作《宫娥图》（*Las Meninas*，1656，见图 2 – 13）。《宫娥图》可谓是斯坦伯格的"新世界"系列、阿兰的"埃及写生课"和"鸭–兔"图的集合，"代表了观者、生产者和再现客体或模特之间的互动，是一个复杂的交换和替代的循环"（Mitchell，1994：58）。米切尔之所以称《宫娥图》为元–元图画，是因为《宫娥图》无论是从其画家身份、画作品质还是画作复杂性来说，都远远胜过前三类图画。就像对其他类型元图画展开的研究一样，《宫娥图》通过对再现的自我认识来质疑观者自己的身份，从而激活观者的自我认识。

　　在《宫娥图》中，一共出现了 11 个人物。画家委拉斯开兹站在画作中的最左边，手上拿着画笔，表情严肃。若以委拉斯开兹为参照，从左至右分别为玛丽亚、小公主玛格丽特·特蕾莎、伊莎贝尔[①]。再向右是小矮子玛丽芭波拉和波图萨托，后者的脚正踏在一条闭目而憩的猎狗身上。在她们身后站着一男一女，女士为马塞拉，是王后的典衣侍女。男的因处在阴影之中，身份难以判定。画面最后站在门口的那个人是委拉斯开兹的亲戚涅托，正在注视着室内的情景。在画面中央位置的一面镜子里，映出了腓力四世夫妇的影子，他们正摆出姿势让委拉斯开兹描绘，他们既是画中的委拉斯开兹笔下的模特，同时又是画中场面的旁观者（青木，2013：86）。[②]

---

① 玛丽亚和伊莎贝尔二人是玛格丽特·特蕾莎公主的侍女。

② 青木. 世界名画中国名画（超值全彩白金版）［M］. 北京：中国华侨出版社，2013.

图 2-13 委拉斯开兹（Velázquez）的代表作《宫娥图》①

这幅画之所以被称为"百科全书式的迷宫"，是因为画作中人物透视的复杂性。本应在画外的画家委拉斯开兹却身处自己的画作之中；本应处在画作之中被委拉斯开兹描绘的腓力四世夫妇并未直接在画作中出现，而是成了整个画作中最不易被观者发现的镜中人物；本应在画外和观者一起观看委拉斯开兹为腓力四世夫妇作画的其他 8 人（包括玛丽亚、特蕾莎、伊莎贝尔、玛丽芭波拉、波图萨托、马塞拉、涅托和不明身份的男子）反而成为整幅画的主体，占据着画作的大部分空间。观者在观看这幅画时，很容易对画中人物的视角和自己的观者身份产生质

---

① 图片来源于网址：https：//baike. baidu. com/item/% E5% AE% AB% E5% A8% A5/ 5804448？fromtitle = % E5% AE% AB% E5% A8% A5% E5% 9B% BE&fromid = 3979841&fr = aladdin。

疑：究竟是谁在作画？画的究竟是谁？又是谁在观看这幅画？看到的到底是谁？可见，《宫娥图》既不完全像"鸭－兔"图那样自身产生辩证性的阐释可能，也不完全像阿兰的"埃及写生课"那样指向另一种图画。《宫娥图》更像斯坦伯格的"新世界"系列，给观者提供了一幅完整的再现图画，但二者又有显著差异，"新世界"系列忽视了观者和画家的身份，而《宫娥图》既没有忽视画家，还将观者的立场强化，对其进行再现。作为画中的观者，玛丽亚和特蕾莎等人正在观看画作中作为被观看者的腓力四世夫妇。而作为画外的观者，我们看到的是：（1）委拉斯开兹正在为腓力四世夫妇作画；（2）玛丽亚和特蕾莎等人正在注视腓力四世夫妇。于是，这幅画中的画家、绘画工具、墙上的镜子、镜中的人像、门、画中的人物等共同呈现了整幅画作的生产和解读过程。这幅画并不像"鸭－兔"图那样给观者带来表面的视觉误区或感官错觉，而是自身产生了一个视觉循环。正如米切尔所说，进入这个循环就像是进入了"鸭－兔"图中含混的一面。然而，"在《宫娥图》中，这些方面（至少）是三元的而非二元的，它们位于画前的一个想象的投影点：（1）画家在画布上工作时所占据的空间；（2）人物所占的空间（大概是映照在镜子里的），他们正在为画家做造型，被人物凝视的目光所吸引；（3）被观察者占据的空间"（Mitchell，1994：62）。米切尔进而指出，"这幅画有能力动摇观者的位置，让我们产生对主观性的幻想——我们把对空间、光线和设计的掌控归功于画家，我们把对人的掌握归功于历史统治者，而把对自己视觉/意象领域的掌握以及它的外观和意义归因于我们自己，作为现代观者，我们是私人'精神王国'的统治者"（Mitchell，1994：63）。米切尔所说的"三元"也就是"元－元图画"的核心特征。

米切尔所提到的斯坦伯格的"新世界"系列、阿兰的"埃及写生课"、"鸭－兔"图和委拉斯开兹的《宫娥图》是四类典型的元图像。"新世界"系列中的"螺旋"图并没有任何模特，而是由画中的一个画笔开始，制造出这个宇宙的可能性；同时又可以由整个宇宙微缩到画笔这一个小点，画作自身具有两种阐释的可能性。阿兰的"埃及写生课"中出现了一个模特，画中人物以模特为参照精确地绘制图画，反映出古典绘画艺术中将画视为客观自然的对应物，画作外的观者观看的是画作中的观者描绘模特，这一图画具有观看阐释的二元特征。"鸭－兔"图的观者实际是在体验观看透视时的视觉误区，同一幅图画自然衍生出两种不同的阐释结果，也具有阐释的二元特征。此外，"鸭－兔"图还通过光感视觉的测验反映出观者的心理状态，也因此成为心理测试中的常用素材。《宫娥图》的三元性解读对传统的绘画艺术做出了巨大挑战。以往传统的观者成为被观者，而被观者成为观者，在同一画作中又同时存在被观者和观者，这种复杂性暗示了观者和被观者是可以随时转换的，任何人都既可以是图画的观者，也可以参与到图画中成为被观者。

米切尔回答了图画本身的自我指涉性，同时论证了元图画的狂野、不羁、生命力和不稳定性。图画中体现了文化和权力的争斗，元图画则能打破思维定式，帮助我们抵抗现有文化所带来的固定思维，丰富图画本身的内涵和活力。

当然，米切尔不仅对元图画的种类和特征进行阐释，还将图画与文字放在一起探讨二者的关系，即图文关系。米切尔首先引用了福柯对于文字和图画之间关系的论述：

　　语言与绘画的关系是一种无限的关系。这并不是说词语是不完美的，也不是说，当它们遇到可视物时，它们就证明是绝对不合适的。但也不能因此就转向绘画：我们只说看到的东西是徒劳的；我们所看到的绝不存在于我们所说的东西之中。我们试图通过意象、隐喻或明喻来表明我们所说的话，这也是徒劳的；它们取得成就的空间不是我们的眼睛所能看到的，而是由句法的序列元素所定义的。（Mitchell，1994：64）

在福柯那里，图画和文字之间的关系是依存与被依存的关系，图画永远无法离开文字，或说是根本不存在离开文字的图画。也就是说，当我们观看一幅图时，我们对这幅图的阐释无法离开文字的表达，如果没有文字，这幅图在观者眼中就没有意义的生成，就产生不了价值。因此，图画的价值并非通过图画本身的画面得以实现，而是通过文字中的词语，以及隐喻或明喻等修辞方式来实现；不是通过眼睛看到的具象化的实物得以实现，而是通过语言中的句法序列元素来实现。这一观点也并非福柯一人所有，在米切尔之前，图文关系的不平等性一直贯穿于艺术领域和视觉文化领域。米切尔对图文关系做出了巨大修正。

米切尔承认，"迄今为止，我们已经看到了每个元图画都深嵌于话语之中，但我们还没有看到能再现这样一种关系的图画，即话语与再现之间关系的再现，关于词语与图画之间断裂的图画"（Mitchell，1994：65）。米切尔发现，马格利特的画作《形象的背叛》（*Les trahison des images*，1929）正是呈现了这种关系的一幅画（参见图 2 – 14）。

图 2 – 14　勒内·马格利特，《形象的背叛》（1929）。
ⓒ C. 赫威茨/艺术，纽约，1993 年。①

　　毫无疑问，画中所画的是一支烟斗，但烟斗下面的一排文字"Ceci n'est pas une pipe."（这不是一支烟斗。）却否定了这一事实。图画本身所指的（这是一支烟斗）和图画中的文字所指的（这不是一支烟斗）发生了冲突，但事实是，画中的物体是烟斗。也就是说，在这幅画中，文字并非事实，是错误的；而图画本身是事实，是正确的。图画自己就可以言说自己，无须多余的文字对它做出解释，可能有时这种解释是正确的，但有时是错误。如果我们想知道事实，只需要从图画本身寻求答案，不需要诉诸文字。这就颠覆了那种认为图画依赖于文字，图画需要通过文字来阐释的观点。不过，这幅画中所写的"Ceci n'est pas une pipe."也可以被解读为正确的，图中的物体的确不是一支烟斗，而是一幅烟斗的图画。此时，文字又印证了这幅图画的内容。假设我们把烟斗图放置在一块画板上，重新形成一幅图画，即马格利特的《两个秘密》，那么这幅图就产生了教育功能。画板是教师授课的工具，在画板

---

① 图片来源于 MITCHELL W J T. Picturing Theory：Essays on Verbal and Visual Representation ［M］. Chicago：The University of Chicago Press，1994：65。

上出现的 "Ceci n'est pas une pipe." 自然会成为学生习得的内容。因此，画作《两个秘密》使观者自动将语言和图画结合起来进行阅读和阐释，但同时体现了语言与图画之间的冲突和对立，具有双重阐释的特征。

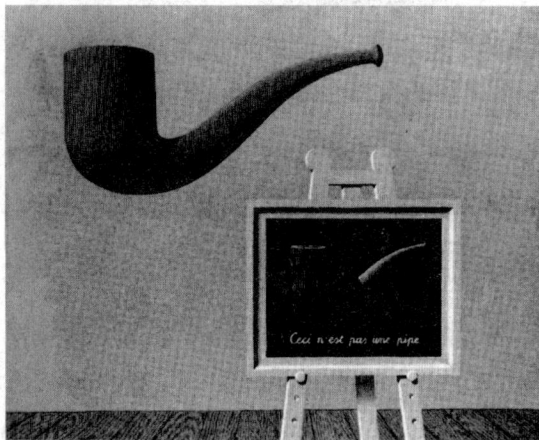

图 2 - 15　勒内·马格利特:《两个秘密》。
ⓒ C. 赫斯克威茨/艺术，纽约

　　为了更好地说明语言与图画之间的矛盾关系，米切尔还举了一例。在普桑的《阿卡迪亚的牧人》（见图 2 - 16）中，四个牧人正围着一块石碑，其中两个牧人正伸出手指指点点，似是在讨论石碑上铭刻的字迹。如果我们将这幅画看作是语图关系的表达，那么四个牧人围绕石碑的动态画面就是图画，而石碑上的文字是语言。于是，这幅画展示了米切尔所说的"双重阐释旋涡"（Mitchell，1994：77），第一种阐释"明确地表现为牧人的手势和交织的凝视之间的复杂戏剧，代表了相遇、理解、困惑和讨论过程中的各个阶段，最终在对右边牧羊女的平静理解/认可中达到高潮。第二个是暗含的旋涡，暗含观者在这幅画前的对话"

（ibid.）。米切尔甚至将这幅画当作一个教师（右边的牧羊女）和其学生（左边三个牧人）之间的教育与被教育功能的展示。从这个意义上来说，《阿卡迪亚的牧人》与《两个秘密》具有异曲同工之妙。

图 2-16　尼古拉·普桑：《阿卡迪亚的牧人》（转自 Mitchell，1994：77）

最后，米切尔指出，研究元图画并不是艺术史关注的特殊问题，而是属于一个更大的再现理论场域，即"图像学"这个杂交学科。元图画不是美术领域内的一个亚样式，而是这种图画再现中固有的一种基本潜能，是图画揭示和"认识"自身的地方，是图画参与对自身性质和历史的推论和理论化的地方（Mitchell，1994：82）。

第三节　米切尔意象理论中的生物图画

要对米切尔意象理论中的生物图画进行概述，就不能不提米切尔"图画转向三部曲"中的最后一部《图画想要什么?》。该书收集了米切尔从 1994 年到 2002 年在意象理论方面的大量重要成果，特别是探索意象生活的论文。米切尔在该书中所表达的目的是"观察各种各样的活力或生命力，它们被归于意象、中介、动机、自主性、氛围、生殖力，或其他症状，这些症状使图画成为有生命的标志（vital signs）"，他指的不仅仅是有生命物的标志，而且是作为有生命物的标志。在该书中，米切尔继续坚持反对使用语言学和符号学的话语来分析意象，而是视意象为"有生命的有机体""有欲望的东西"（Mitchell, 2005：11），是狂野的符号，是具有生命力的、诡异的生物图画（wild sign / biopicture）。米切尔给出的关于活的生物图画/元图画的著名例子包括恐龙（dinosaur）、多利羊（the Dolly sheep）、世贸双子塔（World Trade Center）、《圣经旧约》中的金牛犊（The Golden Calf）。

一、多利羊的复制恐慌和双子塔的毁灭意象

随着蓬勃发展的数字革命的到来，我们身边所有的意象都变得鲜活起来，但伴随而来的是意象逐渐脱离我们的控制。因此，在这一部分，作者探讨了米切尔在"图画想要什么?"（What Do Pictures Want?）和"克隆恐慌"（Cloning Terror）两节中对图画转向概念的拓展，即米切尔考虑了最新的高科技和生物科学，以及它们所引发的恐惧。米切尔选择的例子是一种看起来完全无害的动物——绵羊。那么，绵羊是如何引

发我们对他们、对生命本身和可预见的未来的恐惧和不安的？是谁在害怕多利羊？为什么？

多利羊是世界上第一只用已经分化的成熟的体细胞（乳腺细胞）克隆出的羊，诞生于 1996 年 7 月 5 日。这项克隆研究不仅对胚胎学、发育遗传学、医学有重大意义，而且也有巨大的经济潜力。多利羊的诞生证明克隆技术可以用于器官移植，造福人类；也可以通过这项技术改良物种，给畜牧业带来好处。克隆技术若与转基因技术相结合，则可大批量"复制"含有可产生药物原料的转基因动物，从而使克隆技术更好地为人类服务①。因此，克隆多利羊的诞生成为"基因工程的全球标志"（Mitchell，2005：12）。但米切尔对此并不持乐观态度。克隆技术复制并生产出的物体并不是没有生命的客体，而是具有和有生命物一样的强大生命力和活力，是"有机的、具有生物活性的有机体的模拟物"（ibid.：13）。从物理学上来说，克隆动物本身就违反了生命创造的规则，即通过基因工程和生物技术的手段，用人工遗传操作来进行动物繁殖。这种对生命的复制使人类充满了恐惧，因为这种复制已经超越了被复制的本体，且比本体更加优越和精确，因此，这种复制从根本上破坏了主体的独特性和不可替代性。同时，克隆出来的东西（羊或人）不仅是机械的复制品，而且是一个有机的、在生物学上可行的、活的有机体拟像（simulacrum），而这种拟像会促使人们创造出更多的意象，从而对人类自身产生威胁。在当代的后人类时代，旧的现代主义信仰主体的自主性仍然盛行，但现在人的身体正在被以各种方式来重塑和重新概念化。克隆缩小了现实和想象之间的关系，让我们在克隆物身上同时看

---

① 参考网址 https：//baike. baidu. com/item/% E5% 85% 8B% E9% 9A% 86% E7% BE% 8A/2308339？ fr = aladdin。

到了现实和想象。因此，克隆多利羊实现了从现实到表征，从表征到现实，再从现实到现实的过程，而最可怕的是意象自己会不断生产出新的意象。

事实上，就克隆而言，科学的进步实际上正被用来启动生物学中似乎是一个倒退的过程，即从一个更复杂的有机体创造出一个相对简单的有机体。"克隆"一词本指"无性生殖：由一个有性生殖的祖先通过无性生殖产生的一组细胞或有机体"，结果是一个完全复制的原始有性繁殖的样本，而不是一个改进的细胞或有机体自然进化成更好的东西。在米切尔眼中，克隆一个意象并不是仅仅复制它，而是完美复制本质，因此，米切尔认为克隆就是一个"超级意象"（superimage）。为了阐释克隆的更深层问题，米切尔还提到了鲍德里亚，并警告道，社会克隆（如学校系统、标准化知识、大众传媒等）其实是先于真正的生物克隆的。按照米切尔和鲍德里亚的概念，拟像（simulacrum）① 将表示克隆的意象版本，而克隆将表示拟像的物质实现。换句话说，拟像的概念允许无祖先、无根源、无记忆、无历史的事物存在，而克隆则使模拟物（simulacra）展开无限的物质增殖。

二、双子塔的毁灭意象

双子塔则与克隆不同。作为一座建筑物的双子塔并非无生命物，正如尼尔·哈里斯（Neil Harris）指出，我们在谈论建筑时，常常把它们当作有生命的东西，或者，仿佛它们与有生物物体的亲密接触使它们具有了一些其居民的活力（Harris，1999：3）。② 生命、人体和建筑之间

---

① 指的是没有原始副本的副本。
② HARRIS N. Building Lives［M］. New Haven, CT: Yale University Press, 1999.

的类比由来已久，就像人体的形象是精神的殿堂一样。纽约市的双子塔（一种类克隆结构）是全球金融流通体系的中心，在"9·11"事件之后，双子塔不只是作为物质实体的塔本身，同时也作为西方统治的某种象征而存在。因此，恐怖主义者对双子塔的袭击就可以被解读为对西方统治的一种打击和颠覆。摧毁世贸中心的意象象征着在我们这个时代破坏意象的可能性，这是一种新的、更恶毒的反传统主义形式，被摧毁的世贸中心双子塔"开启了由恐怖主义定义的世界新秩序"（Mitchell, 2005：12）①。米切尔认为，诸如克隆多利羊和被摧毁的世贸中心双子塔这样的意象之力量"并不仅仅在于它们的存在或流行，而是它们作为谜和预兆的地位，它们预示着不确定的未来"（ibid.），同时证明了人类对意象的恐慌之情，即对多利羊克隆技术可能导致的大规模意象繁殖和被摧毁的世贸中心双子塔所包含的大规模压倒性创伤场面的恐惧。拟像是可以摧毁的，但是意象是无法摧毁的。越想把一个意象摧毁，就越会使得这个意象深入人心，无法掌控。恐怖主义就是一个很好的例子，恐怖主义摧毁的不是人，而是双子塔这一拟像。恐怖主义的目的不是对具体空间的占领，而是使整个战争没有实际的领土，最终实现对意象的打击，将这个意象进行强化，以此达到其目的。也就是说，"偶像破坏不仅仅是破坏意象，这是一种'创造性破坏'，在目标意象受到攻击的同时，破坏或毁灭的次要意象被创造出来"（ibid：18）。可见，如果通过军事行动对恐怖主义进行回应，这是不够的，因为军事行动只是从行为上对恐怖主义做出了回应，但是却无法解决恐怖主义的根本核心，即意象。

---

① 双子塔本身已经被广泛认为是全球化和先进资本主义的象征，这就是为什么那些认为它们是颓废和邪恶象征的人会将其作为攻击的目标。

三、恐龙意象的图腾特征

对此，克雷西米尔·珀加尔（Krešimir Purgar）在《作为文化征候学的图像学：米切尔图像理论中的恐龙、克隆动物和金牛犊》（*Iconology as Cultural Symptomatology：Dinosaurs，Clones and the Golden Calf in Mitchell's Image Theory*）① 一文中以米切尔图像理论中的恐龙、克隆动物和金牛犊作为分析对象，深入探讨了作为文化征候学的图像学的内涵（Purgar，2017：82 - 99）。珀加尔认为，恐龙、牛犊和绵羊等物种在米切尔的书中主要是作为一种文化征候的化身，已经超越了物种本身的纯粹象征意义（symbolic meaning）或图像意义（iconic meaning）。珀加尔认为，这是一种从生动的意象（living images）到生动的物体（living things）再到生动的理论（living theory）这样的三位一体结构（或称三元结构），即从对恐龙的恐慌（恐龙成为图画转向的标志），到克隆的恐慌（对意象的深度复制和意象的无限增殖，最终构成拟像世界），再到意象的恐慌（诉诸文字可能有人无法理解，但意象是可以被理解的）。如果恐龙是告诉我们意象会被复活，那么多利羊就以为这意象会凭空出现，并不断增殖，从而无法控制，表现出我们对意象强大生命力的无能为力。

珀加尔指出，我们必须明确一点，当米切尔谈到恐龙时，他既不是古生物学家，也不是艺术历史学家；当他谈到旧约中的金牛犊时，他既不是历史学家，也不是神学家；当他谈到多利羊时，他既不是动物学家，也不是生物学家。相反，他的混合观点，首先也是最重要的，是一

---

① PURGAR K. W. J. T. Mitchelll's Image Theory：Living Pictures ［M］. New York & London：Routledge，2017.

个图像学者的观点，他阅读意象并把它们作为意象来使用。米切尔认为，我们的主要任务不是从事价值判断（判断什么是好的或者坏的），而是试图解释为什么事情是这样的，为什么物种会出现在这个世界上，物种的行为和意义，以及物种是如何随着时间而改变的。因此，米切尔是将视觉现象作为比视觉文化更广泛的历史结构的症状来看待的，并将看似不同的视觉现象之间建立了有意义的联系。通过米切尔的这种分析方式，我们只有将人工制品和文化、科学、政治等不同领域的其他现象进行比较，才可能对特定的人工制品的分析穷尽意义。米切尔是想创造一种意象的理论（a theory of images），在这种理论中，意象会以某种方式自我解释，既不需要依赖批判理论的学科，也无须被符号学、艺术史等学科所干扰。用米切尔的话来说，就是一种文化征候学的表现，也就是说，文化元素被浓缩成一组意象，这些意象既代表自己，也代表它们所沉浸的世界。恐龙、金牛犊和多利羊就是这些征候之一，因为它们既揭示了我们对意象的迷恋，同时也揭示了我们对意象的恐惧：在绘制理论（picture theory）的同时绘制恐惧（picture fear）。

珀加尔先从恐龙的元图画谈起：恐龙是一种体型相当可怕的爬行动物，且已经灭绝，它统治地球超过 1 亿年，在 6500 万年前从地球表面消失。米切尔评论说，对我们而言，恐龙仍然神秘，尽管没有人见过恐龙，但每个人都知道它们长什么样。通过考古学和现代科技，我们可以复原恐龙的形象，因此，恐龙是一个曾经存在的物种，但同时又是一个"建构出来的意象"，是我们"创造性想象"的产物。也就是说，我们是通过能动性和人工性来对恐龙的意象进行复制。米切尔关注的是恐龙作为自然和文化产物的辩证形象，在恐龙的案例中，恐龙所承载的文化意象超越了其自然形象，这里就体现出两个紧密相连的不同世界：生物世界（the world of living things）和意象世界（the world of images）。在生物世界中，恐龙是一个已经灭绝了的特殊群体，而在意象世界中，恐龙的意象不仅没有被灭绝，反而还以惊人的速度在人类世界中扩散，这体现在20世纪下半叶开始出现的"恐龙热"（dinomania）这一文化现象上。"恐龙热"也展现了图像转向的征候，流行文化越来越多地被人们转为快乐和图腾崇拜而创造的意象（如恐龙和随后要谈到的多利羊和金牛犊）所占据。但是，米切尔认为，被重新创造出的恐龙作为一个意象，有生命，有自己的欲望。但是诸如恐龙这样的意象，是谁使它们变得有生命？又是谁在控制它们的欲望呢？珀加尔进而指出，在米切尔的视觉理论中，恐龙是一种新的意象文化的象征，塑造了20世纪80年代和90年代的视觉及政治文化。在那时，让恐龙变得栩栩如生的人基本上都是普通人，而科学家、电影制片人等只起到了辅助作用。那么，普通人为什么要这样做？为什么要驯养（domesticate）这些可怕的动物？（即创造了数量惊人的恐龙照片或图像）。对于米切尔而言，这个问题的答案就在于恐龙意象的图腾特征（totemic character of dinosaur images）。恐龙不仅仅是当代商业欲望的对象（不仅是电影中和娱乐生活中的常客），它还是"现代性的图腾动物"。当然，这种图腾特征和传统的不同，传统的图腾通常是一个活的，实际上存在的动物，并与该动物的氏族有直接的、熟悉的关系。而恐龙是一种罕见的、奇异的、已经灭绝的动物，因此必须通过再现来将其"复活"，然后进行驯化，使之变得无害、耳熟能详。因此，现代图腾的力量来自人：是人对恐龙进行分类并认同它们，是人将它们"复活"。

再次回到"恐龙热"的话题上，从20世纪60年代开始，人们对恐龙的狂热就是日常生活中图像转向的一个非常好的例子，通过对灭绝动物的复兴，在电影、玩具商店、毛巾和拖鞋中进行增殖（proliferation），并将其转换成无处不在的公众形象，目的是长时间留住这一意象。作者认为，恐龙意象是一种完美的图腾，因为在这种图腾中，人们崇拜的对象既不是完全私人的和亲密的（如恋物），也不是绝对公开的和神圣的（如偶像）。"恐龙热"不仅仅是图像转向中的通俗文化隐喻，也是最后一次尝试去掌握迅速消失的视觉领域。同样，以"恐龙热"为幌子的现代图腾不仅是生活完全商业化的晚期资本主义版本，而且是当代文化和视觉研究的有力理论工具。

米切尔在书中曾提到格林伯格，并认为格林伯格所称的"媚俗"（kitsch）几乎找不到比恐龙更好的例子了，由于乌托邦社会信仰高雅文化的力量和启蒙思想对世界的彻底改变，因此带有商业粗俗的大众文化象征含义的恐龙的意象污染了乌托邦社会的纯粹远景。因此，恐龙热意味着人们理解意象的方式发生了彻底改变。总体而言，科学技术的发现使灭绝的物种有可能得以复活，尽管只是在好莱坞的壮观场面和游乐园里，因此，无论文化高或低，文化是没有本质的。在米切尔眼中，图像具有某种生命形式，并由欲望所驱动，因此，他指的不仅仅是生物的符号（signs for living things），而是作为生物的符号（signs as living things）。

四、金牛犊的偶像崇拜与偶像破坏

在米切尔的理论中，对意象的恐惧是和图画转向同时产生并反复出现的。据米切尔说，意象的转向最开始是在《圣经旧约》中的《出埃及记》中得以体现的。圣经记载当摩西上西奈山领受十诫时，他离开以色列人40个昼夜。以色列人担心他不再回来，要求亚伦为他们制造神像，这尊神像就是金牛犊。作者认为，金牛犊的故事不是一个意象生产的例子，而是一个关于偶像崇拜的故事，故事中蕴含着可能失去对人们信仰的最高权力的危险。在《出埃及记》中，摩西被上帝警告说，以色列人把自己当作偶像崇拜，这一情节生动地表达了对造像的禁忌（the taboo on image – making）。然后摩西从西奈山下来，打碎两块他的十诫石板，并把金牛犊烧了。这就象征着神的话语的破碎，也就是偶像破坏的形式。金牛犊促使意象变得越来越有权威，表征了意象的偶像地位，赋予了我们对偶像的崇拜。米切尔揭示了这个圣经故事的几层含义，认为只有以视觉叙述的形式，也就是以《圣经旧约》的书面文本被禁止的图像形式出现时，这个故事的偶像破坏的本质才会被充分揭示出来。所以，图画转向，在它最基本的形式中，唤起了从文字到意象的转变，从识字到文盲的转变，从精英到大众的转变。此外，米切尔还以钦定本《圣经》中的"以西结书"第16节中的一段文字为例，阐述了以金牛犊为代表的偶像崇拜及偶像破坏的问题。在《圣经》"以西结书"中有这么一段文字："You... took the sons and daughters that you bore to me and sacrificed them to those images as food"（你将给我所生的儿女焚献给它）。米切尔指出，偶像崇拜和偶像破坏集中在这种活人献祭的问题上。"对偶像崇拜者采取一种严肃的、零容忍态度的主要理由之一是，人们认为他们会用活人祭祀自己雕刻的偶像，在淫亵、杀人的仪式中杀害儿童、处女或其他无辜的受害者。将这种行为归于拜偶像者，为谋杀他们提供了一个很好的借口，使他们成为祭品，祭品给无法想象、看不见的上帝，他会因我们的道德严肃性而高兴。第二条诫命通常凌驾于禁止杀人的诫命之上，因为崇拜偶像之人，在某种意义上，已经完全不再是人了"（Mitchell, 2005：21）。

对米切尔来说，恐龙是现代社会的图腾动物，而金牛犊则是我们对奇观和消费的世俗崇拜的偶像；多利羊是人们对消除主观恐惧的隐喻，而金牛犊则是人们对意象的迷恋和对意象力量的恐惧的元图像。

米切尔提及恐龙、多利羊、双子塔和金牛犊，还说明了偶像崇拜与打破偶像崇拜之间的关系。例如，金牛犊给我们带来了表征的困境，体现了文字和图像之间的矛盾，象征着偶像的破坏。从恐龙那里，恐龙不断增殖，到了多利羊那里，表征和现实之间没有界限了。当文字和图像遭遇到一起，表征就遇到了困境。没有图像不行，有图像也不行。如果金牛犊在场，这种偶像的存在就是不恰当的。从这个意义上来说，对双子塔的破坏等同于对作为神圣职责的破坏行为，这不是某种私人的或秘密的活动，而是在公共场所进行，在众目睽睽之下，作为一个警示来展览。在无数灾难电影中反复出现的世贸双子塔被摧毁的画面本身就成为一种偶像，它为"反恐战争提供了正当的理由，让世界上最强大的国家陷入无限期的紧急状态，并释放出最反动的宗教力量"（Mitchell，2005：21）。由此激发出更多的模仿和重复行为，可能会上演同样壮观的打破偶像之举。这也是米切尔对意象持恐惧态度的原因之一。

米切尔在《图画想要什么?》（*What Do Pictures Really Want?*，1996)① 一文中曾指出，他希望回答"偶像崇拜、拜物教和图腾崇拜在现代社会中是如何再起作用的?"这一问题，并质问道："作为文化批判者，我们的人物就是揭开图画的神秘面纱，破坏现代的偶像，揭示奴役人们的恋物癖吗? 或是辨别真假、健康与疾病、纯洁与肮脏、善良之图画与邪恶之图画? 图画是政治斗争应该发展的领域还是伦理学阐释的新场所?"（Mitchell，1996：73）

米切尔认为，图画的欲望是"与观者交换位置，使观者目瞪口呆或将他变成一个意象，让观者注视这幅画，这就是所谓的'美杜莎效应'。这种效应也许是我们所拥有的最清楚的证明，图画和女性的力量

---

① MITCHELL W J T. What Do Pictures Really Want? ［J］. October, 1996, 77（10）: 71 - 82.

是相互模仿的，这是图画和被遗弃的、残缺的、被阉割的女性的模型。它们没有自己想要的权力"（ibid：76）。这种图画的女性化，被视为"一定会唤醒观者的欲望，而不会透露任何欲望的迹象，甚至不会察觉到它正在被注视，就好像这个观者是一个窥视钥匙孔的偷窥者"（ibid：80）。米切尔进而回答了"图画想要什么？"这一问题，并指出，"当代关于视觉文化的讨论似乎常常被创新和现代化的修辞所分散。他们想要通过追赶以文本为基础的学科以及电影和大众文化的研究来更新艺术史。他们想要抹去高雅文化与低俗文化的区别，把'艺术史'转化为'意象史'"（ibid：82）。"图画想要的不是被阐释、解码、崇拜、粉碎、暴露、去神秘化，或让它们的观看者着迷。它们甚至可能不想被善意的评论家赋予主观性或人情味，哪怕这些评论家认为人性是他们能给予图画的最大的赞美。"也许，"图画想要的只是我们问问它们想要什么，而这个答案很可能是它们'什么都不想要'"。

此外，米切尔还指出，"这些直接表达图画欲望的方式通常与'低俗'的成像模式有关——如商业广告、政治宣传或宗教传道。低等群体图画会产生一种吸引力，即提出一个要求，使积极欲望的迹象和无能的迹象相混合，在这种主观遭遇中，图画应该显现出明确的效果及力量"（ibid：79）。

五、意象与文字的相遇

米切尔的重点并不是论述意象和文字之间的差别，而是探索当意象与文字相遇的时候，会产生什么样的无穷可能性。这样才能超越简单的语象二元比较。米切尔认为，我们应当抛弃以前的固有思维模式，即本体论和差异，而应换个思维模式，关注认识论和可能性。

作者认为应试图回答这样一个问题：在这三种动物的伪装下究竟存

在着什么样的图像学或图像科学？如果这三种动物不是像图像转向、生物图像或元图像那样的理论术语，那么在米切尔的意象理论建构中，我们又能赋予它们怎样的能动作用呢？它们仅仅是隐喻或者修辞吗？只是为了使抽象的论点更具体化和形象化吗？或者说，这三种动物本身就是知识图像学分析的对象，而不是任何别的东西？作者指出，他对米切尔书中的这些动物的理解以及它们是如何运作的，只是代表了一种可能的方式。而视觉研究是由不同的阐释方式组成的。换句话说，这三种动物既不是理论术语，也不是分析对象；更准确地说，它们是一个例子，说明了"活生生的意象"（living images）如何在爱和愿望的帮助下，成功地为自己创造了一种新的生活理论。

总的来说，珀加尔呼应了米切尔对图画和意象的态度，即认为图画/意象是鲜活的、自我指涉的，同时，意象可以被复活（如恐龙）；意象可以被复制并可能成为人类的威胁（如多利羊）；意象可以成为偶像破坏的载体并产生意象恐惧。在绘制意象的过程中，绘制恐惧。正如米切尔所言，意象"拥有自己的生活，它们让人们做非理性的事情，它们是引诱和引导我们误入歧途的潜在破坏性力量"（Mitchell，2005：19）。

第三章

语象叙事：文学中的 ekphrasis

ekphrasis 是文学中古已有之，现在又重新回到大众视野的一个词，它起源于古希腊时期，在当时的语境下主要是与修辞学紧密联系，是作为修辞学中的一个重要技巧得以存在的。自现代开始，ekphrasis 的含义逐渐发生了变化，成为文学中的一种类似文字描述艺术作品的技巧或手法，能够让读者在阅读过程中将文字自动转换成栩栩如生、跃然纸上的画面，从而达到预期的阅读效果。当然，ekphrasis 并不是可以通过这样简单的定义来加以概括，且其历史悠久，出现在各种不同文类中。从古代的修辞学概念到现代的文类，ekphrasis 历经起伏，重见光明。在当下的语境，对 ekphrasis 进行追溯，并将其现代甚至后现代意义进行彰显，在文学研究领域中十分必要。本章将对 ekphrasis 的概念内涵、研究对象、三个阶段进行梳理，并给出三个用 ekphrasis 方法进行文本分析、探讨文本主题、解读文本内涵的案例。

第一节　ekphrasis 的一些例子

ekphrasis 一词最早是用来描述古希腊时期阿喀琉斯盾牌上的画面。在《伊利亚特》（*Iliad*，公元前 800—公元前 600 年）第 18 卷中，有如下文字①：

> Ἐν δ' ἀγέλην ποίησε βοῶν ὀρθοκραιράων·
> αἳ δὲ βόες χρυσοῖο τετεύχατο κασσιτέρου τε,
> μυκηθμῷ δ' ἀπὸ κόπρου ἐπεσσεύοντο νομόνδε
> πὰρ ποταμὸν κελάδοντα, παρὰ ῥοδανὸν δονακῆα.
> χρύσειοι δὲ νομῆες ἅμ' ἐστιχόωντο βόεσσι
> τέσσαρες, ἐννέα δέ σφι κύνες πόδας ἀργοὶ ἕποντο.
> σμερδαλέω δὲ λέοντε δύ' ἐν πρώτῃσι βόεσσι
> ταῦρον ἐρύγμηλον ἐχέτην· ὃ δὲ μακρὰ μεμυκὼς
> ἕλκετο· τὸν δὲ κύνες μετεκίαθον ἠδ' αἰζηοί.
> τὼ μὲν ἀναρρήξαντε βοὸς μεγάλοιο βοείην
> ἔγκατα καὶ μέλαν αἷμα λαφύσσετον ...

图 3 - 1   Book 18 of the *Iliad*：1②

On it he made a herd of straight – horned cattle. And they, the cattle, had been made of gold and tin（575）, and with lowing they were hurrying from the farmyard to the pasture beside the sounding river, beside the waving reed. Golden herdsmen were marching with the cattle, four in number, and nine swift – footed dogs were following them. Two fearsome lions among the foremost cattle（580）were grasping a loud – lowing bull; and he [the bull], bellowing mightily, was being dragged away; and the dogs and young men followed after him. And the two [lions], after having torn open the hide of the

---

① 这段文字原文为希腊语，笔者在此分别引用希腊原文、英译本和中译本，以此进行对比，加以说明 ekphrasis 的内涵。

② 转引自 KOOPMAN N. Ancient Greek Ekphrasis：Between Description and Narration；Five Linguistic and Narratological Case Studies ［M］. Leiden：Brill Sense and Hotei Publishing, 2018：.

mighty bull, were devouring the innards and black blood. (Niels Koopman, 2018：1)

> 他又在盾面做上一群肥壮的直角牛，
>
> 一些牛用黄金做成，一些牛用的是锡，
>
> 牛群哞叫着拥出牛栏，奔向草场，
>
> 在水声潺潺的溪流边，纤杆摇曳的苇地。
>
> 四个黄金雕刻的牧人守护着牛群，
>
> 九条奔跑敏捷的猎狗跟随着他们。
>
> 两头凶猛的大狮子从前侧袭击牛群，
>
> 逮住一头公牛拖走，任凭牛狂哞，
>
> 猎狗和年轻猎人追过去挽救那条牛。
>
> 两头狮子一起疯狂地撕开牛腹，
>
> 贪婪地吞噬牛的暗红色鲜血和内脏。(荷马，2016：482)①

荷马史诗《伊利亚特》中的这些诗句可算作古希腊文学中最早使用 ekphrasis 技法的一部分，即生动描述了阿喀琉斯的盾牌。上文所引用的诗句从第三句"牛群哞叫着拥出牛栏，奔向草场"开始，便真正带领读者进入了盾牌上的世界，让读者将阅读文字转向为观看画面，接下来的数行诗节为读者呈现了一幅幅有关牛群的生动画面。叙述者从对一个事件的叙述（在盾面上制作了一群肥壮的直角牛）切换到对一个物体的描述（牛是用黄金或锡制作而成的），再到一系列场景的描述（牛群奔向草场、溪流水声潺潺、牧人守护牛群、狮子袭击牛群、猎狗

---

① 荷马. 伊利亚特［M］. 罗念生，王焕生，译. 上海：上海人民出版社，2016.

挽救牛、狮子撕开牛腹）。叙述者仅仅通过十余行诗就完成了从静态到动态的转变，可谓是 ekphrasis 的最佳实例。

此外，阿喀琉斯筋疲力尽地倒在帕特罗克洛斯的火葬柴堆旁睡着的故事也可被称为 ekphrasis：

> 佩琉斯之子却来到喧嚣的海边躺下，
> 由米尔弥冬人围绕不断深深哀叹，
> 躺在波涛不断拍击的开阔的岸滩。
> 当睡眠卸去他的忧愁把他征服，
> 使他沉入梦境——在多风的伊利昂城下
> 追逐赫克托耳已使他的四肢累乏，
> 可怜的帕特罗克洛斯的魂灵来到他面前，
> 魁梧的身段、美丽的眼睛完全相似，
> 声音相同，衣着也同原先的一样。
> 那魂灵停在他的头上方对他这样说：
> "阿基琉斯啊，你睡着了，把我忘记；
> 现在我死了，我活着时你对我不这样。
> 快把我埋葬，好让我跨进哈得斯的门槛！"
> ……（荷马，2016：568）

当然，在《伊利亚特》中，不仅上文引用的诗节涉及 ekphrasis 技法，在整个史诗中，都大量出现这类技法。单就第 18 卷，就多处出现用 ekphrasis 技法表述的诗句，如从第 18 卷第 483 行开始至 606 行都是此类用法。上述一百余行诗句分别对盾牌上的画面进行了详尽的文字描述，如盾牌中出现了新娘、青年、妇女、传令官、居民、军队、割麦人、捆麦人、国王、陶工等人物；马、肥羊、耕牛、直角牛、狮子、猎狗等动物；大地、天空、大海、美丽的城市、耕地、美酒、权杖、葡萄园、竖琴、牧场、花冠、佩剑等物品。在如此小巧的盾牌上出现了数量众多的人、物，甚至还有这些人和物引发的具体事件，这些都是 ekphrasis 技法达到的效果。可见，在古希腊时期出现的 ekphrasis 叙述主要是一种修辞方式，是要达到以静态文字描述动态画面的目的。

在文艺复兴时期的文学作品中，也有类似的描写。如在但丁《神曲》地狱篇第三十四歌"第九圈：犹大狱。从琉西斐通到光明的道路"① 中，当描述地狱之王的脸孔时，叙述者是这样说的：

> 当我看到他的头上有三个脸孔时，
>
> 这对于我是一个多么大的惊奇！
>
> 正面的一个脸孔象火一般红；
>
> 与这相联接的另外两个脸孔
>
> 是在每个肩膀的中间的上面，
>
> 而在他的头顶那里结连起来；
>
> 右边的脸孔时介乎白与黄之间；
>
> 左边的脸孔看起来是这样的，
>
> 象是从尼罗河上游那里来的人。
>
> 每个脸孔下面伸出两张巨大的翅膀，
>
> 尺寸正和这样的一只鸟相称：
>
> 我没有看到过海帆有如此阔大。
>
> ……（但丁，2013：250）

---

① 但丁. 神曲［M］. 朱维基，译. 上海：上海译文出版社，2013.

脸孔无疑是静态的客观物体，如果不通过语言对其加以描述，阅读文字的读者恐怕难以如同观看画作的观者那般对所看对象了然于心。不同的语言甚至会对读者阅读同一人物的形象产生不同的阅读效果。《神曲》中的上述文字将地狱之王的三个脸孔分别加以详细刻画，无论是"火一般红""白与黄之间"的色彩描写，还是"尼罗河""巨大的翅膀""海帆"等具象对比，都将地狱之王那庞大恐怖的面孔形象直观地呈现在读者面前。哪怕读者阅读到的仅仅只是文字，阅读效果也不会比观看同类脸孔的画作效果更差，甚至还能激发读者强大的想象力和好奇心。

美国浪漫主义文学代表作家纳撒尼尔·霍桑（Nathaniel Hawthorne，1804—1864）曾在其儿童文学作品《一本写给孩子看的神奇故事书》（*Greek Myths*：*A Wonder Book for Girls and Boys*，2012）① 中的"儿童乐园"（The Paradise of Children）一章中重述了潘多拉魔盒的故事。在这个故事中，霍桑是这样描写魔盒的：

> 箱子的边角都被雕琢过，精湛的技艺登峰造极。箱子周身刻着男男女女的人物形象，个个身姿优雅，还有在繁花茂叶间的孩童，或斜躺，或玩耍，可爱至极，无以复加。花草、树叶、人物，每一处细节都被栩栩如生地刻画出来，刻画和谐流畅，浑然一体，就如一圈编织起来的花环，彰显杂糅之美……
>
> 在所有雕刻的人脸中，最漂亮的是用高浮雕技法刻在盖子中央

---

① HAWTHORNE N. Greek Myths：A Wonder Book for Girls and Boys ［M］. New York：Barnes & Noble，Inc，2012.

的一张。除了平整、华贵、高抛光的黑色木制面材，以及那张刻在正中央，额头上戴着花环的人脸外，盖子上什么也没有。潘多拉盯着这张脸看过很多很多次，每次她都臆想这张嘴就像一张活人的嘴巴一样，想笑就能笑，想严肃也能严肃。确实，这张脸的容貌特征带有一种十分活泼，甚至调皮的表情，这表情看上去简直像是要挣脱那副雕刻的嘴唇，自己说出话来。（Hawthorne，2012：82 - 83）

　　潘多拉魔盒的故事在国外可以说是家喻户晓，在国内的流传也十分普遍。就算是没有阅读过古希腊罗马神话故事的孩童肯定也不会对这个故事感到陌生。潘多拉是希腊神话中火神赫菲斯托斯（Hephaestus）或宙斯（Zeus）用黏土做成的地上的第一个女人。潘多拉被创造之后，宙斯就命令赫尔墨斯把她带给普罗米修斯（Prometheus）的弟弟厄庇墨透斯（Epimetheus）。因为他知道普罗米修斯不会接受他送的礼物，所以一开始就送给了厄庇墨透斯。厄庇墨透斯生性愚钝，便接受了潘多拉。厄庇墨透斯和潘多拉在一起生活后不久，普罗米修斯带给厄庇墨透斯一个大盒子，并反复叮嘱他一定不能打开。但潘多拉是一个好奇心很强的女人，普罗米修斯的反复叮嘱反而不断促使她产生打开盒子一探究竟的欲望。最终，潘多拉耐不住好奇心，打开了魔盒，自此，魔盒中的贪婪、虚伪、诽谤、嫉妒、痛苦等飞跃出来，并衍变为人世间的所有邪恶。吓坏了的潘多拉赶紧关上魔盒，却恰恰把希望锁在了盒子里。于是，潘多拉的魔盒逐渐成为人们对人世间种种磨难的来源。正因如此，霍桑才在"儿童乐园"一章中通过大量的文字来描写这个让潘多拉无法抑制住好奇心而最终打开的盒子。盒子上的人物栩栩如生、身姿优雅，观者一眼就能看出其中不同的人物在做着不同的事情，如有人玩耍，有人休憩，盒子上的整幅画面惟妙惟肖、活灵活现，画面就像真实发生在观者眼前一样。这种生动有趣在盖子中间那张人脸上得到极致体现，这张脸让潘多拉感觉就像实实在在的某个人的脸，嘴巴好像要发出什么声音，甚至让人越看越觉得沉迷其中、无法自拔。也正因盒子上雕刻的是这些生动逼真的画面，潘多拉才会忍不住想打开看看如此美妙的盒子里究竟藏着什么"宝贝"。如果说潘多拉的好奇心是她打开盒子的根源，那么盒子上的画面则成为她最终打开盒子的导火索。如果盒子上的画面没有那么惟妙惟肖，也许潘多拉就不会打开它了。如此形象生动的文字描写正是 ekphrasis 技法的一种体现。

与霍桑同时期的美国经典作家赫尔曼·梅尔维尔（Herman Melville, 1819—1891）在其代表作《白鲸》第八章中曾用类似手法描述了一个小教堂中的油画：

Between the marble cenotaphs on either hand of the pulpit, the wallwhich formed its back was adorned with a large painting representing a gallant ship beating against a terrible storm off a lee coast of black rocks and snowy breakers. But high above the flying scud and dark – rolling clouds, there floated a little isle of sunlight, from which beamed forth an angel's face; and this bright face shed a distinct spot of radiance upon the ship's tossed deck, something like that silver plate now inserted into the Victory's plank where Nelson fell. "Ah, noble ship," the angel seemed to say, "beat on, beat on, thou noble ship, and bear a hardy helm; for lo! the sun is breaking through; the clouds are rolling off—serenest azure is at hand. "（Melville, 1986: 29）①

译文：在讲坛两侧的石碑中间，在它后面的墙壁上还饰有一幅大油画，画着一只宏壮的船正在冒着狂风暴雨奋勇前进，想摆脱后边那许多凶险的岩石和滔天白浪。但是，在泡沫飞溅和滚滚乌云的上面，却泛着一片小岛似的阳光，照射出一个天使的脸来；这张光辉的脸还远远地对着那只动荡的船甲板投射出了一束光芒，有点像是那块现在嵌在"胜利号"的船板上、纪念纳尔逊阵亡的银牌。"好壮丽的船啊，"那天使似乎在这样说，"冲呀，冲呀，你这壮丽的船，辛苦地把起舵吧；看哪！太阳正在突围而出；云朵也在散开了——眼看就是最晴朗的苍穹啦。"（麦尔维尔，2012: 49）②

美国超验主义作家亨利·戴维·梭罗（Henry David Thoreau, 1817—1862）在其代表作《瓦尔登湖》（*Walden*, 1854）中生动描绘了瓦尔登湖的宁静恬淡的景色，通篇都可谓是 ekphrasis 的精彩呈现。如在第二章"我生活的地方；我为何生活"（Where I Lived, and What I Lived For）中，梭罗写道：

For the first week, whenever I looked out on the pond it impressed me like a tarn high up on the side of a mountain, its bottom far above the surface of other lakes, and, as the sun arose, I saw it throwing off its nightly clothing of mist, and here and there, by degrees, its soft ripples or its smooth reflecting surface was revealed, while the mists, like

---

① MELVILLE H. Moby Dick; or, The Whale [M] //HUTCHINS R M. Great Books of The Western World. Chicago: William Benton, Publisher, 1986.

② 赫尔曼·麦尔维尔. 白鲸 [M]. 曹庸，译. 武汉：长江文艺出版社，2012.

ghosts, were stealthily withdrawing in every direction into the woods, as at the breaking up of some nocturnal conventicle. The very dew seemed to hang upon the trees later into the day than usual, as on the sides of mountains. (Thoreau, 2013：87)①

译文：在第一个星期内，无论什么时候我凝望着湖水，湖给我的印象都好像山里的一泓龙潭，高高在山的一边，它的底还比别的湖沼的水平面高了不少，以至日出的时候，我看到它脱去了夜晚的雾衣，它轻柔的鳞波，或它波平如镜的湖面，都渐渐地在这里那里呈现了，这时的雾，像幽灵偷偷地从每一个方向，退隐入森林中，又好像是一个夜间的秘密宗教集会散会了一样。露水后来要悬挂在林梢，悬挂在山侧，到第二天还一直不肯消失。（梭罗，2009：96）②

在这段对湖水的描述中，读者似乎能够和梭罗一道，身临其境地感受它的宁静淡泊、秀丽幽静。明明是作为客观物存在的湖水却在梭罗的笔下变成好似英国印象派风景画家爱德华·西古（Edward Seago，1910—1974）笔下雾气缭绕、烟波浩渺的湖面，让人心醉神迷。这样的文字描述完全可以达到画作的效果，因此也属于 ekphrasis 的范畴。

美国文坛怪才，19 世纪美国诗人、小说家和文学评论家埃德加·爱伦·坡（Edgar Allen Poe，1809—1849）擅长通过展示死亡与丑恶来表现自己独特的浪漫主义灵感，以象征、隐喻的方式表达自己对世界、对人性的理解。其恐怖小说常常置景于深渊、城堡、暗室、暴风雨或月

---

① THOREAU H D. Walden ［M］. Beijing：Foreign Languages Press，2013.
② 亨利·戴维·梭罗. 瓦尔登湖 ［M］. 徐迟，译. 上海：上海译文出版社，2009.

光之下，人物备受孤独、死亡意识与精神反常的折磨，读起来令人毛骨悚然、不寒而栗，宛如噩梦一般。爱伦·坡的文笔考究、措辞精准，擅长制造意境、渲染气氛，尤其精于哥特环境氛围的描摹。如在其经典之作《厄舍府之倒塌》（*The Fall of the House of Usher*，1839）中，叙事者"我"被精神错乱的罗德里克·厄舍邀请去厄舍府将其患病的妹妹玛德琳·厄舍活埋，在这一恐怖情节背景下，"我"走近厄舍府，看到的是"孤零零的房舍、房舍周围的地形、萧瑟的垣墙、空茫的窗眼、几丛茎叶繁芜的莎草、几株枝干惨白的枯树"（爱伦·坡，2017：392）①。当描写厄舍府的外观时，读者看到的是"岁月留下的痕迹十分显著。表层覆盖了一层毛茸茸的苔藓，交织成一种优雅的网状从房檐蔓延而下"（ibid：394）。当"我"进入房间后，我看到的是：

> 又长又窄的窗户顶端呈尖形。离黑色橡木地板老高老高，人伸直手臂也摸不着窗沿。微弱的暗红色光线从方格玻璃射入，刚好能照清室内比较显眼的物体；然而我睁大眼睛也看不清房间远处的角落，或者回纹装饰的拱形天花板深处。黑色的帷幔垂悬四壁。室内家具多而古雅，但破旧而不舒适。（ibid：395）

更为恐怖的是，"我"印象最深刻的是和厄舍在一起的那段阴沉的时刻，如厄舍笔下那些令人不寒而栗的绘画就令"我"无法用言辞来描述。有一幅画可以勉强用文字来表达，

> 那是一幅尺寸不大的画，画的是一个无限延伸的矩形地窖或是

---

① 埃德加·爱伦·坡. 乌鸦［M］. 曹明伦，译. 南昌：江西人民出版社，2017.

隧洞的内部，那地下空间的墙壁低矮、光滑、雪白，而且没有中断或装饰。画面上某些陪衬表明那洞穴是在地下极深处。巨大空间的任何部分都看不到出口，也看不见火把或其他人造光源，但有一片强光滚过整个空间，把整个画面沐浴在一种可怕的不适当的光辉之中。(ibid：399 – 400)

这段文字描述的是叙述者"我"所看到的一幅画，这幅画的特殊性就在于很难用语言来描述，如果一定要用语言来描述，那么也只能是勉强而已。在这里，语言尽可能生动地呈现出这幅令人不寒而栗的画作中的具体场景，如文中使用了"无限延伸""地窖""隧洞""洞穴""巨大空间""沐浴""可怕地""不适当的"等象征黑暗、深邃而又无穷尽的词汇，一幅抽象、纯粹、如幻影般的画中景瞬间浮现在读者面前，就好似观者正在观看这样一幅画作。因此，对这幅画的文字描述也可以算作 ekphrasis 范畴。

当然，在学界公认的最著名的 ekphrasis 描述手法出现在约翰·济慈（John Keats，1795—1821）的《希腊古瓮颂》（*Ode on A Grecian Urn*，1819）之中。在这首诗里，济慈将古瓮这个历史悠久的、没有生命的客体描述得栩栩如生：

Thou still unravished bride of quietness,

Thou foster child of silence and slow time,

Sylvan historian, who canst thus express

A flowery tale more sweetly than our rhyme：

What leaf – fringed legend haunts about thy shape

Of deities or mortals, or of both,

In Tempe or the dales of Arcady?

What men or gods are these? What maidens loath?

What mad pursuit? What struggle to escape?

What pipes and timbrels? What wild ecstasy?

…………

O Attic shape! Fair attitude! With brede

Of marble men and maidens overwrought,

With forest branches and the trodden weed——

Thou, silent form dost tease us out of thought

As doth eternity: Cold pastoral!

译文：你——"宁静"的保持着童贞的新娘，

　　　　"沉默"和漫长的"时间"领养的少女，

　　　　山林的史学家，你如此美妙地叙讲

　　　　如花的故事，胜过我们的诗句：

　　　　绿叶镶边的传说在你的身上缠，

　　　　讲的可是神，或人，或神人在一道，

　　　　活跃在滕坡，或者阿卡狄谷地？

　　　　什么人，什么神？什么样的姑娘不情愿？

　　　　怎样疯狂的追求？竭力的逃脱？

　　　　什么笛，铃鼓？怎样忘情的狂喜？

　　　　…………

　　　　啊，雅典的形状！美的仪态！

　　　　身上雕满了大理石少女和男人，

　　　　树林伸枝柯，脚下倒伏着草莱；

　　　　你呵，缄口的形体！你冷嘲如"永恒"

教我们超脱思虑。冷色的牧歌！（济慈，2011：25 - 26）[①]

在济慈笔下，古瓮是"宁静的新娘"，在讲述着如花的故事，讲述着少女和男人的故事，讲述着历史上发生过的故事。古瓮不只是一个没有生命的客体，而是承载着厚重历史和人文内涵的物体，济慈的笔触将这个无生命体变为有着强大生命力的东西。

第二节　ekphrasis 的定义与内涵

从上述 ekphrasis 的例子可以看出，ekphrasis 类似一种文字描述艺术作品的技巧或手法，能够让读者在阅读过程中将文字自动转换成栩栩如生、跃然纸上的画面，从而达到预期的阅读效果。当然，ekphrasis 并不是可以通过这样简单的定义来加以概括，且其历史悠久，出现在各种不同文类中。大多数关于 ekphrasis 的研究都是从这个词的原意开始的，而现代学者已经用不同的方式解释了这个差异。如有的现代学者对 ekphrasis 的定义太过模糊宽泛，感觉像是在谈论一般性的描述，因此丧失了研究价值；而有的批评家如罗兰·巴特（Roland Barthes），尽管对 ekphrasis 的古代修辞来源有一手了解，但却将古代和现代的定义进行了合成，仍然没有对 ekphrasis 给出合理的解释；还有些学者认为 ekphrasis 的现代意义尽管受到限制，但仍具有古代权威，该词在古代晚期就已经缩小了焦点，成为一种专门的艺术形式。正如有学者指出的，求助于古代的证据似乎是一个合理的步骤。首先，毕竟 ekphrasis 是一个古老的

---

① 约翰·济慈. 济慈诗选［M］. 屠岸，译. 北京：外语教学与研究出版社，2011.

术语，描述艺术作品的实践可以追溯到荷马。古代的 ekphrasis 比现代的批评有更广泛的含义。其次，ekphrasis 的现代意义常常掩盖了其古代意义，如果我们想要准确了解 ekphrasis 的传统和连续性，就应当对其定义加以重视。（Webb，1999：7 – 18）①

　　从最初在修辞教程《修辞初阶》（*Progymnasmata*）和文学作品荷马史诗《伊利亚特》中出现至今，ekphrasis 已有两千余年的历史，其概念在历经两千余年的演变后也发生了演变。古希腊时期，ekphrasis 指的是一种修辞，涉及的范围非常广泛。18 世纪浪漫主义后，文字的力量慢慢得到了彰显，文字本身就可以离开对艺术的模仿而呈现出无限的可能。因此，围绕诗画之争的 ekphrasis 开始销声匿迹，而 ekphrasis 从古希腊时期具有重大概念意义的修辞经历了一千余年时间后慢慢演变成了一种独特的文学形式（通过文字来描述一件艺术品）。到了 20 世纪初，随着我们对文学空间形式的关注，文学与艺术的关系、媒介在科学技术发展下深度的融合以及当代的再现危机相互交织，ekphrasis 在这个时代背景下，又开始浮出水面，成为学界关注的热点。当今学界并没有对 ekphrasis 形成统一、明确的定义，不同学者们的理解也存在差异。在本节，笔者将对国内外围绕 ekphrasis 术语内涵和定义展开过讨论的学者及他们的思想进行概述，以梳理 ekphrasis 内涵和定义的演变状况，丰富对 ekphrasis 的认识和理解。

　　我们要对 ekphrasis 做一个全面的了解，就必须回答其最初的古代时期的定义。最早对 ekphrasis 进行论述的是 4 本《修辞初阶》，分别由公元 1 世纪的阿留斯·席恩（Alius Theon）、公元 2 世纪的赫莫杰尼斯

---

① WEBB R. Ekphrasis Ancient and Modern：The Invention of a Genre［J］. Word & Image：A Journal of Verbal/Visual Enquiry，1999，15（1）：7 – 18.

（Hermogenes）、公元 4 世纪的阿弗托尼乌斯（Aphthonius）和公元 5 世纪的尼古劳斯（Nicolaus）所讨论。《修辞初阶》是一种修辞手册，旨在为学生公开表演完整的演讲做准备。这些手册提供了一系列的预备练习，按难度顺序排列，将说服艺术分解成可管理的单元，每一个单元都与修辞学研究作为一个整体相关。例如，阿弗托尼乌斯讨论了十四种练习，并为每一种练习都提供了一个模型：寓言、叙事、轶事、格言、反驳、证实、陈腐、附语、谩骂、比较、人物演说、描写、论文和支持或反对某一法则的论据。在文艺复兴时期，阿弗托尼乌斯的作品曾被用在西方学校教授希腊语，后来又被改编成拉丁文以及白话文版本，并在16、17 世纪的欧洲作曲教学中产生了影响。该手册能够教人学会如何通过语言打动读者，通过听到的语言转换成听众心中可以看到的画面。在该套丛书中，忒翁最早对 ekphrasis 一词做出定义：

Ekphrasis is a descriptive speech which brings the thing shown vividly before the eyes. (Quoted by Eisner, 2002：1)①

　　艺格敷词是描述性的语言，它将清楚描绘的事物带到人们的眼前。一段艺格敷词包括人物和事件、地点及时间。（转引自 Francis, 2009：4）②

---

① EISNER J. Introduction：The Genres of Ekphrasis ［J］. Ramus, 2002, 31：1 – 18.
② Theon, *Progym*, 7, 11, 转引自 FRANCIS J A. Metal Maidens, Achilles' Shield, and Pandora：The Beginnings of "Ekphrasis" ［J］. The American Journal of Philology, 2009, 130（1）：4.

在古代，ekphrasis 大致等同于 enargeia（以言及象）①，涉及文学的想象、文学的共情和文学的效果等方面，即强调用生动的讲述激起听众的兴趣，让他们觉得目睹了事件的发生。古罗马修辞学家昆体良也曾解释如何在演讲中产生以言及象的效果，以及它对听众的影响。昆体良认为，当演说者运用自己的想象力通过语言在听众的脑海中创造出一个具象的生动场景时，便产生了以言及象的效果。这种形象化的练习确保了演说者的语言会在听众的脑海中激起一种精神印象。也就是说，一个成功的演说者必须感动他的听众，必须使听众感到他们在演说者所描述的事件中在场，这就是以言及象的目的。以言及象的三个步骤是：栩栩如生的语言表述——在读者心中形成心像——打动听众的移情作用，即心理的共谋和想象的共情，涉及文学中的表现（showing）和讲述（telling），以及叙述（narration）和描写（description）等问题。"特别是对昆体良来说，语言具有以言及象的性质，是由这样的形象（在说话人的头脑中）产生的，并在听者的头脑中产生其他可比较的形象。生动的语言所诉诸的想象力，更多的是一种从感官知觉中产生的、以共同文化为基础的形象的仓库。为了确保演讲的效果，演讲者需要确保他的主题符合听众的期望和先前的知识。更重要的是，演说者所传达的事件应该是'像真实的'，应该是听众所能接受的，而不是它们实际发生过的。"（转引自 Webb，1999：13）

总而言之，ekphrasis 在古代是一个修辞学概念。《修辞初阶》手册

---

① enargeia 一词总是和 ekphrasis 一起出现。相对于 ekphrasis 而言，enargeia 是一种 ekphrasis 想实现或达到的效果，即使被描写的物体"如绘画般清晰（graphic clarity）"（Thomas O. Sloane，2001：62）；是一种运动，能"将所代表的对象带到听者的眼前"，"通过有说服力的事实或通过图像或幻影让听者想象和理解"（Thomas O. Sloane，2001：439）。在本书中，enargeia 统一被译为"以言及象"。

概述了一系列结构化的写作练习，通过这些练习，学生可以从简单地重述一个故事或叙述到使用逻辑论证的更复杂的练习，并为学生提供了用于开发每一篇作文的主题示例。这些练习极大地影响了文学创作的结构和风格，因为希腊罗马时期的大多数希腊和罗马作家在他们的青年时代就已经在这些练习中实践过。《修辞初阶》的不同寻常之处是，它是针对教师而不是学生的，它有关于教学方法的章节，其中包括要求学生大声朗读文字段落，倾听朗读给他们听的段落，从记忆中复制内容、写释义、阐述或反驳论点。

显然，古代修辞学家在使用这个词的时候并不是指"对艺术作品的描述"，ekphrasis 不仅不被认为是一种致力于艺术对象的写作形式，它甚至不限于对象。与其说它是一种技法或效果，不如说是一种生动的唤起形式，通过语言达到以言及象的效果，从而唤起观者心中的意象。但是后来的作家呢？是否也和古代修辞学家们的观点一致？

亨利·皮查姆（Herny Peacham，1546—1634）曾对 ekphrasis 一词做出如下定义：

（ekphrasis）is a generall name of many and sundry kindes of descriptions, and a description is when the Orator by a diligent gathering together of circumstances, and by a fit and naturall application of them doth expresse and set forth a thing so liuely that it seemeth rather painted in tables, then declared with words..." (Henry Peacham, 1593: 132)①.

---

① PEACHAM H. The Garden of Eloquence ［M］. Gainesville：Scholars' Facsimiles & Reprints, 1593.

译文：

　　Ekphrasis 是许多各种描述的总称，其中一种描述是当一个演说者通过勤奋地收集各种环境信息，并通过适当和自然地运用它们来表达和陈述一件事情时，仿佛是把它画在了画板上，然后用文字宣告……

　　ekphrasis 从《修辞初阶》开始，经过昆体良等人，再到《画纪》，其含义慢慢发生了变化。托马斯·欧·斯隆（Thomas O. Sloane）认为 ekphrasis 是"对一个场景的生动描绘（the vivid portrayal of a scene）"（Sloane，2001：688）①，"这种描绘最初是一种思想手法，后来被认为是一种夸张的手法"（Sloane，2001：233），其目的是"使被描绘对象的形象清晰，而不仅仅是完全熟悉该对象"（ibid：62）。

　　然而，ekphrasis 作为一种关于艺术作品的写作体裁在古代是否存在还尚存争议，有人认为 ekphrasis 在古代并不是作为一种体裁存在；另一些人却认为在古代确实存在一种特定的描述艺术作品的文学体裁。不论 ekphrasis 在古代是否属于一种体裁，许多古代文本中都提到了艺术作品，这是一个不争的事实。现在我们已经慢慢将 ekphrasis 看作是一种独特的文学体裁/门类，根据韦伯的说法，ekphrasis 作为一种流派或多或少是由利奥·斯皮策（Leo Spitzer）发明的。在现代意义上，ekphrasis 也已被证明是研究这些文本的一个富有成效的概念。简·哈格斯特拉姆（Jean H. Hagstrum）曾为她使用这个词的特殊用法辩护，她根

---

① SLOANE T O. Encyclopedia of Rhetoric［M］. Oxford：Oxford University Press，2001.

据词源学，将 ekphrasis 翻译为 speaking（phrazo）out（ek）。① 而对菲利普·哈蒙（Philippe Hamon）来说，介词 ek 表达了这些艺术品描述的可分离性，说明描述的性质是可分离的碎片，不同于它的叙事框架（转引自 Webb，1999：7）。②格兰特 F. 斯科特（Grant F. Scott）认为，一个更灵活的词源就是把这个词 "ekphrasis" 简单地转变成 "一种讲述，一种说出"（Scott，1994：1）。③斯科特认为，ekphrasis 虽然在古希腊古罗马时期就已经存在，但自公元 4 世纪和 5 世纪早期起，ekphrasis 就一直处于休眠状态，一直被忽视。当时基督教作家把它作为一种庆祝拜占庭教堂精致建筑的方式来使用。不过，在 18 世纪 ekphrasis 又经历了一次复兴。如温克尔曼、莱辛、埃尔金勋爵、马修·普莱尔、约翰·戴尔、爱德华·杨、约翰·拜隆、亨利·哈特·米尔曼等人的作品都将 ekphrasis 推向了一个高潮。1806 年，剑桥大学和牛津大学举办的一场关于艺术作品/古代文化的最佳诗作评选的活动，则标志着浪漫主义时期的 ekphrasis 体裁已完全复兴。

　　现代意义上的 ekphrasis 是由斯皮策 1955 年在《希腊古瓮颂》一文中提出的④，在分析了济慈的诗歌《希腊古瓮颂》之后，斯皮策指出，ekphrasis 不是一种语言（a type of a speech），而是一种体裁（a genre），是对图画或雕塑类艺术品的诗意描写（poetic description），是 "通过文字的媒介对感官可感知的艺术对象的复制（即图画诗，或诗如画）"

---

① HAGSTRUM J. The Sister Arts：The Tradition of Literary Pictorialism in English Poetry from Dryden to Gray［M］. Chicago：University of Chicogo Press，1958：18.

② WEBB R. Ekphrasis Ancient and Modern：The Invention of a Genre［J］. Word & Image：A Journal of Verbal/Visual Enquiry，1999，15（1）：7 – 18.

③ SCOTT G F. The Sculpted Word：Keats，Ekphrasis，and the Visual Arts［M］. Hanover，NH，and London：University Press of New England，1994.

④ SPITZER L. The "Ode on a Grecian Urn," or Content vs. Metagrammar［J］. Comparative Literature，1995，7（3）：203 – 225.

（Spitzer, 1955：206 - 207），是类似那种济慈诗歌中完美的"静止"状态，即视静止为运动的静止、运动的延续和运动的创造。（Spitzer, 1962：72 -73）①相比之下，詹姆斯·A. W. 赫弗南（James A. W. Heffernan）认为，ekphrasis 是"一种文学模式（a literary mode）"（James A. W. Heffernan, 1991：298），是在视觉再现的文字再现中，叙事冲动和观看冲动之间的摩擦。②默里·克里格（Krieger）曾在《艺格敷词：自然符号的幻觉》（*Ekphrasis*：*The Illusion of the Natural Sign*, 1992）③一书中参照荷马史诗《伊利亚特》中对阿喀琉斯之盾的描写，采用 ekphrasis 的方式，将本书视为对 ekphrasis 的模拟，使之成为一本"艺格敷词的艺格敷词"（an ekphrasis of *ekphrasis*）之作。在此基础上，克里格指出，所有文学作品既是时间的艺术，也是静止的、空间的艺术，进而在文中对古典时期以来的 ekphrasis 一词的含义进行了扩大化，认为 ekphrasis 不只是一种特定的文学模式，更是一种文学原则，在这一原则下，诗歌能够达到自给自足的空间效果，能够以运动的、流动的、线性的语言（媒介）呈现出静止的、空间的、完美的形式美。（Murray Krieger, 1992：273 - 288）米切尔在其《图像理论》一书中第二章第二节"艺格敷词与其他"（Ekphrasis and the Other）部分就曾提到 ekphrasis 一词，并指出，ekphrasis 是"视觉再现的文字再现"（the verbal

---

① SPITZER L. The "Ode on a Grecian Urn", or Content vs. Metagrammar ［M］//HATCHER A. Essays on English and American Literature. Princeton：Princeton University Press, 1962.

② HEFFERNAN J A M. Ekphrasis and Representation ［J］. New Literary History, Probings：Art, Criticism, Genre, 1991, 22（2）.

③ KRIEGER M. Ekphrasis：The Illusion of the Natural Sign ［M］. Baltimore and London：The Johns Hopkins University Press, 1992.

representation of visual representation）（Mitchell，1994：152）。①尼尔斯·库普曼（Niels Koopman）则认为，ekphrasis 的定义没有定论，它可以指定各种概念，因此，他建议最好将 ekphrasis 视为"一个涵盖了一系列相关概念的总括性术语"（Niels Koopman，2018：2）。在库普曼看来，ekphrasis 是一种"中介现象"，是"一种媒介在另一种媒介中的表现"。这也就意味着"文字的叙述者必须克服视觉和语言媒介之间的差异"。文字叙述者必须解决"如何以不同于表征媒介的顺序来表征存在或可能存在的事物"的问题（Bal，2004：368）②。这不仅仅是 ekphrasis 的问题，也是用文本简短地再现视觉的问题。③正如有学者所言，"古典 ekphrasis 经常将艺术作品当作是蕴含大量信息的事物，而非一个实在物"（Heffernan，1991：299）。可见，国外对 ekphrasis 的定义渐趋泛化，从最初对修辞技巧的阐释到再现的再现，再到无法定义的总括性术语，证明了 ekphrasis 本身包含着丰富的内容，这也是国外学界对 ekphrasis 一直没有达成统一定义的原因。

　　相对国外学者对 ekphrasis 一词的多样性阐释及全面丰富的理解，国内学界主要采取借鉴国外阐释的方式，对 ekphrasis 的概念进行梳理，得出较为清晰的定义。这里有两点需要指出：首先，截至目前，ekphrasis 一词的研究在国内学界主要集中在美学及美术学方面，如对其展开研究的李宏、李骁、段德宁、郭伟其、李健、李小洁等人都是美学或美

① MITCHELL W J T. Picture Theory：Essays on Verbal and Visual Representation［M］. Chicago：The University of Chicago Press，1994.

② BAL M. Over - Writing as Un - Writing：Descriptions，World - Making and Novelistic Time"［M］//Narrative Theory：Critical Concepts in Literary and Cultural Studies. Volume I：Major Issues in Narrative Theory. London：Routledge，2004：341 - 388.

③ KOOPMAN N. Ancient Greek Ekphrasis：Between Description and Narration；Five Linguistic and Narratological Case Studies［M］. Leiden：Brill Sense and Hotei Publishing，2018.

术学方面的学者，而如龙迪勇、王安、章燕等人是国内目前研究 ekph-rasis 领域为数不多的西方文学或世界文学方面的学者，因此，国内对 ekphrasis 展开的研究主要是将其放在美术、雕塑、绘画、视觉文化等领域，对文学中的 ekphrasis 研究并不多见，且主要参照美术学或相关学科的研究模式展开；其次，由于国内学者对 ekphrasis 一词的认识存在差异，对其内涵和外延的理解也有出入，因此 ekphrasis 的汉译名也不尽相同。如王东（2014）等人将其译为"图说"，强调图像与语言的双重属性；王安（2015）、程锡麟（2016）等人将其译为"语象叙事"，在强调图像、语言的双重属性基础上，将语言所具有的叙事特征纳入考虑范围；李宏（2003）、李骁（2018）、范景中和曹意强（2007）① 等人将其译为"艺格敷词"，既考虑到 ekphrasis 的音译，同时兼具其意义，达到音意兼顾的效果，并考虑到其非英语单词的陌生化特征。更有学者在学术论文中专门探讨了 ekphrasis 一词的译名。如裘禾敏在《〈图像理论〉核心术语 ekphrasis 汉译探究》② 一文中对 ekphrasis 的词源情况、历史变迁、运用范畴等方面展开了探究，考虑到其中包含的四种内容：一是各类媒介、艺术；二是格范（典范、标准）、格尺（标准）、格令（法令）、格法（成法、法度）、格样（标准、式样、模样）；三是语言、线条、图画等各种符号；四是转换、转化、变换等。上述四点分别对应"艺""格""符""换"四个字，合在一起就表示"不同艺术媒介通过一定的形式可以互相转换"（裘禾敏，2017：91），因此裘禾

---

① 范景中，曹意强．美术史与观念史［M］．南京：南京师范大学出版社，2007.
② 裘禾敏．《图像理论》核心术语 ekphrasis 汉译探究［J］．中国翻译，2017（2）：87–92.

敏参照欧荣（2013）① 的译法最终将 ekphrasis 这一术语译为"艺格符换"。正如王安、程锡麟所指出的，因为语象叙事"是跨艺术、跨媒介、跨学科的"，而从事这一领域研究的学者"多数都只是专长于某一学科、某一领域"，研究"往往侧重于某一方向或者某一领域"，这就导致不同学科或研究领域上的学者对语象叙事的概念出现分歧和争议。需要加以说明的是，笔者考虑到术语使用的前后统一，以及使用的规范，本书参照王安（2019：8-10）对 ekphrasis 译名的追溯和探究，认为 ekphrasis 在现代之前，尤其是古典时期的语境下都可被译为"艺格敷词"，而在以关注文学自身语言特质为特点的现代之后则应被译为"语象叙事"。但无论对一个外来术语的解释如何多元，在一本书或一篇学术文章中都应当对该术语的译名进行统一，才有继续对其进行讨论和研究的基础。故而，在强调文学和美术学等相关学科之间差异的基础上，考虑到 ekphrasis 作为古希腊词汇的特殊性，本书将 ekphrasis 统一译为"语象叙事"，辅以文字补充，即"文学中的艺格敷词"，这样一来，既能兼顾 ekphrasis 原本在艺术领域的含义，也能保证读者在文学学科下理解该术语的概念内涵及使用场域。②

　　具体而言，国内学界对语象叙事展开专门的研究起步较晚，最早或见于李宏于 2003 年在《新美术》上发表的《瓦萨里〈名人传〉中的艺格敷词及其传统渊源》③ 一文。李宏通过对瓦萨里的作品《名人传》展

① 欧荣. 说不尽的《七湖诗章》和"艺格符换"［J］. 英美文学研究论丛，2013（18）：229-249.
② 后文在分析中会出现不同学者的不同译名，本书在文学语境下关于 ekphrasis 的译名均为"语象叙事"。但如遇无法将 ekphrasis 译为"语象叙事"的情况（如在古希腊时期、古典主义时期），本书将不使用译名，而是直接使用 ekphrasis。后文将不再对此另做说明。
③ 李宏. 瓦萨里《名人传》中的艺格敷词及其传统渊源［J］. 新美术，2003（3）：34-45.

开分析，认为瓦萨里眼中的"艺术作品的描述可被理解为对于特定图像的一种反应"。瓦萨里有时甚至无法区分实际的图像和虚构的幻象之间的区别。这是由于图像强烈刺激其幻想，"使他将某种意义注入其所描述的图像的主题与形式之中"（李宏，2003：34）。像瓦萨里的这类描述就是语象叙事。王东在《抽象艺术"图说"（Ekphrasis）论》一文中指出，ekphrasis 意为"图说"，即指"对图像的言说和描述，是图像与语言文本关系的'场域'"（王东，2014：89）。①这一定义指明了艺格敷词的双重属性，即图像属性与文本属性。同时，王东还强调，"'图'是抽象艺术作品，而'说'则范畴很广，既包括典型的书面语言文本，如艺术史、艺术评论、艺术理论，与抽象艺术相关的传记、文学性的故事等，也包括口语形式的'说'，如一些与抽象艺术相关的音频、音视频——电影、电视，还有图文并茂的设计、广告等文化形式的暗度陈仓方式"（王东，2014：93）。既然有"说"，又包括书面文本，那么就无法离开构成文本的叙事。因此，王东认为，"图说"还具有叙事特征。但是，叙事中为何要引入抽象艺术的静态描绘方式，它与具象的艺术描绘又有何差异，产生了何种叙事效果，这些问题都是学者们应当关注的。李骁在《艺格敷词的历史及功用》② 一文中分析了语象叙事从古典时期出现修辞学，到文艺复兴时期人文主义者重建修辞学传统的整个过程，并指出在西方修辞学的历史中，语象叙事是不可分割的重要成分，且其内涵和功用一直不断发生着变化。在古希腊时期的语象叙事主要围绕辩论展开，是作为辩论中的一种重要的修辞学技巧而存在的，且这种技巧可以通过训练获得（李骁，2018：50－53）。王安曾先后撰

---

① 王东. 抽象艺术"图说"（Ekphrasis）论——语图关系理论视野下的现代艺术研究之二［J］. 艺术探索，2014（3）：88－93.
② 李骁. 艺格敷词的历史及功用［J］. 中国美术学院学报，2018（1）：50－61.

写两篇学术论文：《语象叙事：历史、定义与反思》① 和《西方文论关键词：语象叙事》② 及一本专著《语象叙事研究》③，以此详述语象叙事的前世今生以及文学中语象叙事的功用。王安认为，尽管语象叙事这一术语"古老而又历久弥新"（王安、程锡麟，2016：85），但自 20 世纪中期开始出现的语象叙事热则"与 20 世纪末勃兴的西方图像学有莫大的关系，与 20 世纪的语言学转向和文化转向之后出现的图像转向有莫大的关系，与文学领域中出现的空间叙事转向有莫大的关系"（ibid：85）。

第三节　ekphrasis 的研究对象

无论是斯皮策强调的"对图画或雕塑类艺术品的诗意描写"，还是克里格认为的"自然符号的幻觉"，或是赫弗南和米切尔二人认为的"视觉再现的文字再现"，学者们都没有否认 ekphrasis 涉及艺术作品和文字描述之间的关系问题。这也就是说，ekphrasis 显然具有文字和意象的双重属性。在本书第一章中已经讨论过艺术品的空间性和文字的时间性，如果我们把 ekphrasis 中的意象属性对应空间性，把文字属性对应时间性，那么可以发现，ekphrasis 本身同时兼具空间性和时间性的双重属性，即在文字描述的时间过程中达到艺术品的空间状态；若再结合斯皮策的"静止"观，则可认为，ekphrasis 正是通过文字描述艺术品，从而将文字的时间性暂时静止，使其在某一特定时刻实现空间性的无限

---

① 王安. 语象叙事：历史、定义与反思 [J]. 叙事理论与批评的纵深之路，2015（00）：107 - 117.

② 王安，程锡麟. 西方文论关键词：语象叙事 [J]. 外国文学，2016（4）：77 - 87.

③ 王安，罗怿，程锡麟. 语象叙事研究 [M]. 北京：科学出版社，2019.

延展，从而达到观看艺术品时的效果。

那么，ekphrasis 到底研究什么？或者说，什么样的研究才能归属为 ekphrasis 研究？首先，从前文可知，无论处在哪个时代，无论学者们如何对 ekphrasis 进行定义，其研究对象都不可能离开两个关键词：语（语言、文字）和象（意象、图画、图像）（或称图和文），所有的研究都围绕这两个词的关系展开讨论。现当代的著名刊物之一 Word and Image（《文字与意象》）① 中就重点关注 ekphrasis；西方的《姐妹艺术》（The Sister Arts，1958）② 一书也追溯了学者们对现当代 ekphrasis 的讨论。可以看出的是，这些讨论和研究始终都围绕语/象关系或图/文关系展开。

如前所述，古代的 ekphrasis（艺格敷词）是在修辞学领域，主要是在辩论领域作为一种技法存在；而现代意义上的 ekphrasis（语象叙事）则大多出现在文学研究领域，现代 ekphrasis 不是由它的效果来定义的，而是由主题来定义的，通常涉及到一个物体，更具体地说，是一件艺术品。瓦伦丁·坎宁安（Valentine Cunningham）曾指出，简·奥斯丁（Jane Austin）的《傲慢与偏见》（Pride and Prejudice）、乔治·爱

---

① 该刊物从 1985 年第一期开始截至目前，连续 26 年共刊发 36 卷 139 期。正如该刊物的简介上所写：《文字与意象》关注的是语言与视觉语言（verbal and visual languages）之间的相遇、对话和相互协作（或敌意），这也是人文主义批评的主要新领域之一。《文字与意象》为专门研究文字和意象之间关系的文章提供了一个论坛，所刊发的文章包括阅读属于图文这两种媒介中的艺术作品、图画与文本，以及艺术家。

② 该书全称为《姐妹艺术：从德莱顿到格雷的文学画派传统和英国诗歌》（The Sister Arts：The Tradition of Literary Pictorialism and English Poetry from Dryden to Gray）。该书将视觉艺术的创造性效果定位在 17 世纪晚期和 18 世纪早期的英国诗歌想象上。作者哈格斯特姆（Hagstrum）尤其集中分析了德莱顿、蒲柏、汤姆森、柯林斯和格雷的作品及其所呈现的意义，将理论与实践紧密结合。哈格斯特姆在很大程度上将自己与抽象的时代精神的猜测分离开来，而是专注于"个人艺术的独特性"，这体现在诗人在自己诗歌的特定语境中对一件特定雕塑或绘画的视觉记忆的操纵上。

略特（George Eliot）的《米德尔马契》（*Middlemarch*）、亨利·詹姆斯（Henry James）的《鸽翼》（*The Wings of The Dove*）、奥斯卡·王尔德（Oscar Wilde）的《道林·格雷的画像》（*The Picture of Dorian Gray*）、克劳德·西蒙（Claude Simon）的《农事诗》（*Les Géorgiques*）、迈克尔·翁达杰（Michael Ondaatje）的《屠场》（*Coming Through Slaughter*）、朱利安·巴恩斯（Julian Barnes）的《十又二分之一历史》（*A History of the World in 10 1/2 Chapters*）、W. G. 西博尔德（W. G. Sebald）的许多小说、伊恩·辛克莱（Iain Sinclair）的小说和小说派系以及艾丽斯·默多克（Iris Murdoch）的小说均属于语象叙事的典型代表。尤其是艾丽斯·默多克在其小说《沙堡》（*The Sandcastle*）和《大海》（The Sea）中对语象叙事风格进行了高强度使用。以上所有的例子都是在文学作品中出现的对图像或肖像或图片的特别描述，都属于语象叙事的范畴。可见，在文学中，语象叙事可谓是无处不在。坎宁安甚至指出，对任何小说来说，无论是经典小说还是伟大传统的小说，或是当下的流行小说，如果没有遭遇语象叙事（encounter ekphrasis），就无法获得成功。①

赫弗南（1991）就曾试图全面梳理语象叙事作为一种文学体裁（模式）的定义范围，澄清了哪些属于语象叙事文本，如古希腊的一些文本、雪莱和济慈的诗歌、墓志铭、警句诗等，以及哪些不属于语象叙事文本。随后，赫弗南重新梳理了艺术和文学中的语象叙事。最后，他将分析集中在雪莱和济慈的诗歌对比，以此说明诗歌是如何体现出文字和图像之间冲突的。赫弗南在文中声明：第一，他不讨论纯粹的文学文本（literature about text）；第二，他不讨论只描写自然物体的静物写真

① CUNNINGHAM V. Why Ekphrasis? [J] . Classical Philology, 2007, 102 (1): 57 – 71.

(pictorialism)；第三，他不讨论具象诗（iconicity）。赫弗南在文中并没有讨论威廉·卡洛斯·威廉斯（William Carlos Williams，1883—1963）的《红色手推车》（*The Red Wheelbarrow*，1923），也不讨论哈特·克莱恩（Hart Crane，1899—1932）的《桥》（*The Bridge*，1930）。这是因为赫弗南认为，以直观描写客观物为特色的《红色手推车》不具有再现性质，至多只能算作静物写真；而《桥》也只是再现了布鲁克林大桥这个客观存在物本身，并不是关于再现的再现。从这一点来看，前文提到的爱伦·坡的《厄舍府之倒塌》中对一幅画作的文字描写无疑属于赫弗南的语象叙事研究范畴，因为这段文字并非对静物展开的描绘，而是用文字再现的方式再现了作为视觉再现对象的一幅画。赫弗南一直坚持语象叙事"再现的再现"（representing representation）这一属性，那些不符合这一属性的都不属于语象叙事的研究范畴。比如，阿喀琉斯盾牌上的图像是用文字再现的方式来再现盾牌上的图像，这就是再现的再现，属于语象叙事的研究范畴。此外，虽然盾牌的颜色是金色，但书写素来的文本呈现给读者的却是黑色的字符，因此，荷马对阿喀琉斯盾牌的文字描写就体现出了文字书写与视觉呈现的冲突与摩擦。那些在视觉再现的文字再现中，强调叙事冲动和观看冲动之间摩擦的描写就属于语象叙事的研究范畴。"ekphrasis principle"（艺格敷词原则）即为不同媒介之间的再现冲突。简单地说，语象叙事中文字叙述的冲动可以释放图像背后的故事，不同媒介之间具有再现的冲突。由此可见，赫弗南认为：首先，文字的描写必须是再现；其次，再现之间必须要有不同媒介之间的冲突摩擦；最后，冲突背后必须要有叙事的冲动，即以文字代替意象的发生。事实上，所有诗人和作家在作品中用文字描绘的对象早都已经存在了，可能在博物馆里，如卢浮宫里的《蒙娜丽莎》；也可能在教堂或修道院中，如巴黎圣母院中的三组油画《圣母往见日》和圣凯瑟琳修道院内世所罕见的最古老的《圣经》译本。而诗人和作家们所做的只是在用文字对这些实际早就存在且会一直存在的实物展开描述。

　　如果说，古代艺格敷词的关键点是以言及象，那么现代文学语象叙事的关键点就在于拟声法（prosopopoeia），即"表达沉默对象的修辞技巧"（quoted by Scott，1992：216）①。也就是说，"语象叙事证明了文学中持久的、复活主义的欲望——渴望让过去逼真地回归，重新生活、重新说话"（Cunningham，2007：63）。通过语象叙事，古老的文字可以重新被读者听到，从历史和文本的寂静中传来这些声音，从无声的物体发出声音，这是一种倾诉，一种在现代文本中可以听到的倾诉，一种对过去的沉默的倾诉，对过去沉默的审美对象，如绘画、雕塑、建筑等的重新认识。无论是绘画，还是雕塑或建筑，其中的画像或人像中的人物都是静止的、死亡的状态，但是这些见证了历史变迁的人物拒绝静止、拒绝沉默、拒绝死亡，他或她想要发出自己的声音，他或她等待被描述、被表达、被讲述的过程。这就要通过语象叙事来实现。具体而言，就是通过文本的翻译、改写、再创作等方式，使人物重新发出声音的目的得以实现。斯科特进一步提出语象叙事中的一个支流——肖像语象叙事法（the portrait ekphrasis）。在 18 世纪，男性诗人写诗赞美漂亮女人的画像变得越来越普遍。如雪莱的《论美杜莎》（*On the Medusa*）和亚历山大·蒲柏的《致一位女士的书信》（*Epistle：To a Lady*，1735）一样，运用的方法都同属肖像语象叙事法，而这种方法在现代文学作品中大量存在。

---

① SCOTT G F. Ekphrasis［J］. European Romantic Review，1992，3（2）：215－224.

第四节　语象叙事三阶段

既然语象叙事始终关注图文之间的关系问题，那么讨论图文之间的关系就显得十分必要。对这个问题探讨较详细的属米切尔，他曾在《语象叙事与他者》（*Ekphrasis and the Other*）一文中专门探讨了语词（文字）与意象（图像）之间的关系。米切尔基于赫弗南对语象叙事的定义"视觉再现的语言再现"，指出，语象叙事的迷人之处在于它是经由三个阶段或时刻起作用的。

一、语象叙事的冷漠

第一阶段为"语象叙事的冷漠"（ekphrastic indifference），这一阶段强调的是文字媒介和意象媒介之间的独立性和不可重合性，即语言对视觉意象的描述无法再现视觉意象。文字无法达到意象那种直观的效果，文字描述不可能实现视觉意象真实生动的呈现。正所谓，一千个读者心中就有一千个哈姆雷特，哈姆雷特这一艺术形象是真实、客观存在的，这一艺术形象也是确定的，但哪怕是通过同样的文字描述，也会使读者看到不一样的哈姆雷特，甚至是截然相反的人物形象。正因为这一阶段的存在，读者在阅读文本时难免会觉得很难想象文本所描绘的艺术对象究竟是何种模样，更多的是依靠自己头脑中已经存在的各种意象综合来获取对艺术形象的感知。因此，在这一阶段，文字的呈现总是远离客观意象，语象之间的距离无法弥合。

二、语象叙事的希望

第二阶段为"语象叙事的希望"（ekphrastic hope）。经历了第一阶段语象叙事的冷漠之后，在某些特定的瞬间，文字符号的再现可以克服不同媒介之间的差异性，并尽可能达到再现的目的。尽管文字与意象之间有着无法弥合的鸿沟，但这种鸿沟也不是完全不可调和的，如作者可以尽可能通过文字来再现视觉意象，从而无限接近它们之间的相似性，并用前文所述的拟声法来达到与视觉意象相类同或类似的效果，激发读者心中的真实感。在这一阶段，文字所无法再现的视觉可以通过读者的共同文化经历和个体特殊经验加以弥补，在这种情况下，文字所带来的观感有时甚至可能超过其再现的视觉意象本身。如现代社会中的读者有时会感觉被改编为电视或电影的文学作品反而不如文学作品本身，尽管作品的文字十分抽象，但由文字所激发的想象有时远超过文字试图描述的对象本身。

三、语象叙事的恐慌

第三阶段是"语象叙事的恐慌"（ekphrastic fear）。文字媒介和意象媒介一旦开始无限接近，就会转入语象叙事的恐慌阶段。在米切尔看来，正是在可能与不可能、冷漠与希望之间，令人对语象叙事产生"痴迷"的感觉。当语和象之间的距离消失，那么语象叙事便面临危机。这种危机主要是围绕女性特质的象和男性特质的语之间的关系展开的。正如前文所述，如果将语言视作男性所独有的，具有冷静、客观、真实、理智等特征，是男权的、语言的、霸权的，那么意象则具有女性特质，是女性的、形象的、被压制的。那么当语和象发生碰撞，必然会产生男性特质与女性特质的对立，从而导致"美杜莎式的语象叙事"，即赫弗南、斯科特和米切尔等人所定义的那种作为男性的语言担心作为女性的图像剥夺了其声音与权威的，将图像视为妖女美杜莎的语象叙事，其中又内在地包含由美杜莎的凝视而产生的女性颠覆性力量（Heffernan，1993：109）。后文将对这一点进行阐释。

如果是对一个具体的艺术作品的文字描写而言，语象叙事的三阶段可以依次对读者产生以下效果，"作者知道你看不到它，他们希望并乐于见到你能在脑海中再现它，然而他们又不想真的让文字具有等同于绘画的效果。语象叙事的希望与恐慌，建立在语象叙事不可实现的基础之上，换言之，语象叙事的文学作品是一种文字与其意义的他者相遇的特殊体裁，其核心目标是'克服他者性'，这些他者是语言的竞争对手，是外来的图像、造型、雕塑、绘画等视觉空间艺术。与插图版图书与形体诗等不同的是，语象叙事是完全隐喻的表达，它通过文字再现的视觉意象是不可能真实亲见的他者的艺术"（王安，2015：111 – 112）。

事实上，在《语象叙事与他者》一文中，米切尔讨论的重点是最后一个阶段，即"语象叙事的恐慌"。这种恐慌是我们对于文字遭遇意象后的一种焦虑和恐慌。图画转向后，由语言建构起来的一整套话语体系和社会关系，在遭遇图画转向时，是否面临着"美杜莎式的语象叙事"所带来的巨大挑战呢？

四、美杜莎式的语象叙事

美杜莎是古希腊神话中的蛇发女妖，戈耳工三姐妹之一，在古风时期的古希腊艺术中，美杜莎吐舌露齿、头盘毒蛇、面目狰狞、形象恐怖。因此在那一时期的艺术中，美杜莎的这种造型拥有辟邪的功效，将其刻在盾牌上可以达到恐吓敌人的效果。而在古典时期艺术中则出现了将美杜莎的面貌加以美化的作品。但无论如何，美杜莎作为女性的性别特质并未发生变化。总是与美杜莎放在一起被讨论的还有希腊神话中的英雄、宙斯之子珀尔修斯，他应波吕得克忒斯国王的要求，去杀死美杜莎并取下其头颅。珀尔修斯刺死美杜莎的故事被米切尔用来阐释"语象叙事的恐慌"这一阶段中语象遭遇后的结果。众所周知，美杜莎对他者的致命一击是源于任何人看到她都会立即变成石头，而珀尔修斯由于提前知道这一点，在找到戈耳工三姐妹后，他背过脸，不看熟睡中的三个女妖，而是把手中那光亮的盾牌当作镜子，清楚地看出她们的三个头像，并认出了谁是美杜莎，随后将美杜莎的头颅砍下。可以说，美杜莎是意象的代表，象征着"美"和"诱惑"，所有人都忍不住想观看她，但问题是，一旦看到她，观者就当场石化死去。也就是说，当文字（男性）遭遇并试图言说意象（女性）的时候，就产生了美杜莎效应，即文字被意象致命的诱惑力杀死。因此，语象之间有着无法避免的冲突。图像再现和文字再现会产生美杜莎效应。此外，文字是男权的、语言的、霸权的，而图像是女性的、形象的、被压制的。因此，图文的碰撞就表达了语言的霸权和图像致命的诱惑之间的激烈争夺。

除了米切尔，斯科特也曾探讨过语象叙事的危机问题。在《雪莱，美杜莎和语象叙事的危机》① 一文中，斯科特揭示了再现的困境和女性政治，他在开篇就引出雪莱鲜为人知的《论美杜莎》（*On the Medusa*）一诗，并指出这首诗和济慈的《希腊古瓮颂》、拜伦的《哈罗德游记》第四章中对垂死的角斗士的描述一样，都属于语象叙事的范畴，更属于肖像语象叙事法。然而，在肖像语象叙事法中却存在一种矛盾，即让肖

---

① SCOTT G F. Shelley, Medusa, and the Perils of Ekphrasis ［J］. Studies in Comparative Literature，1996（6）：315 – 332.

像中的意象自己发出声音和诗人自己的声音不被淹没（不失语）之间的矛盾。也就是说，诗人不应通过被动、纯粹转喻的方式对艺术客体进行描述，而应通过语象叙事的手段将被再现艺术客体的美转化成语言（文字），加以呈现出来，但是同时又不能让语象叙事遮蔽诗人自己的声音。因此，语象叙事真正挑战诗人之处就在于语和象二者的矛盾对立与和谐统一。

斯科特还以霍兰德翻译的普林尼的《美狄亚的画像》（*On the Picture of Medea*）一诗为例，来说明美狄亚的威胁性以及如何释放这种威胁。斯科特认为，霍兰德通过加强艺术家的积极介入（如通过艺术家的判断力、艺术家的生活、历史背景等边缘元素）、艺术家对诗歌框架的精心设置等来实现。由于绘画和诗歌语言之间的界限，画家可能会对用画笔描绘可怕故事的可怕结局表示拒绝，但是诗人可以做到这一点。如在《美狄亚的画像》这首诗中，

> It is a woman's countenance divine
>
> With everlasting beauty breathing there
>
> Which from a stormy mountain's peak, supine
>
> Gazes into the night's [ ] trembling air.
>
> It is a trunkless head, and on its feature
>
> Death has met life, but there is life in death,
>
> The blood is frozen——but unconquered Nature
>
> Seems struggling to the last——without a breath
>
> The fragment of an uncreated creature.

霍兰德在诗歌的结尾处用小对联的形式总结了美狄亚的命运，并加

上破折号，强化了停顿感和戏剧性，从而达到一种将叙事的时间元素和画面中的静态元素区分开来的效果。即我们在读这首诗的结尾处时，会由于诗人有意或无意设置的停顿而产生一种不同于直接观看绘画作品的效果，这种效果是画家无法给予观者的。因为画家无法在画作中直接描绘出父母的手被割开这种有违礼节和伦理道德的犯罪血腥画面，否则就是在"玷污"画布。此外，在霍兰德的这首诗歌中，我们可以看到他对绘画的偏见，对文字取代视觉艺术的倾向，以及将时间置于空间之上的倾向。霍兰德的这种语象叙事方法可以防御由意象所产生的非理性的恐慌/恐惧（也就是米切尔所说的图像恐惧症）。通过将美狄亚的形象转化为语言，霍兰德就祛除了美狄亚所造成的大部分蛊惑效果，并推迟了传统诗作中诗人的沉默。

对于美杜莎式语象叙事的恐慌，斯科特也别有建树。他认为，珀尔修斯之所以能够打败美杜莎并将其斩首，是由于他采用了语象叙事修辞的方式，通过盾牌镜面反光这一诡计，将视觉图像进行巧妙的编排，展示语象叙事的致命可能性，珀尔修斯由此成为语象叙事题材的第一个伟大实践者、一个狡猾的魔术师。珀尔修斯是通过盾牌镜面的反光，通过理性战胜感官，从而达到胜利的。珀尔修斯虽然在盾牌上能看到美杜莎的样子，但是却无法观察到更多关于美杜莎的细节。在弗洛伊德看来，这个故事体现了作为男性的珀尔修斯与作为女性的美杜莎之间存在的矛盾关系，由于美杜莎象征着男性性器官的缺失，珀尔修斯和美杜莎的遭遇就体现了男性遭遇女性时所产生的阉割焦虑，揭示了男性在面对美杜莎时无法控制的不安全感。美杜莎神话中除了珀尔修斯与美杜莎遭遇的情节是体现出男性的阉割焦虑外，神话中其他部分则是为了缓和男性的无力和无能感。美杜莎被珀尔修斯杀死后的一系列情节都证明了这一点。比如，美杜莎一死，她的血落在地上，从血中就突然出现一匹长着翅膀的白马帕伽索斯，帕伽索斯就像一种欢腾的生殖器战利品。接下来，珀尔修斯遇到了擎天巨神阿特拉斯，并通过美杜莎的头颅打败了这位强大的泰坦神。随后，珀尔修斯遇到了被囚禁在一块岩石上的埃萨俄比亚公主安德洛墨达，通过解救这位完全静止瘫痪的人物，珀尔修斯占有、驾驭她，并重建了一种父权制。可以说，通过对美杜莎的征服，珀尔修斯完美地实现了理想的父权制。

对此，斯科特指出，18 世纪的诗歌以及珀尔修斯的神话都是一种非常谨慎的诗学方法，并采取防御措施来避免意象产生的有害影响。而雪莱在《论美杜莎》一诗中所做的却不同，雪莱通过在诗节中对美杜莎这一形象做出正面、直接、生动的描写，表达了一种超越体裁和性别差异的愿望。雪莱的《论美杜莎》是最大胆、最可能不计后果的语象叙事。雪莱在这首诗歌的开篇，就通过"凝视"这样的词汇赋予了美杜莎完全自主的主体性，美杜莎从诗中被假想成被看见、被凝视的物体转化成为主动的凝视者，而不是通过任何人尤其是男性的视角来凝视美杜莎。语象叙事的本意是"说出来"，但是如果诗人所言对象是一个谎言，那么诗人应当如何做？是为这个表里不一的艺术品找出其存在的理由？还是通过自己的描述来实现这种幻觉？如雪莱对美杜莎的描绘就具有讽刺意味，因为尽管观众非常清楚美杜莎是"说谎的"，但是观众仍然无法抗拒自己与美杜莎产生共鸣。图像学说谎，是因为在图像中，视角可以被操纵，比如说旋转和倒置头部，从而使画面不再对观看者产生危害/威胁。相对于美杜莎的脸而言，观者对缠绕其头部的蛇更加感兴趣。首先，由于蛇处于画面中的前景位置，是让人最先关注到的东西。其次，蛇的蠕动和美杜莎的平静、僵硬的肢体形成了鲜明的对比。此外，美杜莎的蛇还有更深的象征意义，当美杜莎死后，从其血液中跳出的是帕伽索斯，因此，这些蛇就如同帕伽索斯，象征着男性生殖器官，成为对美杜莎阉割威胁的一种阳具补偿。除了蛇转移了观者对美杜莎的脸的关注之外，雪莱还在诗中安排了代理观察者，通过各个角落的代理观察者，来代替我们完成对美杜莎的凝视。比如说，雪莱的《论美杜莎》中就出现了诸如蝙蝠、蜥蜴、幽灵鼠、蟾蜍等动物，所有的这些动物的视线似乎都是围绕着美杜莎，作为观者，我们的注意力会被代理观察者吸引，并且我们很清楚，这些代理观察者的观看对象就是美杜莎的脸。这些动物就吸收了美杜莎目光的毒性，承担了观者直接观察美杜莎的重任。

可以看出，在霍兰德的《美狄亚的画像》中，女性是静止、沉默、被动的，而诗人和观者则是主动积极的，他们可以赋予女性意象，但同时又害怕这种意象会颠覆自己的语言权威，因此要通过各种手段和方式与女性意象保持距离。而雪莱的《论美杜莎》一诗则赋予美杜莎主动性和主体性，通过语言来直接呈现她的意象，而非通过诗人和观者来呈现。可以看出，雪莱并不赞同莱辛对时空（诗歌语言和造型艺术或者说言/象）的划分和区别，他在诗歌中用文字试图将这两者进行融合。

第五节　语象叙事的文本解析与阐释

文学作品中的语象叙事非常普遍，无论是对静物、事物还是人物的刻画，都不可能离开语象叙事的策略，因此本节将重点分析康拉德的《阴影线》、库柏的《领航人》和梅尔维尔的《贝尼托·切里诺》三部小说中的语象叙事，结合小说的不同主题展开深入探索，试图将文本分析集中在语象叙事策略之上，以期得到对文本的不同阐释效果。

一、康拉德《阴影线》中的语象叙事与青年成长主题

《阴影线》（*The Shadow Line*，1915）被认为是康拉德最佳海上小说之一。作为一名年轻的新船长，该小说的主人公"我"所带领的团队在船上遭遇了重重困难，最终跨过"阴影线"，到达目的地。与康拉德的其他海洋背景小说相比，学界对《阴影线》的关注和重视程度明显较低。事实上，在该小说中，康拉德通过对大海和船只展开语象叙事描写，呈现出小说中的成长叙事及青年成长主题，展示给读者一个在变幻莫测的外部环境中，经历内心的痛苦挣扎，最终获得精神成长的青年主人公形象。本节将通过分析《阴影线》中的语象叙事与成长主题，展现主人公"我"的内心成长之路，研究康拉德在小说中所要展现的青年的精神成长历程。

《阴影线》的故事情节非常简单，以第一人称讲述年轻的"我"无缘无故地放弃了自己热爱的船上工作，后又突然接到一个船长的委任状，欣喜若狂地接受这份工作后，"我"带领着船员们经历了已故前船长幽灵般的折磨，最终抵达目的地。和康拉德的其他小说相比，目前国内对《阴影线》的研究和解读并不多见。有些学者将该小说与英帝国结合，试图探讨其中反映出的帝国意识（段汉武、魏祯，2013）。还有学者关注该小说中的共同体生活（安宁，2018）。另有一些学者将研究重点放在该小说体现出的艺术性或自我反思上（王松林、李洪琴，2010；赵海平，2006）。此外，也有学者探讨了《阴影线》中反映出的康拉德的道德观（王霞，2011）。

但事实上，正如沃茨所言，"《阴影线》讲述了一个炼狱般的旅程，引起人丰富的联想"（沃茨，2017：185）。《阴影线》这部小说中所体现的深刻内涵不仅是作品本身的艺术性能概括的，对于该小说的解读也

不能只是通过自我反思和自我意识的阐释来呈现，而对作品中的帝国关注则可能较为片面。该小说的故事情节看似很简单，但是如果将这个故事放回康拉德创作该小说的背景里去，就会发现这个故事的复杂性和独特性。

成长小说（Bildungsroman）这种类型起源于 18 世纪七八十年代的德国，主要描写主人公从幼稚期到成熟期的某段时间内性格、心理、自我意识、角色定位和价值选择等的发展过程。在这个过程中，主人公不一定达到成熟的终极目标，也可能是处于一种"人在旅途"的状态。这类小说多以成长个体与其赖以生存的环境和社会达成某种妥协或调和而结束，从而起到教育的作用并达到劝善的目的（刘丽芳、李正栓，2016）。莫迪凯·马科斯曾在论文《什么是成长小说》中对众多成长小说的定义进行了归纳和分类，并指出成长小说的定义主要有两类：一类把成长描绘成年轻人对外部世界的认识过程；另一类把成长解释为认识自我身份与价值，并调整自我与社会关系的过程。成长小说通过生动的文学故事为我们展示了青少年认知发展的丰富内涵和戏剧性的发展过程（Marcus，1969）。由此可见，"发展"是成长小说的基本要素。如果我们对《阴影线》进行深入分析，就会发现该小说属于以"发展"为基本要素的成长小说这一类型。

那么，主人公的认知发展和精神成长是如何在《阴影线》中得以展示的呢？这主要体现在小说中的人物语象叙事手法中。首先，康拉德在《阴影线》的开篇，就提到"年轻人"一词，"这种时刻只有年轻人才有"（赵启光，1985：597）。接着，他通过大量与"年轻人"相关的词语或句子将"我"这个叙述者角色鲜明地呈现在读者眼前。"我"是一个刚刚成为青年的人，和所有其他的青年一样，"我"也会做出种种"莽撞行为"（ibid：598）。"我"为了"一个有头脑的人根本想不到的理由"（ibid：598）放弃了工作，离开自己最爱的大海和船，且离开的理由"我想说我的行动用常识解释不了"（ibid：611）。不仅如此，"我"在和航海界的知名人士吉尔斯船长对话时，多次认为吉尔斯船长啰唆，认为放弃工作"纯属我的私事"（ibid：610）。康拉德在小说开篇就旗帜鲜明地通过"我"这个角色身上所具备的青年普遍特征，表达了青年的莽撞、任性、不受约束、自由自在。

不过，这种随性没有多久就消失了。"我"在"海员之家"旅馆中意外从吉尔斯船长那里得到一个惊人的消息——"我"被选为一艘船的船长。与一开始放弃船上工作的"我"不同，当得知可以当船长后，"我"又恢复了动力。"船长这个职位真是具有强大的魔力"（ibid：619）。当收到"海员之家"的委任状后，"我"将它视为"一份有非凡威力的礼物"（ibid：622）。当想到自己即将拥有一艘属于自己的船时，"我"激动万分，"它属于我，我对它负责，献身于它。……它似乎从云间呼唤我。……我不知道它的模样，几乎没听过它的名字，但在未来的一个时期中，我们紧密相连，不可分割，一起沉浮！"（ibid：629）。当被问及何时可以动身时，"我"迫不及待地表达当天就可以动身。当"我"第一眼看到属于自己的船时，"过去几个月里，由于感到生活空虚心里一直烦躁不安，而今这种感觉引起的思想混乱和不良影响已经不复存在，溶化到欢悦的感情之流里了"（ibid：637）。在这里，康拉德为读者展示了主人公"我"的第一次心理变化，即从认为世界毫无意义转而发现人生其实还是有美好之处的，而这个转折的关键点就在于"我"即将接受船长一职。

不过，读者读到故事的这里时，可能会有疑问：既然"我"那么热爱大海，热爱船，又为何会在一开始放弃船上的工作？难道仅仅只是因为"我"的任性吗？为什么"我"在放弃船上的工作后又欣然地接受了"船长"一职呢？难道仅仅只是因为"我"对大海和船的热爱吗？
这显然是矛盾的。问题就在于我放弃的是船员工作，而接受的是船长一
职。可见，是船长一职使我改变。那么船长到底意味着什么？康拉德运
用意识流的手段描写了"我"自坐在船长这个位置上开始的所思所想：

> 一长串人曾经在这椅子上坐过。我突然清晰地意识到了这点，
> 似乎以前每个人都在这美丽的船舱四壁里留下了自己的一部分。似
> 乎一个灵魂，使命的灵魂，突然向我低语，告诉我海上的漫长岁月
> 和焦灼的时刻。

> "你也一样！"那灵魂似乎在说，"你在了解自己的过程中，也会
> 尝到平静和不安的滋味，也象我们一样默默无闻和至高无上辗转
> 于长风巨浪之中，浮沉在广袤的世界里，这世界记不住任何事情，
> 也不给人留下回忆，更不估算生活的价值。"……（ibid：639 - 640）

当"我"坐在船长的位置上时，脑海中瞬间浮现出所有属于船长
的形象和共同特质。"我"意识到自己现在也是万千船长中的一员。因
此，"我"的船长身份意识从这一刻开始觉醒。正如哈布瓦赫所说，
"我们在这个群体中的位置并不取决于个人的情感，而是由在我们之间
就已经存在，并且独立于我们的规则和习俗所决定的"（哈布瓦赫，
2002：97）。在这里，康拉德为读者展示了主人公"我"的第二次心理
变化，即当我坐在了专属于船长的座位上，"我"的身份开始发生变
化，并意识到自己不再是一个普通的船员或水手，也不再是一个可以任
性妄为的青年，而是即将带领自己的船员在大海中航行的领导者。船长
这个职位作为一个集体记忆的总和，带给"我"的是一个身份重塑的

作用。在这个集体意识中，"我"看到了自己的位置，明白了自己的身份，清楚了自己的责任，"我"的精神实现了一次升华。这也就是为什么"我"在成为船长后，尽管有些局促不安，担忧船是否能走得好，但并没有因为之后发生的任何意外和困难情况而放弃这个工作，而是坚定地让船上的每一个人各尽其责，直到最后到达目的地。因此，船长职位成为"我"形成道德意识和责任感的起点，让"我"时刻保持警惕，使"我"区别于先前的随性和莽撞，逐渐成长。

当然，该小说为第一人称叙述。正如福斯特所言，"主要人物第一人称叙述在成长小说中更常见一些"（Foster，2008：40）。

芮渝萍和范谊认为，成长小说的一个重要叙事特点是以青少年主人公成长为中心，而不是以事件为中心，故事是围绕人物展开的。离开了人物的成长，故事再精彩也不是经典的成长小说。因此，成长小说的叙事发展往往从人物的成长故事中获得一种内在的推动力，故事的情节线索就是对主人公成长过程的摹写（芮渝萍、范谊，2007）。不过，青少年的认知发展不是一条笔直的路线，也不是一次就能完成的。成长小说的故事发展也是如此，它的叙事结构是由一个个叙事单元组成事件的序列。如果把整个故事看作是一个宏大叙事，那么每一个叙事单元就是微观叙事，或者说是叙事节点。认知发展在成长小说中所具有的叙事动力，不仅反映在对故事情节发展的推动上，同时也反映在故事发展的节点上，它使成长小说的人物和故事的众多细节都充满了认知的意义，从而赋予了成长小说表达和启发青少年心路历程的魅力。在《阴影线》中，康拉德就为读者设定了一系列连贯的叙事单元，将"我"的认知变化得以充分展现。如果我们根据爱伦·坡对故事情节的划分标准，即开始—冲突—矛盾—高潮—结尾来对该小说的叙事单元进行切割，就可以将该小说划分为如下几个叙事单元。

第一个叙事单元："我"放弃船员工作，意外接受船长工作，带着无比激动的心情，"我"开始了新的航行。

第二个叙事单元："我"所率领的船只在航行前就发生了一系列麻烦，比如，大副伯恩斯突然患病，医生建议"我"不要让伯恩斯跟随船只一起出航，而是将其留在陆地上，以免增加麻烦。而伯恩斯拼死不从。出于同情，"我"无奈之下只好同意让他跟随船只一同启程。

第三个叙事单元：当天中午，船只在河口沙洲外一英里抛锚，全体海员忙了一下午，都无精打采。日落后，船只航行在朦胧的夜色中，"我"隐约感到不安，此时，伯恩斯开始呓语，似乎是在讲述已故前船长的可怕故事。

第四个叙事单元：随后，船只的航行开始不受人为控制，更让人恐慌的是，船员们开始接二连三地染上疾病。在这个过程中，伯恩斯一直处于迷离状态，似乎被鬼神附身，又或是中了什么魔咒，开始胡言乱语，说的内容几乎都是和已故前船长相关。

第五个叙事单元："我"在船里发现能治好船员们传染病的奎宁①，并认为奎宁可以镇住邪恶，保护航行。结果，在"我"眼中，比黄金还宝贵的奎宁却并不是奎宁！本该装着奎宁的药瓶里竟然装着分量明显不够的别的粉末！

第六个叙事单元：船只慢慢接近埋葬已故前船长的北纬八度二十分，伯恩斯开始疯狂地胡言乱语，而由于某种不可抗拒的因素，船只也无法按照既定轨迹航行。在这种肉体②和精神的双重折磨下，"我"开始烦躁不安，胡思乱想，甚至羡慕起将死之人。

---

① 一种药物。
② 极度疲倦，并非染病。

第七个叙事单元：幸好，经过所有船员的共同努力，跨过了海面的那条"阴影线"后，伯恩斯的疾病慢慢好起来，船员们也恢复生机，"我"也感到尘埃落定。

整个故事通过这七个叙事单元，将"我"的内心世界展露无遗。从莽撞任性到激动兴奋，从激动兴奋到紧张不安，从紧张不安到恐慌焦虑，再到彻底疯狂，最后到平静坚定。故事伊始，"我"对任何事情都提不起兴趣，也没有准备好去面对未知的挑战，过着无聊的生活。从某种程度上来说，"我"就是一个普通人，然而此刻，海上生活的不确定性将要侵入属于他的安宁之地。对"我"而言，接受船长一职暗示着这场突如其来的意外可能对我产生重大影响，这次事件可能引起"我"的注意并真正动摇"我"的信仰体系。因此，接受船长一职就成了小说的重要转折点，小说的第一个叙事单元完成了。当故事进入第二个叙事单元时，"我"的成长经验开始遇到波折，"我"必须对这个导火索做出反应。尽管"我"想要做出选择，但并不清楚如何选择才是正确的，因此，这就意味着考验和犯错。在这种情况下，我只能同意伯恩斯和"我"一同航行。从第三个叙事单元开始，康拉德毫无痕迹地引入了已故老船长这个重要角色，该角色也成为后几个叙事单元的核心，推动着故事的进程，并塑造出主人公"我"的精神成长经历。直至第六个叙事单元，小说达到高潮。

此外，康拉德在《阴影线》中描绘的海洋与他在其他作品中描绘的海洋有很大差异，这些文字描述展现了语象叙事在现代文学作品中的重要性，具有十分显著的意义。康拉德在《阴影线》的开头摘录了法国诗人波德莱尔的两行诗："——有时风平浪静，水面成为映照我的绝望的巨大镜子。"康拉德在这部小说中对大海的描述并不多，但在这不多的对大海的描述里，"风平浪静"是大海呈现出的最明显的特色。他笔下的海面平静得如一潭死水。与《青春》《台风》《"水仙号"的黑水手》中海洋中的暴风骤雨的场面不同，《阴影线》中的大海死一般平静，"从舷窗里，我看到烈日照耀下的笔直的海平线，无风日的海平线"（赵启光，1985：661），"变成了一块平滑光亮的钢板，一动不动地躺在那里"（ibid：668）。"当我的目光回到船上，我毛骨悚然地看到船像一座漂浮的坟墓"（ibid：672）。为什么康拉德笔下惯用的对大海的描绘在《阴影线》中却换了个方式呢？这显然与作者想在小说中表达的主题相关。暴风骤雨中的船长和船员需要集中力量，解决眼前的生死存亡的问题，对大海的这种呈现方式能更好地突出困境中人与人的团结协作，能更好地呈现出动态的画面。而把大海通过极端静态的方式呈现出来，则会让人感到可怕的平静中暗藏危机，能够更好地烘托出船上人物的内心活动和心理状态。"我"对自己成长过程中的反思就可以通过这平静得像钢板一样的海面折射出来。在一部成长小说中，平静的海面显然比波涛汹涌的海面更加有力量。这也正是康拉德有意对海洋采取不同描绘方法的原因。

康拉德在小说中还浓墨重彩地塑造了已故前船长这个神秘的角色，人物语象叙事法在这里对小说主题起到烘托作用。已故前船长就像一个幽灵，大副伯恩斯这个形象也一直都和已故前船长紧密相连，康拉德主要通过伯恩斯的视角来塑造这个从未实际登场的前船长。"我"初次了解到这位已故前船长是在我进入船只后。当"我"和伯恩斯回到下舱，"我"坐在一个半圆形的长椅的一端时，伯恩斯却坐在了靠桌旁的转椅上，这一令人吃惊的举动让"我"感到紧张不适，随后"我"从伯恩斯嘴里得知，这艘船的前船长就是在"我"所坐的这个位置上去世的。从这里开始，恐惧和悲剧的气氛就围绕着"我"和这艘船，这位已故的前船长则成为推动整个船上故事发展的关键人物。

　　接下来是人物语象叙事方法的具体展现。在伯恩斯的眼中，这位前船长是个"特别的人，大约六十五岁……很固执，沉默寡言……常因为不可思议的原因让船在海上飘荡""有时夜里走上甲板，降下几片帆……然后把自己关在舱里，几小时几小时地拉小提琴，直至破晓"（ibid：644）。这位前船长除了这些令人感到怪异的特点外，在他身上还发生了一件更令人感到奇怪的事——和一位高个子的成熟而可怕的白种女人谈恋爱。在那之后，前船长曾失踪了一星期，然后在一天夜里上了船，第二天破晓时就把船开到海上，开了两天后，船触礁了。由于当时船上存水不够、压舱物不足，因此无法顺利开到港口。但这位"奇怪的"前船长却命令大家就朝那儿开。面对明显不可能实现的任务，船员们觉得快疯了。结果，这位前船长却独自一人在船舱里一动不动地坐在长椅的一角，并开始拉起小提琴。有天下午，他居然用低沉的恶狠狠的声音说："我希望船和你们所有人一个港口都到不了，但愿如此。"（ibid：646）

　　通过康拉德人物语象叙事方法的转述，展现在读者面前的这位前船长就像一个被施了魔咒的人，思想不被理解、行为不受控制、做事毫无逻辑。最可怕的是，这位前船长死后似乎还不停地纠缠着这艘船。船还没有开到海里去，除了"我"和兰塞姆，其他船员们就已经开始相继受到疾病的折磨。尤其是伯恩斯，他得病后开始胡言乱语，说已故船长恨他，恨不得让他死掉，也希望全船的人都死掉。伯恩斯在跟"我"说话时，甚至说道："先生，你和那个邪恶的僵尸站在一起干什么？他要把你抓走的。"（ibid：654）已故前船长在小说中出现的篇幅相当多，但其形象虚虚实实，无法摸清，正如小说中说的，他就像是一个"符咒"，整条船都逃不过其幽灵式的折磨。不过，这还不算什么。当船好不容易如"我"的意开进海里后，伯恩斯的病情开始恶化。他受病痛折磨的喃喃细语声音"非常奇特，不象是疾病引起的……那不是人间的声音……这是——已故船长——所为，他心怀恶意埋伏在下面的海水里……"（ibid：658）。伯恩斯一直坚持让我把船开过北纬八度二十分（即已故前船长被埋葬的地方），他认为一旦开过这条线就万事大吉了，因为他认为这是前船长要给他们布下的残酷圈套。通过伯恩斯视角对已故前船长的描述、伯恩斯无法解释的患病及其患病后的胡言乱语，康拉德笔下这位已故的前船长的符号记忆形象鲜明地得以展现。

扬·阿斯曼曾指出："记忆一直就是一个给某事物赋予意义的符号化的行为。"（Assmann，2011：60）而每个符号都在有目的地传递着各自的意义，它们的主要记忆形象便是那次事件。已故前船长作为一个实际上从未登场的重要人物，他的每一次举动、每一句话都通过伯恩斯的描述得以展现。伯恩斯记忆中的前船长是一个十分可怕、怪异的人，会给整条船带来巨大的灾难。而伯恩斯对前船长被埋葬一事忧心忡忡，总是担心之后的航行只要接近埋葬前船长的地方，就必然会遭遇大祸。很显然，"我"驾驶的这艘船在慢慢靠近前船长的埋葬之线时，伯恩斯的内心防线就慢慢失守，他莫名其妙的患病也正是由于他见证了前船长活着时的举动以及埋葬前船长的事件，这些事件一直存放在伯恩斯心中，直至下一次航行，前船长这个符号化的记忆就开始重现，成为一个记忆形象。而由于"我"之前并没有接触过前船长，更没有经历过埋葬前船长这一行为，因此，在"我"眼中，伯恩斯一直都是胡言乱语，像是中邪了一般。

不过，在后续的航行中遭遇的一连串莫名其妙、无法解释的事情，如船员们相继染病，船里救命的奎宁被换，船在海面上几乎静止不动，海面上刮起了诡异的风等，都使"我"慢慢感到焦虑不安，直至"我"发现自己根本无力改变残酷的现状，"我"开始感到灵魂的病痛，而符咒般的幽灵却一直虎视眈眈地盯着我们（赵启光，1985：693）。对"我"而言，已故前船长这个符号化的记忆总是纠缠着"我"，似乎"我"永远逃不开过去对现在的纠缠和侵扰。就在"我"万般无奈和发狂的时刻，"我"还是坚守岗位，而船员们尽管饱受病痛折磨，却仍然拼死配合，努力将船开过了北纬八度二十分。自此，这位已故前船长再也无法对"我"和"我"的船产生任何干扰。

由此可见，康拉德是有意在《阴影线》中塑造这个幽灵般的形象——已故前船长，且有意将其塑造成完全无法用逻辑和常识可以解释的已经死去形象、一个记忆化了的符号，以此加强对主人公"我"的内心煎熬的程度，从而充分展现出主人公"我"的内心变化和精神成长的全过程。

综上所述，《阴影线》是一部成长小说，通过语象叙事方法体现了主人公"我"从任性、莽撞的青年走向成长。通过"我"就任船长前和就任船长后带领船员完成整个航行的心理状况，凸显了"我"经历痛苦挣扎后获得了精神成长。通过担任船长的这次航行，"我"完成了自我历练，实现了精神上的再生。重新回到陆地上的"我"对人生有了新的看法。《阴影线》这部小说不同于康拉德的其他小说，是一部展示青年精神成长的小说。同时也体现了创作《阴影线》时作为长者的康拉德对青年一代的厚重希望，即穿越"阴影线"，获得成长。

二、《领航人》中的语象叙事与身份困境

詹姆斯·费尼莫尔·库柏（James Fenimore Cooper，1789—1851）是19世纪美国著名的浪漫主义作家，也是他那个时代最重要的作家之一，被称为美国第一个"自己的小说家"（张冲，2001：233）。库柏写过32部小说、1部美国海军史、5本游记和2部重要的社会批评著作。

俄国的进步文艺批评家别林斯基曾说，"库柏创造了两种不同类型的小说，一种是描写美洲原野的，另一种是海洋小说"（库柏，1984：1）。前者的代表作是《皮裹腿故事集》①，后者的代表作是《领航人》。

事实上，学界对库柏的《皮裹腿故事集》并不陌生，且已有大量研究成果，但对于库柏的海洋小说《领航人》而言，国外研究少见②，国内则鲜有研究③。《领航人》（*The Pilot*，1924）既是一部海洋小说，也是一部洋溢着爱国热情的历史小说。小说主要以美国的独立战争为背景，讲述了以领航人为代表的美国水手突袭英国海岛上的贵族军官，随后在海上多次纠缠并最终获得胜利的故事。库柏在该小说中对惊涛骇浪的海面、峥嵘陡峭的涯岸、硝烟四起的海战、危机四伏的航行等场面的描写既生动逼真，又扣人心弦。同时，小说结构复杂、情节曲折、人物生动、场面震撼。语象叙事方法在小说中得到淋漓尽致的体现。正因如此，作为海洋小说的先驱，库柏极大地影响了赫尔曼·梅尔维尔和约瑟夫·康拉德等作家（Parini，2011：310）。国内外现有的关于《领航人》的研究主要是从宏观层面上指出库柏在该小说中塑造了海洋英雄

---

① 即 *The Leatherstocking Tales*，又译《皮裹腿故事集/系列故事》，包括五部小说：《拓荒者》《最后的莫西干人》（*The Last of the Mohicans*，1826）、《大草原》（*The Prairie*，1827）、《探路人》（*The Pathfinder*，1840）和《杀鹿人》（*The Deerslayer*，1841）。

② 目前国外对《领航人》的研究主要有：美国海洋文学专家菲尔布莱克（Thomas Fhilbrick）的专著《库柏与美国海洋文学的发展》（*James Fenimore Cooper and the Development of American Sea Fiction*，1961）。

③ 目前国内对《领航人》的研究主要有：段波的《忠诚还是背叛——论库柏〈领航人〉中的伦理两难及其历史隐喻》《论库柏小说中的海洋文化型构》《库柏海洋小说中的海权思想》《库柏小说中的海洋民族主义思想探析》，黄叶青的《海洋小说〈领航人〉中的空间书写与身份认同》，另散见于段波的《从陆地到海洋——库柏小说中的边疆及其国家意识的演变》《詹姆斯·库柏的海洋书写与国家想象》《库柏的海洋文学作品与国家建构》，侯杰的《美国 19 世纪的文学地图对美国海洋空间建构的作用》等。

形象，弘扬了海洋民族主义精神（如 Thomas Fhilbrick）；开创了一种新的小说文类（如段波、张陟等）；此外，还有学者认为该小说体现了美国殖民霸权的形成和帝国主义扩张的倾向（如段波）。但是这些研究都忽视了库柏在《领航人》中刻意塑造的主要人物的复杂身份，以及有意设定的重要角色的特殊结局，这些都体现出库柏对美国独立革命时期人民的个人身份困境和国家身份困境的焦虑，同时展现出库柏对新兴国家的初步构想。

小说中的主人公领航人虽无名无姓，但通过他的心上人爱丽丝对他的称呼（约翰），结合历史事实，我们可以得知这位领航人的原型是美国独立战争时期的海军英雄——船长约翰·保罗·琼斯（John Paul Jones，1747—1792）。不过，有趣的是，这位享有美国民族英雄之誉的船长其实是个地道的苏格兰人。他是苏格兰一个种植园工人的儿子，13岁就当了水手，很早就表现出过人的天赋，因打架斗殴犯了谋杀罪，跑到美国后改姓琼斯。琼斯的一生虽短暂，但辉煌，尽管大多数时候充满了失意与挫折，但他的勇猛作风和战斗精神始终为后人所推崇，琼斯的传世名言"In Harms Way"后来也成了美国海军的座右铭。[①] 可见，库柏选择这样一位真实的历史英雄人物作为《领航人》的主人公有其真实背景。不仅如此，库柏选择琼斯作为领航人的原型，也有其特殊用意。

在 1776 年独立战争爆发前，美国还没有一支真正意义上的海军，而琼斯在当时的美国却能被称为"美国海军之父"，成为美国海军建军

---

① 详见 https：//baike. baidu. com/item/% E7% BA% A6% E7% BF% B0% C2% B7% E4% BF%9D% E7% BD%97% C2% B7% E7% 90% BC% E6% 96% AF/8793452？ fr = aladdin。

史中的关键人物。① 投身大陆海军后，琼斯先后在快速巡航舰"阿尔弗雷德"号和"普罗维登斯"号上服役，并获得了上尉军衔；刚满21岁就被正式任命为排水量318.5吨的单桅船"突击者"号的船长。在同一天，国会决定以星条旗作为美国的国旗，"突击者"号有幸成了第一艘悬挂这面旗帜的舰艇；法王路易十六对琼斯也十分赏识，特拨2艘军舰归他指挥。尽管琼斯是一位海上英雄式的传奇人物这一点毋庸置疑，但在《领航人》中，库柏对琼斯的态度却是矛盾的。

首先，库柏认可领航人超凡的能力。在小说中，当"阿瑞尔"号遭遇困难时，是领航人带领一船水手平安化险为夷。"舰上的人现在都清楚了，他们是在一个谙熟航海的人的导引下行船，因此信心越来越足。"（库柏，1984：53）"毫无疑问，这条舰是被他控制住了。"（ibid：53）"在这种情形下一个人能取得左右旁人的力量，完全要靠无比的坚定沉着和登峰造极的指挥艺术。"（ibid：53）但库柏对领航人的认可却是始终和对其质疑交织在一起的。在领航人尚未出场的时候，小说便借"阿瑞尔"号的舰长巴恩斯泰伯之口，以"对一个背叛自己祖国的人也不大信得过（ibid：12）"为由，质疑了领航人的身份与动机。领航人第一次开口说话，要求水手们听他命令停桨时，舰长巴恩斯泰伯表示出不满，"领航员先生，这样行船难倒不难，可是我没有得到命令，谁去向蒙孙舰长解释，我这样做是正当的呢？"（ibid：25）。尽管后来领航人凭借自己丰富的航海经验和坚决的战斗精神，带领水手们脱离险境，但他还是未被所有人认可。这其中不仅包括自己的同伴，也包括自己的心上人爱丽丝·邓丝蔻姆。在小说中，领航人和爱丽丝的两段针锋相对

---

① 罗伊·W. 康奈尔. 美国海军礼仪、传统与习惯［M］. 仇昊，译. 北京：海潮出版社，2009：438.

的激烈对话可谓是整部小说中的精华之处。当领航人乔装打扮闯入霍华德上校在英国海岛上的一座修道院后，他在被关押的房间里第一次和爱丽丝重逢，爱丽丝见到他的第一句话却是："你怎么这样大胆，竟敢冒犯你国家法律的虎威？你那残忍的性格又在驱使你干什么伤天害理的事情吗？（ibid：160）"曾经的恋人时隔多年再度相见时，完全没有读者想象中应有的那种激动人心和缠绵悱恻，言辞却是如此激烈。可见，在爱丽丝眼中，领航人的行为动机是有问题的。随后，爱丽丝还认为领航人"为了达到那个肮脏的目的，把灾难带到曾经熟悉敬重的人的家门口来了（ibid：161）"，爱丽丝见领航人如此坚决，就试图通过说服领航人回忆往事，进而重新"归顺朝廷、重返故乡，为君主效忠（ibid：170）"，可领航人却坚决地让她"打消这种愚蠢的念头！（ibid）"。小说中，爱丽丝虽然出生于美国，但却始终坚信宗主国大英帝国的国王才是庄严圣洁的，为独立而战的美国人则都是叛乱者，是"逆子"（ibid：162）。

领航人的身份困境始于其同伴的质疑，在爱丽丝对其态度中进一步加深。他生于英国，服务于美国，身上虽留着英帝国的血液，但骨子里却站在美国独立这一边，但无论是宗主国英国还是他倾其所有为之奋斗的美国都没有给其立足之地，最终，他客死异乡。领航人虽有祖国，但被同胞视为叛徒；虽有爱人，但对方却不接受认可自己；虽有朋友，但不信任自己。领航人虽一直拒绝本族身份，努力融入他者文化，但他仍被排斥在美利坚民族之外。此外，将领航人和爱丽丝进行对比后可发现，生于美国本土的爱丽丝却反对美国独立，认同英国的统治；而生于英国的领航人却为了美国独立浴血奋战，这不只是讽刺，更是库柏希望在小说中展示出的独立革命时期殖民地人民的个人身份困境和国家身份困境。

　　除了个人身份困境，库柏还在《领航人》中通过对出现次数多不胜数的"背叛"和"忠诚"二词的探讨，展现了自己对独立革命战争的矛盾态度，同时折射出独立革命时期美国的国家身份困境。对"背叛"和"忠诚"二词的探讨主要集中在小说中人物间的对话上。

　　在殖民地土生土长的亲英派贵族霍华德上校的眼中，独立革命无异于儿子弑父般的叛逆行为。身上流着英国血液，却加入美国争取独立洪流的代表人物格里菲斯的父亲是英国皇家海军军官，当霍华德上校发现格里菲斯成为美军中一员时，他感慨道，"我打心坎里怜悯他，他是个孩子……他是在他父亲的舰上长大的，受到皇家海军的训练，从中学会了怎样调转枪口来反对他的君主（ibid：122）""格里菲斯！受人尊敬、英勇忠诚的修·格里菲斯的儿子成了阶下囚，他竟然拿起武器来反对他的君主！（ibid：258）"。格里菲斯在霍华德上校眼里无异于一个让格里菲斯家族蒙上奇耻大辱的叛贼。当格里菲斯和霍华德上校就独立革命的性质展开辩论时，霍华德上校义正词严地说："这场战争！这是一场什么样的战争呢？这难道不是一场妄想否认我们仁慈君主的权利，而把在狗窝里养大的暴君扶上王位的可恶的企图吗？这难道不是一个损害好人、抬举坏人的诡计，一个以神圣的自由作幌子、高喊平等作掩护，来煽动邪恶野心的奸谋吗？（ibid：259 – 60）"而格里菲斯则认为，霍华德上校给他们所做出的裁决太"苛刻"（ibid：260）了。格里菲斯认为自己与美国人称兄道弟是由于美国人是"为了捍卫人性而战斗（ibid：237）"，若非如此，格里菲斯断不会站在美国这一边。可见，在出生于英国的格里菲斯眼中，美国独立革命是伟大的，他始终坚信自己在为自己的国家出力，他认为自己"对美国的解放事业忠心耿耿（ibid：83）"，甚至搭上自己的姓氏作为保证，他早已把美国视为自己的国家。而殖民地土生土长的霍华德上校却将独立革命视为洪水猛兽。出身不同、背景不同的格里菲斯和霍华德上校二人的立场也完全相悖，矛盾冲突不可协调。

我们再看看领航人和爱丽丝二人是如何看待"忠诚"与"背叛"的。当爱丽丝离开她的好友塞西莉亚，跟着领航人到了一处离海军陆战队队员不远的地方，他们的第二次谈话内容更是直指美国独立革命的核心问题。爱丽丝认为，独立革命时期领航人名扬四海都是用"天然君主的臣民的血（ibid：408）"换来的，但领航人却认为那是"为专制暴政卖命的奴才们的血、自由的敌人的血"换来的。领航人眼中的爱丽丝是"埋下了第一批奴隶的种子（ibid：409）"，"一个缺少独立精神的女人，辱没了人的称号"，领航人始终坚信维护自由、反抗暴政，这也的确激励了独立战争时期的美国人，但正如领航人和爱丽丝的激烈争论一样，美国建国前宗主国英国与殖民地关于殖民地的属性的思想争论也深刻地反映在小说中。

霍华德上校为了向英国表忠心而背叛自己土生土长的北美殖民地，领航人背叛英格兰而加入到殖民地的反英力量中，出生英国的爱丽思因向恋人领航人通风报信而背叛英国，出生英国的格里菲斯和塞西莉亚等人拿起武器反抗自己的祖国（英国）。小说中每个人物角色都面临着自己的身份困境，也正是这些错综复杂、相互缠绕的身份困境，使得库柏在小说中展现出独立革命时期美国特殊的国家身份困境。

对于当时的亲英反美派而言，英国是北美殖民地的宗主国，而殖民地人民则是宗主国的臣子和仆人，必须附属并忠实于宗主国。因此，在这些亲英反美派看来，殖民地试图为争取独立而产生的叛乱是大逆不道的行为（如小说中的霍华德上校）。但是，在英国议会内部也有一个同情和支持殖民地反英立场的群体①（如小说中的领航人和格里菲斯）。同样，北美殖民地内部对是应当继续依附于宗主国还是独立也同样存在矛盾和争议。殖民地中的保守派希望继续效忠英王，继续保持殖民地附属国的身份（如小说中的爱丽丝），尤其以约翰·迪金森为首的来自中部殖民地的代表特别不愿在建立独立国家这方面采取任何步骤（冯泽辉，2002：42）。而与殖民地保守派相反，激进派则认为殖民地应当通过战争获得独立，成为一个新的国家（如小说中的巴恩斯泰伯）。托马斯·潘恩就曾在《常识》中痛斥保守派，认为"关于和解的好处已经说了很多，然而它像个美梦一样已经离我们而去"（潘恩，2010：20）。"当我们决定放弃争论转而拿起武器来解决这件事情的时候，一个新的政治时代开始了，一种新的思考方式诞生了。"（潘恩，2010：20）

尽管通过《领航人》中库柏对独立革命时期革命精神的描写，我们可以看到库柏对美国独立这一事件的认同，但库柏在小说中仍然展现出其保守的一面。如库柏在小说中设置了格里菲斯和塞西莉亚②二人的婚姻，并让格里菲斯最终继承了霍华德上校的丰厚遗产，过上了幸福生活。如前文所述，格里菲斯和霍华德上校之间的矛盾可谓是无法化解，两人立场截然不同，价值观相异，但最终霍华德上校却同意格里菲斯和其侄女结合。E. M. 福斯特曾言，"死亡和婚姻"是小说的两样法宝（福斯特，2019：90），当人物已然超出作者的掌控，起步结局处就显得难以为继。但库柏在《领航人》中对这场婚姻的设计，似乎不是由于他无法掌控小说中的人物，而是由于库柏意识到，这两个不同身份、

---

① 李剑鸣. 美国独立战争爆发前的政治辩论及其意义［J］. 历史研究，2000（4）：74.

② 塞西莉亚是小说中霍华德上校的侄女，也是其家族唯一的继承人，她与格里菲斯的婚姻是在船上经过霍华德上校许可，通过牧师主持而成的。

血统的人之间的矛盾不可调和，只有通过婚姻这一手段实现两者的共生共存。这恐怕是库柏为寻求独立革命期间不同政治派别之间保持平衡的一种设想。此外，库柏的许多小说中都有继承财产的内容。在《领航人》中，格里菲斯迎娶塞西莉亚后获得霍华德上校的遗产这一情节也是库柏有意设置的。财产继承是任何一个法治社会里的公民都自然享有的权利，公民的财产权是受法律保障的，是神圣不可侵犯的（段波，2013：101）。此外，也是最重要的一点，库柏在该小说中设置格里菲斯继承霍华德上校财产这一情节，似是为了对新兴美利坚合众国身份的延续性进行初步构想。美国和英国在政治文化体制和传统上同根同源，因此，在小说中的个人财产实则为国家传统，格里菲斯继承的霍华德上校的遗产即美国延续的英国传统。值得一提的是，在爱丽丝和领航人争论时，领航人曾说，"我拿起武器是为了我的朋友和同胞的共同事业；我们虽然远隔重洋，但是属于同一个血统的民族，我们有共同的祖先……"（库柏，1984：164），可见，在库柏的心中，尽管对独立革命持肯定态度，但他仍旧认为美国终究无法彻底脱离英国的影响，始终要承接英国的传统，以延续新兴国家的合理身份。

作家们试图通过利用美国过去的历史记忆片段来重塑国家历史，并以此来构建一个想象的美国存在，这正是库柏海洋小说的一个显著特点，即不断在包括海洋小说在内的各种小说文类中建构美国身份和文化属性（段波，2011：99）。而库柏生活的年代在美国历史上正是美国作为一个崭新的独立国家逐步在社会变革中形成自己的民族文化的时代（张冲，2001：236）。因此，要想了解库柏在《领航人》中是如何展现自己的国家构想，就应了解库柏在小说中故意设定的几个关键的反转情节以及库柏所处时代的特殊环境。

　　小说中较早登场的一个关键人物名叫汤姆·科芬（Tom Coffin）[①]，也被其他人称为"汤姆之子"。他是殖民地土生土长的水手，也是"阿瑞尔"号上的艇长。根据小说中第 2 章的描述，汤姆是一位可怕的水手，当他慢慢从艇长的位置上站起来时，"他的身体好像是折了无数叠，站起来时一叠一叠地慢慢展开，最后巍然耸立，从头到脚差不多有六尺六寸[②]高……他的身躯没有一个健美男子所应有的那种丰满，不过两只大手上的骨头和肌腱，使人感到他力大无穷"（库柏，1984：11）。此外，小说中在描述汤姆时还多次提到他手上握着一支明晃晃的鱼叉，甚至有一次还将这只鱼叉比喻成"三叉戟"（ibid：225），这不禁让人联想到那位古希腊神话中的海神波塞冬，当他挥动三叉戟时，不但能轻易掀起滔天巨浪，更能引起风暴和海啸，使大陆沉没，天地崩裂，还能将万物打得粉碎，甚至引发大地震，而当他的战车在大海上奔驰时，波浪会变得平静。在小说第 17 章，汤姆上演了碧海杀鲸的惊险一幕，又在第 18 章与英军舰激烈交锋时挺身而出，决然用他的鱼叉将对方的艇长深深扎入桅杆中。

　　可是，拥有如此形象和力量的汤姆在小说情节中的走向却并不符合读者的期待，库柏对汤姆的塑造也是矛盾的。这位堪比海神的大个头虽然是个捕鲸能手[③]，力大无穷，但却有着致命的弱点，那就是迷信和听天由命。当英美军舰在海上再次交锋时，"阿瑞尔"号被对方的炮弹击中，险些沉没，巴恩斯泰伯率领其他船员纷纷跳水寻求一线生机，但汤姆却始终站在船上，就像汤姆自己说的那样，"死在我的棺材里，倘若这就是上帝的旨意的话。我对大海的感情就如同你对陆地的感情一样。

---

① 这一英文名有引申义，即"棺材"。
② 六尺六寸约为 2.2 米。
③ 在小说中，汤姆可掠杀白头鲸鱼。

我是在大海上出生的，我常想波涛应该成为我的葬身之地"（ibid：320）。面对生的希望，汤姆却选择了和船共存亡，而这在库柏眼中却并不是英雄主义式的行为，而是一种个体缺陷导致的命中注定的结局，就像汤姆死后，一个无名的小兵所说，"是他迷信鬼神所产生的自傲心理"（ibid：295）最终害死了他。

汤姆这一土生土长的殖民地水手，身份鲜明。从血统上来看，他是纯粹的美国人；从阶层上来看，他是平民，尽管身强体壮，却难掩致命弱点，最终死在海中。为何库柏给汤姆设定了如此结局？库柏似乎有意通过对汤姆这一人物形象的展现，传达其对平民阶层在革命中和革命后的态度。水手象征的平民阶层既是独立革命赖以需要的力量，但同时又是社会的潜在毁灭者。比如，该小说既有渲染水手如何服从上级的指挥和命令，站在统一战线抵抗外来袭击，也有描述一些水手不服从上级的细节。可见，对库柏而言，水手们象征的平民阶层对美国的独立革命虽具有重要性，但却存在相当大的问题。

除了汤姆，库柏在小说结局把主人公领航人也"写死"了，而且对领航人的死，库柏只是非常简单地一笔带过。大约在小说主线情节发生后的十二年左右，"有一次格里菲斯在随便翻阅报纸，他的妻子塞西莉亚看到他把手中的一叠报纸放了下来，慢慢用手去抚摸前额，好像有什么往事浮上了心头，又好像在努力回想那早已淡漠了的形象"（ibid：483）。塞西莉亚惊讶于格里菲斯的不安举动，便询问他在报纸上看到了什么。读者在这里才真正得知领航人的死讯。更令人吃惊的是，对待曾经和自己有过并肩作战经历的领航人之死，格里菲斯表现出的并不是遗憾和痛苦。"他效忠美国是为了想出名，是受着他那无法控制的感情驱使才那样干的，或许还有一点像他说的那样：他自己的同胞待他不公正，他要出一出怨气。他是否真的热爱自由，也许很值得怀疑；因为如果说他的业绩是以为这个自由合众国的事业奋斗开始的，它却以替一个专制暴君效力而告终！……他是一个活着要求别人信守保密的诺言，死后别人也不能将秘密公开的人。"（ibid：484）叱咤一生的传奇人物却死得无声无息，对其死讯，库柏也仅仅通过格里菲斯之口进行评价，且这些评价还是负面的，这不禁令人感到唏嘘和惊讶。为何小说中的领航人作为主角，最终的归宿却如此凄惨。恐怕这也是库柏有意为之。

《领航人》（*The Pilot*）作为这本小说的题名，意义深远。"pilot"①一词本就有"领航员、驾驶员、舵手"之意，它同时还有"向导（guide）；领导（leader）"之意。库柏眼中的"领航人"不仅指书中的那个实实在在的能够带领水手和船员驰骋于浩瀚大海，骁勇善战的领航人，更涵盖了新兴的美利坚合众国这一国家之船的"领航人"。而库柏在小说中给领航人赋予一个死亡的结局，似在说明，新兴的美利坚合众国的"领航人"不应由小说中的那位领航人为代表的人来担任，那么谁才是库柏眼中的国家之船的"领航人"呢？就在库柏写作《领航人》的时刻，这个扩张中的新兴合众国不仅初具规模，并且还继续处于急速扩张之中。由农民、小商人、手工业者等组成的平民阶层逐渐崛起，他们更为关注自身的政治与社会地位。在这种背景下，1828 年安德鲁·杰克逊当选美国总统，意味着美国政治力量发生了一次重新组合，也标志着民主党最终成为一个全国性的大党（张友伦，2002：154）。尽管《领航人》在出版前，杰克逊还并未当选，但在该小说中，库柏却似乎预料到平民阶层具备的可怕力量，给了汤姆和领航人反转的结局，同时赋予格里菲斯幸福的结局，似在暗示自己对建国后的美利坚合众国的政治构想。

---

① 对"pilot"一词的释义详见《新牛津词典》。

库柏作为 19 世纪美国最重要的作家，著作颇丰，影响巨大，他对于美国历史与文明的建立不仅十分关注，而且做出了巨大的贡献。库柏一生都是美国民主制度的捍卫者，反对欧洲贵族统治和本土的蛊惑人心的政治活动（Baym，2007：987）。作为库柏海洋小说代表作的《领航人》通过生动的海上战争场面描写、丰富的人物性格刻画、传神的人物对话展现，折射出独立革命战争时期的殖民地人民个人身份困境和国家身份困境，这两种身份错综复杂，相互交织，同时还反映出库柏对独立后的美国这一新兴国家的初步构想。

三、《贝尼托·切里诺》中的语象叙事与梅尔维尔种族观新解

赫尔曼·梅尔维尔（Herman Melville，1819—1891）是世界文学史上的经典作家，也是美国 19 世纪中期唯一一位在其几乎所有中、长篇小说①中都对"有色人种"②展开细致描写的白人男性作家③。其中，

①　梅尔维尔的中、长篇小说及小说集有《泰比》（*Typee*，1846）、《奥穆》（*Omoo*，1847）、《玛迪》（*Mardi*，1849）、《雷德伯恩》（*Redburn*，1849）、《白夹克》（*White Jacket*，1850）、《白鲸》（*Moby‑Dick*，1851）、《皮埃尔》（*Pierre*，1852）、《伊斯雷尔·波特》（*Israel Potter*，1855）、《广场故事集》（*Piazza Tales*，1856）、《骗子》（*The Confidence‑Man*，1857）、《比利·巴德》（*Billy Budd*，1924）。只有《广场故事集》中的小说《书记员巴特尔比》中没有直接提及黑人。

②　事实上，"有色人种"一词已经过时，但由于在本节语境下对肤色为非白色的人种没有更合适的表述，因此，笔者在本文中特使用"有色人种"一词，以泛指那些在美国人眼中肤色非白色的人。

③　这里所指的白人男性作家并非刻意强调梅尔维尔的男性身份，而是其白人身份。与梅尔维尔同时代的作家中也有女性作家在作品中涉及黑人问题。如哈里叶特·比彻·斯托（Harriet Beecher Stowe，1811—1896）就曾在《汤姆叔叔的小屋》（*Uncle Tom's Cabin；or，Life Among the Lowly*，1852）中生动刻画了黑人形象。

《贝尼托·切里诺》(*Benito Cereno*，1956)① 又是其唯——部以黑人问题为主题的小说。小说取材于新英格兰船长亚玛撒·德拉诺（Amasa Delano）的《南北半球航行记》（*Narrative of Voyages and Travels in the Northern and Southern Hemispheres*，1817，以下简称《航行记》），讲述了西班牙运奴船上的黑人奴隶在南美洲海岸附近发动起义的故事。

国外学界对该小说的争议较多，这些争议主要涉及以下四个方面：一是对小说中的奴隶制和美国天命观进行剖析，如罗金（Rogin）和埃默里（Emery）指出该小说在检视奴隶制问题之外还盘查了美国人对于天命观的错误信仰，威尔士（Welsh）认为尽管梅尔维尔对奴隶制持反对态度，但他并非废奴主义者；二是对小说中的黑人形象进行分析，如朱克特（Zuckert）认为黑人巴波具备领袖素养，辛普森（Simpson）和约翰逊（Johnson）则指出梅尔维尔在小说中塑造的黑人形象是多方面的、复杂的个体，既非纯粹的善，也非纯粹的恶；三是对小说中的罪恶主题展开研究，如卡普兰（Kaplan）认为黑人并非邪恶之源，黑色（blackness）的邪恶才是美国的国罪；四是对小说中的种族观进行分析，如莱斯利和斯塔基（Leslie and Stuckey）深入剖析了融合美国种族主义在内的各种潮流，并对小说进行了多样化阐释，斯托弗（Stauffer）认为梅尔维尔在小说中试图打破黑人与白人、奴隶与自由的二分法，同时又不加剧地区间的紧张关系。这些研究对该小说的分析视角比较多元，但都未关注到梅尔维尔在小说中为呼应废奴运动而反映出的渐进主义倾向。而国内对该小说的研究并不多见，且研究主要集中于该小说对种族

---

① 《贝尼托·切里诺》取自《广场故事集》，该小说集中还有另外五篇小说：《广场》（*The Piazza*）、《书记员巴特尔比》（*Bartleby the Scrivener*）、《避雷针商人》（*The Lightning – Rod Man*）、《恩坎塔达斯或魔法群岛》（*The Encantadas or Enchanted Isles*）和《钟楼》（*The Bell – Tower*）。

歧视的揭露，如彭建辉、王璞；对"种族优越论"谎言的批判，如彭建辉；对蓄奴制的憎恨，如林元富；对白人与黑人平等的世界呼吁，如张云雷以及对权力之恶的探讨，如胡亚敏等。这类研究普遍存在两个问题：一是对小说的解读主要基于现代立场，试图挖掘后殖民语境下作家的种族立场，却未真正回到当时的社会历史语境。的确，"21 世纪的读者不必像他（梅尔维尔）同时代的人那样解读梅尔维尔的作品，但我们也不必坚持认为他们应该领会我们在其中看到的或希望看到的东西"（Hayes，208：114）①。二是未重视梅尔维尔在创作该小说时所参照的真实历史文本《航行记》，在脱离历史文本的基础上对小说展开片面分析，分析无法深入梅尔维尔的创作意图和动机。在笔者的阅读范围内，国内外分别仅有一篇文章（Scudder② 和韩敏中③）在研究中将小说和真实历史文本进行对照，但得出的结论却有差异。

　　《贝尼托·切里诺》被认为是梅尔维尔"最好的作品之一"（Sterling，2009：213）④，梅尔维尔在小说中对《航行记》进行了创造性重述。诚如梅尔维尔在小说《骗子》（*The Confidence - Man*，1857）中所言，在重述一个故事时"希望能用自己的话说出来"（Melville，1984：209）⑤。那么，梅尔维尔为何要重述《航行记》中记录的事件？他又是

---

①　KEVIN J. Hayes. Herman Melville in Context［M］. Cambridge：Cambridge University Press，2018.

②　HAROLD H. Scudder. Melville's Benito Cereno and Captain Delano's Voyages［J］. PMLA，1928，43（2）.

③　韩敏中. 黑奴暴动和"黑修士"——在后殖民语境中读麦尔维尔的《贝尼托·塞莱诺》［J］. 外国文学评论，2005（4）.

④　STERLENG L A. How to Write about Herman Melville［M］. New York：Bloom's Literary Criticism，2009.

⑤　MELVILLE H，HAYFORD H，HERSHEL P，et al. The Confidence - Man，His Masquerade：Writings of Herman Melville［M］. Evanston：Northwestern University Press，1984.

如何重述的？他改变了什么，语象叙事手法又是如何在小说中得以体现的？又保留了什么？本书将小说《贝尼托·切里诺》和历史文本《航行记》进行对比研究后发现，梅尔维尔在小说中对历史文本中的事件进行了复杂的艺术加工，因此本书将从梅尔维尔对叙事视角、人物形象、叙述内容三个方面的艺术加工展开分析，通过对比该小说与历史文本间的差异，揭示梅尔维尔的种族观。

（一）叙事视角的彻底实验：白人中心视角下对奴隶制的批判

小说《贝尼托·切里诺》根据德拉诺《航行记》中的第 18 章改编而成，后者记载了两起在海上发生的黑人奴隶起义事件。美国白人船长德拉诺在南美洲的海滩上偶遇一艘运送黑奴的西班牙船"特里尔号"（即小说中的"圣多明尼克号"）。由于该船在航行过程中遭遇了一系列麻烦，如严重缺水、船员染病等，德拉诺便带物资登上该船对船长贝尼托·切里诺给予帮助。在德拉诺解决完麻烦并准备返回自己的船只上时，切里诺却突然跟着他跳下船，此时，德拉诺才明白船上的黑奴发动了起义，经过一番激烈的争斗，两位船长连同其他白人船员将所有黑奴制伏，最后，黑奴在法庭上因叛乱被判处绞刑。令人惊讶的是，在这次起义之前黑奴们其实早已爆发过一次起义，并杀害了很多白人船员，切里诺也被迫在黑奴巴波的威胁下继续扮演主仆角色以躲过德拉诺的怀疑。

尽管小说《贝尼托·切里诺》和《航行记》的故事梗概大体相同，但两者的视角差别巨大。《航行记》中除官方材料之外的文字始终是以第一人称外视角进行记录的，通篇都是德拉诺等人对所经历之事的回忆，在事件之外没有任何视角的转换。而梅尔维尔在小说《贝尼托·

切里诺》中对叙事视角进行了"彻底实验"（Hayes，2007：77）①，小说的前半段故事保留了德拉诺的视角，作为读者，我们只能跟随德拉诺的眼睛看到事情的经过。不论是初次看到"圣多明尼克号"时周围的灰败景象，还是登上船后看到的黑人奴隶各司其职的场景，抑或是切里诺和巴波之间令人羡慕的主仆关系，读者目所能及之处皆为德拉诺的眼睛所接收到的信号，而在德拉诺视线范围之外的事物读者同样无法感知。在小说中，梅尔维尔选择了内视角中的第三人称"固定性人物有限视角"（申丹，2004：60）②，可见，梅尔维尔并不希望读者看到隐藏在故事背后的所有内容，从而达到增加悬念、吸引读者的效果。这一效果加强了读者，尤其是白人读者阅读时的焦虑和恐惧感，为作家的创作意图和动机做出铺垫。

在小说后半段，切里诺给法庭提供的证词出现了视角转换，即从白人船长切里诺的视角来回忆整个奴隶起义的经过，且毫无痕迹地插入船上其余白人船员的证词，自然而然地强化了事件的真实性，让读者无法认同黑奴起义的合理性或合法性。曾有学者指出，小说反映出黑人"具备和白人一样的人类天性"，"对生命权、自由权和幸福权有着跟白人一样深切的渴望"（张云雷，2017：496）③，可若真是这样，梅尔维尔为何不直接通过黑奴巴波的视角来呈现整个故事呢？如果梅尔维尔的确意在表露对黑人的同情甚至赞美，恐怕使用黑人视角更合适。毕竟，巴波才是推动整个故事发展的核心人物，他才是那个编造了"圣多明

---

① HAYES K J. The Cambridge Introduction to Herman Melville ［M］. Cambridge：Cambridge University Press，2007.

② 申丹. 视角 ［J］. 外国文学，2004（3）.

③ 张云雷. 黑人的平等人性和政治智慧——《切雷诺》中的革命 ［J］. 沈阳大学学报（社会科学版），2017（4）.

尼克号"上整起故事的人，也是那个带头欺骗德拉诺的人。但小说多次转换的叙事视角中却从未出现过黑人视角，梅尔维尔想告诉读者的似乎并非黑人与白人具有同等权利，而是通过不断强化白人视角下的奴隶伪装和奴隶起义，使得黑人无法发声，淹没在文本之中。当然，黑人也并非完全没有声音，小说结尾处有一段对巴波死后场景的描述："几个月后，那黑人被系在一匹骡子的尾巴上，拖到绞刑架绞死了，临死他也没有说话。他的身体被烧成灰烬；但是，他的头颅，那个精明的蜂窝，被钉在广场柱子上，挂了许多天，满不在乎地接受白人们的注视。"（梅尔维尔，2015：295）① 这里的"注视"（gaze）一词别有深意。"gaze"在文学中本就是一个复杂、多义的词，涉及身体、性别、心理、文化、权力之争。在小说结尾处出现这样一个饱含复杂意义的词不得不说是梅尔维尔赋予小说的点睛之笔，也只有在这句话出现时，小说的视角才短暂地切换到黑奴巴波，尽管这种视角并未产生更多的有声叙述。"满不在乎"和"注视"放在一起，形成了强烈对比，黑人的"满不在乎"和白人的"注视"体现了黑人和白人权力的矛盾冲突，会让读者，尤其是白人读者自然萌生出恐慌感，似乎巴波那颗被挂在柱子上的头颅正面向自己，"满不在乎地"接受着自己的"注视"。这一强烈的画面感很难不让白人读者感到不适和惧怕。梅尔维尔通过这幅注视与被注视的画面告诉读者，无论奴隶起义是否失败，最终结果都只会是两败俱伤，黑人直面死亡，而白人永远无法心安。在小说的最后，切里诺回答德拉诺是什么使他仍感到害怕时，回答的是"blackness"（黑人/黑色/黑暗），而巴波死后三个月，切里诺也离开人世。读者读到这里，难免

---

① 赫尔曼·梅尔维尔. 水手比利·巴德——梅尔维尔中短篇小说精选［M］. 陈晓霜，译，北京：新华出版社，2015.

会感到唏嘘，一场奴隶伪装和起义的闹剧终于落下帷幕，可白人和黑人的结局并无区别。

梅尔维尔在小说中进行的视角设定从头至尾都未涉及黑人视角，而是始终基于白人中心主义视角。可见梅尔维尔并非意在表达黑人与白人的平等问题，而是使读者，尤其是白人读者在阅读中产生共鸣，即在阅读故事时对黑人起义事件的暴力性和由此引发的对白人世界的冲击感同身受，以此强化对奴隶制和奴役关系的批判。然而，这种批判并非基于对黑人奴隶的同情和对平等世界的呼吁，而是基于白人中心视角下的对白人世界稳定性的诉求。也就是说，黑人起义是否会造成黑人独立并不是梅尔维尔关注的重点，他关注的是黑人起义对白人世界稳定性的动摇。没有奴隶制就没有黑人起义，白人世界才能和谐稳固。

（二）人物形象的改头换面：对"刻板印象"的驳斥

首先，梅尔维尔将德拉诺塑造成了一个与历史上真实的德拉诺船长完全不同的人。在《航行记》中，德拉诺一上船就对"特里尔号"上黑人的怪异举动产生了本能怀疑，当船上的黑人一直跟在他和切里诺的身边时，他表示，要是在别的时候，他"一定会立刻感到厌恶的"（Delano，1817：329）①。而小说中的德拉诺却是一个对黑人"刻板印象"深入骨髓的美国北方白人形象。自德拉诺登上"圣多明尼克号"伊始，他就关注到船上为数众多的黑人，尤其是切里诺的专属黑奴巴波。德拉诺眼中的巴波在照顾切里诺时是"诚挚""热情"（梅尔维尔，2015：154）②、"忠诚"（ibid，2015：160）、"尽职尽责"（ibid，2015：

---

① DELANO A. A Narrative of Voyages and Travels in the Northern and Southern Hemispheres ［M］. Boston：E. G. House，1817.

② 赫尔曼·梅尔维尔. 水手比利·巴德——梅尔维尔中短篇小说精选［M］. 陈晓霜，译. 北京：新华出版社，2015.

177）的，是"世界上最讨人喜欢的贴身仆人""忠心耿耿的伴侣"（ibid，2015：154）、"天生的好脾气""头脑简单""没有野心且易于满足"（ibid，2015：194）。此外，小说中的德拉诺回忆起自己曾经在家乡看到黑人干活或游戏时，内心感到"心满意足"（ibid.），如果在航行中偶遇黑人水手，他也会与之友好相处。然而，德拉诺对黑人的这种喜爱，用他自己的话来说，"不是出于慈善，而是感到很亲切，如同其他人喜欢纽芬兰狗一样"（ibid，2015：195）。但德拉诺同时也承认，如果白人的血和非洲人的血混合在一起，会产生"让人伤心的后果"，这就"好像在黑色的汤里倒入恶毒的酸性物质……也许改善了皮肤，但是没有让他们更健康"（ibid，2015：201）。

白人对黑人的复杂态度以及对黑人的这种"刻板印象"在南北战争前的美国北方十分常见，本就出生于北方的德拉诺会有这种"刻板印象"也就不足为奇。威廉·埃勒里·钱宁（William Ellery Channing）就曾在《蓄奴制》（*On Slavery*，1835）一书中指出，"非洲人感情丰富、善于模仿，而且温良恭顺"（伯科维奇，2008：282）[①]。在小说中，尽管德拉诺眼中的黑人是温顺谦逊、恪尽职守、忠诚包容的，但这种美好印象实则是基于一种不平等的种族观。德拉诺首先是将黑人视为黑人，认为黑人相较白人而言本来就低一等，正因如此，黑人才天生适合做奴仆，而只有好脾气、头脑简单的黑人才能守好自己的天职——效忠于自己的主人。此外，在小说中，当德拉诺怀疑切里诺可能伙同船上的黑人谋害自己时，他脑中一闪而过："谁曾听说一个白人会如此离经叛道，以至于和黑人拉帮结派，与自己种族的人对抗呢？"（伯科维奇，

---

① 萨克文·伯科维奇. 剑桥美国文学史（第二卷）［M］. 史志康等，译. 北京：中央编译出版社，2008.

2008：184）可见，尽管德拉诺的确承认奴隶制"在人心中产生了邪恶的暴怒"（ibid：200），"在人类身上滋生出丑陋的欲望"（ibid：194），但他并非真正关心黑奴的苦难生活，他甚至明确表示自己"嫉妒"（ibid：160）切里诺能够拥有巴波这样的朋友，还希望可以花一千金币从切里诺手中购买巴波。正如克拉曼所说，当时"几乎所有北方人都承认，南方人拥有奴隶，这是他们必须保护的财产"（克拉曼，2019：22）①。德拉诺的这种"刻板印象"，即认为黑人是头脑简单、智力低下、自然温顺、热情友好、忠诚尽责、低人一等的，以及黑人奴隶是白人财产的这类观点实则是一种双重标准下的刻板认知。德拉诺并不反对奴隶制，而是视完美的主仆关系为理想状态，只要这种状态继续保持下去，社会就会平衡、和谐、稳定。也许德拉诺是个废奴主义者，但这并不妨碍他鄙视奴隶，也不妨碍他对白人和黑奴之间必须保持主仆间恰当距离的坚持。也就是说，"废除奴隶制是一回事，种族歧视则完全是另一回事"（叶英，2012：193）②。

梅尔维尔在小说中塑造的德拉诺是南北战争前北方白人的典型代表。当时的北方白人向来以一种普遍的成见来看待黑人，那就是他们"温顺、善良，不会有任何恶意，也不会采取任何需要智慧和周密计划的行动"（Simpson，1969：34）③。因此，头脑中对黑人带有根深蒂固"刻板印象"的人是很难预料甚至无法接受奴隶奋起反抗的。小说中的德拉诺直至故事发展到奴隶起义时才发现端倪，在某种程度上表达了梅

---

① 迈克尔·J. 克拉曼. 平等之路：美国走向种族平等的曲折历程［M］. 石雨晴，译. 北京：中信出版集团，2019.

② 叶英. 是废奴主义者，也是白人至上者——探析爱默生种族观的双重性［J］. 西南民族大学学报（人文社会科学版），2012（10）.

③ SIMPSON E E. Melville and the Negro：From Typee to "Benito Cereno"［J］. American Literature，1969，41（1）.

尔维尔对持有"刻板印象"的盲目乐观的白人发出的质疑，这种质疑
还在以切里诺为代表的白人对以巴波为代表的黑奴的看法上得到强化。
切里诺和其好友阿兰达曾认为黑人是奴隶、是顺从的、"易于管教"
（梅尔维尔，2015：221）的，因此无需戴上枷锁，也正是这种疏忽和
大意，才直接导致后来奴隶反叛，阿兰达被杀害，船只被攫取，主仆关
系被反转。

　　小说中另一个被加工的人物是黑奴巴波，他在《航行记》中只是
一个微不足道的黑人角色，且在第二次奴隶起义中就被白人船员杀死
了。但巴波在小说中却是黑人中最重要的角色，甚至在某种程度上可以
说是黑人"领袖"（Zuckert，1999：239)①。当"圣多明尼克号"经历
了第一次奴隶起义后，船只的实际掌控权落在巴波手中，他威胁切里诺
将船驾驶到塞内加尔。但当船上的黑人发现德拉诺船长驾驶的"单身
汉号"就在前方时，他们开始焦躁不安。这时，巴波让他们安静下来，
叫他们安心，不要害怕。接着，巴波对所有黑人同伴宣布了他的计划，
并策划了许多权宜之计。如为了避免让德拉诺看出端倪，巴波在德拉诺
上船前两小时内就做好如下安排：威胁切里诺把自己伪装成主人；安排
其他黑人互相配合，分别充当观察者、放哨者和保护者的角色。由于意
识到很多黑人会骚乱不安，巴波让四个做捻缝工的老黑人在甲板上维持
秩序，并不断给众人重复交代自己的计划，以防伪装不善而被人识破。
可见，巴波虽为黑人奴隶，但并不像当时大众"刻板印象"中的黑人
那样温顺谦逊，在面对压迫和奴役时，巴波并不屈服，一旦抓住机会，
他就通过智慧和冷静反仆为主。无论是巴波在起义时的快速行动力、冷

---

① ZUCKERT C H. Leadership – Natural and Conventional – in Melville's "Benito Cereno"
　　[J]. Interpretation, 1999, 26 (2).

静的处理态度，还是在发现"单身汉号"时的迅速反应和高效部署都令人吃惊。需要指出的是，这种反抗是黑人通过大脑而不是身体策划和领导的，也许他身体瘦弱①，但与白人相比，他的头脑和勇气都并不逊色。然而，必须明确的是，梅尔维尔在小说中将巴波刻画成如此机智英勇的形象并非意在烘托黑人的领袖素养，更不是表示对黑人的赞扬。相反，对黑人领袖素养和正面形象的刻画越细致，对黑人高智商的描述越形象，就越能侧面暗示白人所持"刻板印象"的致命错误，同时告诫读者，尤其是白人读者，即便存在奴役关系，任何被奴役的人都随时可能被激发自身的最大潜在能量，随时可能发起反抗。

可见，无论是德拉诺的"刻板印象"，还是切里诺等人所坚信的黑人已驯服等观点都对故事不可逆转的悲剧走向增添了合理的理由，而对巴波的形象的改写解构了白人读者对黑人的传统刻板认知。读者在故事中会下意识认识到，掉以轻心的白人惨遭黑人杀害，以及白人主人反被黑人奴隶压迫是咎由自取。如果无法改变这些长久以来存在的"刻板印象"和主观臆想，奴隶反叛事件和极端暴力事件就永远不会停止，而是愈演愈烈。

（三）叙述内容的刻意增减：对废奴问题的思考

梅尔维尔在《贝尼托·切里诺》中刻意增减了《航行记》中的许多内容，包括压缩黑人奴隶起义和白人船员镇压起义的具体细节，大量增加文字用以刻画切里诺和巴波复杂微妙的主仆关系。此外，梅尔维尔还改造了船只的细节，如船只攫取时间、船名及船体风格，以展露其创作意图。

---

① 小说中是这样形容巴波身体瘦弱的："一个来自塞内加尔的小黑人""一个身材矮小的黑人，长相粗鲁，如同一只牧羊犬"。

1. 压缩起义细节，增加关系刻画：对黑白二元对立的解构

小说《贝尼托·切里诺》中仅保留了《航行记》中两次黑人起义事件的原型，且起义的具体细节被删去大半。《航行记》开篇就对奴隶起义事件进行了直接描述。"西班牙船长跳上船，用西班牙语大声喊叫说，船上的奴隶已经起义，杀害了许多人"（Delano，1817：318 – 319）。接着就是对镇压起义场面进行详尽记录：

> 我们派了两艘装备精良、人员配备齐全的小船去追它（"特里尔号"）。这两艘船费了好大劲才登上那艘船，把它夺回。但不幸的是，在这件事上，我们的指挥官鲁弗斯·罗先生被一个奴隶用长矛刺伤，胸部受了重伤。我们还有一个人受了重伤，两三个人受了轻伤。更糟的是，那艘西班牙船的大副，在奴隶们的逼迫下，驾船驶出海湾，他受了两处重伤，一处是侧面受伤，一处是大腿受伤，都是被毛枪子弹击中的。船上有一个西班牙绅士，也被一颗火枪弹打死了。我们还没有正确地确定有多少奴隶被杀害；但我们相信有七个，而且受伤的人很多……（Delano，1817：319）

类似这样的激烈打斗场面占据《航行记》中事件记录的大部分篇幅，这符合《航行记》作为历史文本的特征，即通过清晰的文字表述，对历史事件进行翔实、全面、完整的记录。小说《贝尼托·切里诺》中却未保留这些内容，对第一次奴隶起义只用了寥寥两三页便一笔带过，起义场面也只有诸如"两只小船交替后退前进，轮流开火"（Mc-Call，2002：87）①，"大概有十几个黑人被杀死……在另一边，没有人

---

① MCCALL D. Melville's Short Novels ［M］. New York：W. W. Norton & Company，2002.

死亡，尽管有几位受伤；有些严重受伤，包括大副"（McCall，2002：88）这样简短模糊的描述。可见，梅尔维尔并没有详尽、生动地描绘黑人起义的场面。他通过在小说中压缩对起义具体细节的描述，刻意弱化了黑人起义事件本身，而将大量的文字放在《航行记》中记录极少的对巴波和切里诺主仆关系的描述上，可见其用意之深。

巴波和切里诺之间的主仆关系十分微妙复杂，经历了一次反转。二者的第一段主仆关系是白人主人和黑人奴隶之间"正常"的主仆关系，这段关系一直维系到巴波发现德拉诺。此后，巴波和切里诺的关系被人为反转成"不正常"的主仆关系，即看上去巴波是切里诺的奴隶，实则切里诺才是巴波的奴隶，受巴波的掌控。这段反转之后的关系在《航行记》中也提到了，但只是被一笔带过，而在小说中，由这段关系主宰的故事内容远远超过了整个小说一半的内容。那么，梅尔维尔为何花费如此多的笔墨来刻画这段反转了的主仆关系呢？

小说《贝尼托·切里诺》出版的时期正是美国历史上文学身份的建立期，受到欧洲经典作家影响的美国作家们极力展露自身的创作才华，试图共同构建美国文学的自身特色，在这一特色中十分鲜明的就是充满悬念的故事情节。无论是纳撒尼尔·霍桑的《带七个尖角阁的房子》，还是爱伦·坡的《厄舍府的倒塌》，都显露出这种充满悬念的哥特式叙事风格。梅尔维尔的作品也是如此，而这种风格尤其体现在小说《贝尼托·切里诺》中对巴波和切里诺关系的刻画上。读者在阅读这个故事时，会不由自主地产生好奇，为何作为主人的切里诺如此小心翼翼？为何熟练的奴隶巴波会"不小心"伤害到切里诺？为何切里诺和巴波的关系如此不自然？随着故事的进展，这些问题的答案慢慢浮出水面。原来读者心目中预先设定的主仆关系实际上是反向的，谜题解开之时正是作家创作意图得以展露之时。梅尔维尔通过大量文字深度描述了巴波和切里诺的复杂主仆关系，让读者在充满悬念刺激的故事情节中逐步发现，原来奴役关系并非只存在于白人对黑人的奴役，在某些时候，黑人也可能奴役白人。此外，这种奴役关系甚至远远超出奴隶制范畴，超出单纯的黑白二元对立，而上升到整个人类社会。梅尔维尔于 1949 年出版的长篇小说《玛迪》（*Mardi*）中的叙述者就曾在聆听神谕时注意到这么一句话："人类文明从来没有与自由平等称兄道弟。自由存在于山莽之中野鹰的巢穴，存在于蛮荒时期的原始部落。在那个时期，开化之人尚处在襁褓之中。"（麦尔维尔，2006：370）在 1951 年出版的《白鲸》（*Moby Dick*）中也有类似观点，如开篇时以实玛利的内心独白中有一句 "Who aint a slave?"（谁不是奴隶？），以及后来提道："人人都是这样那样受人奴役的——就是说，从形而下或者形而上的观点上都是受人奴役的……"（麦尔维尔，2006：6）可见，梅尔维尔并不仅仅在小说《贝尼托·切里诺》中表露出对人类中普遍存在的不平等和奴役关系的认知，这种对人类不平等和奴役关系的探讨在其多部作品中均有所体现，且这种奴役关系在梅尔维尔看来几乎是无法得到解决的，这也就是为何梅尔维尔的作品呈现出一种"悲观论调"（李维屏、张琳，2018：231）①。尽管梅尔维尔没有找到真正解决奴役关系的良方，但在对废奴主义的讨论日渐激烈的时代背景下，他还是给人们提供了建议，即白人应当始终保持清醒的头脑，不要活在自己对美好乌托邦式社会愿景的想象之中，并应告诫自己，黑人和白人之间的奴役关系会随时被颠倒，应认清人类社会普遍存在的奴役关系，这样才能直面奴隶起义和镇压奴隶起义所导致的诸多暴力行为。

---

① 李维屏，张琳. 美国文学思想史（上卷）［M］. 上海：上海外语教育出版社，2018.

2. 更改船只名称，重塑船体风格：废奴渐进主义的倾向

如前所述，小说《贝尼托·切里诺》中故事发生的场地——"圣多明尼克号"（San Dominick）在《航行记》中的真实名字为"特里尔号"（Tryal），梅尔维尔在小说中对船名做出的更改具有显著的象征意义。"圣多明尼克"与"圣多明戈"（San Domingo）是谐音，后者为一地名，原属西班牙，是西属西印度群岛的一部分，1697 年根据《里斯维克和约》，该地被割让给法国，成为法国在加勒比海地区的殖民地，之后便称为法属圣多明戈。1790 年，法属圣多明戈爆发了非裔美洲奴隶历史上规模最大、最重要的起义，直到 1803 年 11 月驱逐全部的法军，1804 年 1 月，法属圣多明戈宣布独立建国，成为一个独立的、由黑人统治的国家，即海地。而海地革命对美国产生了巨大影响，成千上万的当地奴隶主在革命爆发后移民到了美国，这引起了美国人的恐惧。直到 1860 年总统选举的时候，美国最高法院的大法官罗杰·坦尼（Roger Taney）还心有余悸地写道："我活了这么多年，可还能记得圣多明戈的恐怖。"（伯科维奇，2008：742）至于为何小说中的德拉诺没有识破这一点，恐怕是由于德拉诺的种族主义偏见和"刻板印象"根深蒂固，由于德拉诺身上固有的那种白人的盲目乐观自信，这"不仅使他低估了黑人的力量，而且连船的名字都没能让他想起'圣多明哥的恐怖'。（ibid）"

此外，《贝尼托·切里诺》中"圣多明尼克号"的船体、船身，甚至是船周围的环境都充斥着哥特式的荒凉风格和恐怖气氛。如德拉诺在遇到"圣多明尼克号"的那天，风平浪静，海面"纹丝不动"，就如同"一层在熔炉模具里冷却成型的波浪形铅金属"（梅尔维尔，2008：147-148）。接着，"圣多明尼克号"就缓慢出现在德拉诺的望远镜中，"船身一半被水汽覆盖，遥远的晨光穿过氤氲雾气照射在船上，整条船

半隐半现，很难看清楚"（ibid：148）。待到稍微靠近点，德拉诺才能看清：

> 少量雾气破布似的遮着它，看起来活像一座被暴风雨漂白的修道院，坐落在比利牛斯山某个昏暗的悬崖上……在远处透过薄雾看，舷墙上方隐隐约约好像是一群群穿着黑色斗篷的人。（ibid：149）

> ……城堡似的前甲板破损长霉，好像古老的炮楼，很久以前就被攻下了，然后任其腐朽。（ibid：150）

"圣多明尼克号"的船名是镀金的，因为"长铜钉锈滴下来，每一个字母都被腐蚀得锈迹斑斑；而那黑色穗边般的海草犹如哀悼的野草，随着那灵车般的船身反转，黏糊糊地在名字上前后扫掠着"（ibid：150 – 151）。不论是"圣多明尼克号"隐约出现时周围的环境被"灰色"覆盖，还是船身的"半隐半现"，甚或是船上停留的打着"瞌睡"的奇怪水鸟和"城堡似的""腐朽"的前甲板，包括船名的可怕字迹，所有描述都让这艘船被浓郁的哥特式恐怖气氛所包围。"尽管海地是许多废奴主义者的灵感来源，但对美国主流白人来说，'圣多明尼克号的恐怖'更为突出"（Hayes，2018：111）。的确，在小说《贝尼托·切里诺》出版后不久，就有一位读者说，他在阅读时会"对其中所包含的谜团的解答感到焦虑不安"（Higgins & Parker，1995：482）①，另一位则称其为"一部惊心动魄、诡异的故事，在午夜阅读，给强大的想

---

① HIGGINS B, PARKER H. Herman Melville：The Contemporary Reviews［M］. Cambridge：Cambridge University Press，1995.

象力以一种不舒服的感觉"（ibid：472），还有人说它是"一个让人读起来毛骨悚然的故事，就像阅读柯勒律治的《老水手》一样"（ibid：473）。梅尔维尔通过哥特式小说中常用的表现手法，将"圣多明尼克号"营造出一种恐怖、阴森的效果，成功地将以奴隶制为代表的人类奴役关系的"毁灭而成废墟的魔力和道德脆弱导致的危险结合了起来"（伯科维奇，2008：741）。正如小说中的德拉诺对过去的恐惧之情，使他害怕"圣多明尼克号"最终也会"像一座沉睡的火山……突然喷发出深藏的能量"（McCall，2002：56）。

　　梅尔维尔在小说《贝尼托·切里诺》中展示出其对废奴问题的具体思考，而这种思考是具有复杂性的。首先，梅尔维尔的岳父莱姆尔·肖（Lamuel Shaw）是当时马萨诸塞州最高法院首席大法官，同时也是著名的逃奴法案支持者。在梅尔维尔的作家职业生涯中，肖给了他巨大的帮助，这显然会影响梅尔维尔在小说中展现出的个人价值取向；其次，小说《贝尼托·切里诺》出版时（1956 年），美国正处于南北战争前的关键阶段，国内对废奴问题的争论甚嚣尘上，各派所持观点和立场相差巨大，如有以约翰·布朗（John Brown）为代表的激进政治废奴主义者（radical political abolitionists），也有以肖为代表的渐进废奴主义者（gradualists）。处于时代旋涡中的梅尔维尔自然无法忽视对这一问题的介入，无法避免参与对影响美国前途命运的奴隶制的评判，更无法逃脱对自己价值立场的界定。但通过他在小说中对船名的更改以及对船体风格的重塑不难看出，他被当时由奴隶制产生的混乱局势和不分肤色的流血惨状所威慑，不希望奴隶制继续存在下去，却也不希望美国像海地那样以血的代价迅速废除奴隶制。梅尔维尔也许是个废奴主义者，但绝不是坚定的废奴主义者，也不支持那些抱着实现完美主义或乌托邦愿景来废除罪恶的立即废奴主义（immediate abolitionism）模式。实际上，他在小说《贝尼托·切里诺》中试着探索了渐进主义（gradualism）和立即主义（immediatism）之间的紧张关系，并透露出自己对渐进主义的倾向，即通过缓慢的非暴力方式结束奴隶制来达到废奴目的。

阿德勒（Adler）曾指出："梅尔维尔的《贝尼托·切里诺》是美国内战前的神谕。"（Adler，1974：19）① 作为一个关于奴隶起义的故事，《贝尼托·切里诺》在美国南方对奴隶制主题的恐慌达到顶峰的时候出版具有重大意义，呼应了19世纪50年代在美国国内奴隶制矛盾日益激化的这一社会现象。梅尔维尔对历史文本《航行记》进行艺术加工，在小说中始终保持白人中心主义视角，通过使白人读者对黑人暴力反抗和由此引发的对白人世界的冲击感同身受，强化对奴隶制和奴役关系的批判，这是一种基于白人中心视角对白人世界稳定性的诉求。而德拉诺和巴波形象的改写解构了白人对黑人的传统刻板认知，强化了对"刻板印象"的驳斥，梅尔维尔意在指出，如果无法改变这种"刻板印象"的传统认知，奴隶反叛事件和极端暴力事件就永远不会停止，而是愈演愈烈。随时可被颠倒的主奴关系则迫使人们认清人类社会普遍存在的奴役关系，直面奴隶起义和镇压奴隶起义所导致的诸多暴力行为。梅尔维尔在小说《贝尼托·切里诺》中还透露出自己对废奴问题的渐进主义倾向，即通过缓慢的非暴力方式而非流血镇压的方式来结束奴隶制，从而达到废奴目的。如果说，文学作品的"审美价值产生于文本之间的冲突：实际发生在读者身上，在语言之中……在社会论争之中"（布鲁姆，2015：31）②，那么《贝尼托·切里诺》无疑具备文学的这种"审美价值"。

---

① ADLER J. Melville's Benito Cereno：Slavery and Violence in the Americas［J］. Science & Society，1974，38（1）.
② 哈罗德·布鲁姆. 西方正典［M］. 江宁康，译. 南京：译林出版社，2015.

结　语

综上所述，本书梳理了文学中的两种转向："空间及空间转向"（第一章）、"图画转向"（第二章），并对文学中古已有之，现在又重新回到大众视野的一个词 ekphrasis 展开分析（第三章），分别对弗兰克、佐伦、索亚、米切尔等人的空间理论展开论述，对空间转向后形成的空间叙事学和文学地理学进行探讨；围绕视觉文化研究和米切尔的图像理论展开讨论，分析了视觉文化研究的概念与内涵、视觉文化的研究对象、视觉文化的研究方法及思路，对米切尔的三个重要关键词：图像、图画、意象进行阐释，澄清关键词之间的差异与使用语境，同时对元图画和元－元图画这两个米切尔创造的新词做出介绍；在"米切尔意象理论中的生物图画"一节，将分别阐释多利羊、双子塔、恐龙、金牛犊所分别象征的意象复制的恐慌、意象毁灭的恐惧、图腾特征、偶像崇拜与偶像破坏的不同内涵；对 ekphrasis 的概念内涵、研究对象、三个阶段进行梳理，并给出三个用 ekphrasis 方法进行文本分析，探讨文本主题，解读文本内涵的案例。

文学研究无法脱离现实语境，形成于其他学科领域的一些转向和思潮层出不穷，如生态主义、伦理批评、主题批评等，旧的文学理论或批评方式被逐渐遗忘甚至取代。在这种情况下，学界对文学的看法也发生了变化。越来越多的学者开始使用日新月异的批评视角或研究理论对文本展开分析，取得了不少颇有建树的研究成果，丰富了文学研究的广度与深度，搭建了文学研究的强大基石。但任何事物都有双面性，如果说当下海量的文学研究成果得益于不断发展和革新的文学视角和批评视域，那么就容易存在"知其然不知其所以然"的情况，即听说过某种批评视角，对它却了解不深、不透彻，甚至存在错误和狭隘的认识，这样不仅无益于整体的文学研究，而且会使文学研究剑走偏锋。

因此，笔者认为，无论我们选择何种研究理论或批评视角，首先应对其有着客观、全面、深入、准确的认识，在这种认识的基础之上，对文学文本展开地毯式分析，结合适宜文本本身的研究方法，从而得出有见地的结论。这样才能使文学研究在不断更新换代的时代背景下，获得新的生机，得到长足发展；才能使被分析的文学文本逐渐成为文学经典，为后人的研究留下一片绿地。

参考文献

中文参考文献

［1］阿道斯·赫胥黎. 美妙的新世界［M］. 李和庆，译. 上海：上海文艺出版社，2015.

［2］艾伦·布林克利. 美国史［M］. 陈志杰，杨天旻，王辉等，译，北京：北京大学出版社，2019.

［3］爱德华·W. 苏贾. 第三空间——去往洛杉矶和其他真实和想象地方的旅程［M］. 陆扬，译. 上海：上海教育出版社，2005.

［4］埃德加·爱伦·坡. 乌鸦［M］. 曹明伦，译. 南昌：江西人民出版社，2017.

［5］陈霖. 文学空间的转型与裂变［M］. 合肥：安徽大学出版社，2004.

［6］但丁. 神曲［M］. 朱维基，译. 上海：上海译文出版社，2013.

［7］段波. 詹姆斯·库柏的海洋书写与国家想象［M］. 北京：科学出版社，2019.

［8］段炼. 艺术学经典文献导读书系：视觉文化卷［M］. 北京：

北京师范大学出版社，2012.

［9］范景中，曹意强．美术史与观念史［M］．南京：南京师范大学出版社，2007.

［10］冯泽辉．美国文化综述［M］．成都：四川人民出版社，2002.

［11］福斯特．小说面面观［M］．冯涛，译．上海：上海译文出版社，2019.

［12］哈罗德·布鲁姆．西方正典［M］．江宁康，译．南京：译林出版社，2015.

［13］赫尔曼·麦尔维尔．玛迪［M］．于建华，季小明，仇湘云，译．北京：文化艺术出版社，2006.

［14］赫尔曼·麦尔维尔．泰比［M］．马慧琴，舒程，译．北京：文化艺术出版社，2011.

［15］赫尔曼·麦尔维尔．白鲸［M］．曹庸，译．武汉：长江文艺出版社，2012.

［16］赫尔曼·梅尔维尔．水手比利·巴德——梅尔维尔中短篇小说精选［M］．陈晓霜，译．北京：新华出版社，2015.

［17］荷马．伊利亚特［M］．罗念生，王焕生，译．上海：上海人民出版社，2016.

［18］亨利·戴维·梭罗．瓦尔登湖［M］．徐迟，译．上海：上海译文出版社，2009.

［19］理查德·豪厄尔斯．视觉文化［M］．葛红兵，等译．南京：译林出版社，2014.

［20］李维屏，张琳，等．美国文学思想史（上卷）［M］．上海：上海外语教育出版社，2018.

［21］罗伊·W. 康奈尔．美国海军礼仪、传统与习惯［M］．仇

昊，译．北京：海潮出版社，2009.

[22] 迈克尔·J. 克拉曼．平等之路：美国走向种族平等的曲折历程 [M]．石雨晴，译．北京：中信出版集团，2019.

[23] 莫里斯·哈布瓦赫．论集体记忆 [M]．毕然，郭金华，译．上海：上海人民出版社，2002.

[24] 诺玛·谢德曼．普通心理学实验 [M]．芝加哥：芝加哥大学出版社，1939.

[25] 青木．世界名画中国名画（超值全彩白金版）[M]．北京：中国华侨出版社，2013.

[26] 萨克文·伯科维奇．剑桥美国文学史（第二卷）[M]．史志康等，译．北京：中央编译出版社，2008.

[27] 塞得瑞克·沃茨．康拉德文学传记 [M]．安宁，译．南京：江苏人民出版社，2017.

[28] 陶礼天．文学与地理——中国文学地理学略说 [M]．北京：北京大学出版社，1998.

[29] 王安，罗怿，程锡麟．语象叙事研究 [M]．北京：科学出版社，2019.

[30] 托马斯·潘恩．常识 [M]．北京：中国对外翻译出版公司，2010.

[31] 汪家明．线条——斯坦伯格的世界 [M]．北京：生活·读书·新知 三联书店，2018.

[32] 约翰·济慈．济慈诗选 [M]．屠岸，译．北京：外语教学与研究出版社，2011.

[33] 曾大兴．文学地理学概论 [M]．北京：商务印书馆，2017.

[34] 詹姆斯·费尼莫尔·库柏．领航人 [M]．饶建华，译．长

沙：湖南人民出版社，1984.

[35] 詹姆斯·费尼莫尔·库珀. 最后的莫西干人 [M]. 张顺生，译. 广州：花城出版社，2014.

[36] 张冲. 新编美国文学史 [M]. 上海：上海外语教育出版社，2001.

[37] 张友伦. 美国通史（第二卷）：美国的独立和初步繁荣1775—1860 [M]. 北京：人民出版社，2002.

[38] 约瑟夫·康拉德. 康拉德小说选 [M]. 袁家骅，译. 上海：上海译文出版社，1985.

[39] 安宁. 失落中的真实：康拉德小说《阴影线》中的有机共同体思考 [J]. 英美文学研究论丛，2018（5）：109 – 125.

[40] 段波. 库柏的海洋文学作品与国家建构 [J]. 外国文学评论，2011（1）：90 – 98.

[41] 段波. 库柏海洋小说中的海权思想 [J]. 外国文学，2011（5）：96 – 103.

[42] 段波. 库柏小说中的海洋民族主义思想探析 [J]. 外国文学研究，2011（5）：99 – 106.

[43] 段波. 论库柏小说中的海洋文化型构 [J]. 首都师范大学学报（社会科学版），2014（3）：115 – 120.

[44] 段波. 忠诚还是背叛——论库柏《领航人》中的伦理两难及其历史隐喻 [J]. 外国文学研究，2013（5）：101 – 110.

[45] 段波. 从陆地到海洋——库柏小说中的边疆及其国家意识的演变 [J]. 外国文学研究，2017（3）：92 – 103.

[46] 段汉武，魏祯. 康拉德海洋小说中的帝国意识 [J]. 宁波大学学报（人文科学版），2013（2）：1 – 4.

213

[47] 方英．理解空间：文学空间叙事研究的前提 [J]．湘潭大学学报（哲学社会科学版），2013 (2)：102 - 105.

[48] 方英．绘制空间性：空间叙事与空间批评 [J]．外国文学研究，2018 (5)：114 - 124.

[49] 郭方云．英美文学空间诗学的亮丽图景：文学地图研究 [J]．外国文学，2013 (6)：110 - 117.

[50] 郭方云．文学地图 [J]．外国文学，2015 (1)：111 - 119.

[51] 韩敏中．黑奴暴动和"黑修士"——在后殖民语境中读麦尔维尔的《贝尼托·塞莱诺》[J]．外国文学评论，2005 (4)：83 - 98.

[52] 胡亚敏．麦尔维尔《贝尼托·塞莱诺》中的"恶"[J]．外国语言文学，2014 (2)：124 - 131.

[53] 侯杰．美国 19 世纪的文学地图对美国海洋空间建构的作用 [J]．国外文学，2018 (2)：37 - 45.

[54] 黄叶青．海洋小说《领航人》中的空间书写与身份认同 [J]．浙江海洋学院学报（人文科学版），2016 (1)：26 - 29.

[55] 龙迪勇．寻找失去的时间——试论叙事的本质 [J]．江西社会科学，2000 (9)：48 - 53.

[56] 龙迪勇．反叙事：重塑过去与消解历史 [J]．江西社会科学，2001 (2)：7 - 14.

[57] 龙迪勇．叙事学研究之五梦：时间与叙事 [J]．江西社会科学，2002 (8)：22 - 35.

[58] 龙迪勇．叙事学研究的空间转向 [J]．江西社会科学，2006 (10)：61 - 72.

[59] 龙迪勇．空间叙事学：叙事学研究的新领域 [J]．天津师范大学学报（社会科学版），2008 (6)：54 - 60.

［60］龙迪勇. 空间问题的凸显与空间叙事学的兴起［J］. 上海师范大学学报（哲学社会科学版），2008（6）：64－71.

［61］李宏. 瓦萨里《名人传》中的艺格敷词及其传统渊源［J］. 新美术，2003（3）：34－45.

［62］李剑鸣. 美国独立战争爆发前的政治辩论及其意义［J］. 历史研究，2000（4）：74.

［63］李骁. 艺格敷词的历史及功用［J］. 中国美术学院学报，2018（1）：50－61.

［64］林元富. 德拉诺船长和"他者"：评麦尔维尔的中篇小说《贝尼托·切雷诺》［J］. 外国文学，2004（2）：80－85.

［65］刘丽芳，李正栓. 莱辛《天黑前的夏天》中的女性成长主题研究［J］. 当代外国文学，2016（1）：114－119.

［66］梅新林. 文学地理学的学科建构［J］. 华中师范大学学报（人文社会科学版），2012（4）：92－98.

［67］梅新林. 文学地理学：基于"空间"之维的理论建构［J］. 浙江社会科学，2015（2）：122－136.

［68］欧荣. 说不尽的《七湖诗章》和"艺格符换"［J］. 英美文学研究论丛，2013（18）：229－249.

［69］彭建辉. 赫尔曼·麦尔维尔短篇小说的真实性建构［J］. 江西师范大学学报（哲学社会科学版），2014（6）：73－78.

［70］彭建辉，王璞.《贝尼托·切雷诺》中的"黑与白"［J］. 外国文学研究，2008（4）：107－111.

［71］强乃社. 空间转向及其意义［J］. 学习与探索，2011（3）：14－20.

［72］裘禾敏.《图像理论》核心术语 ekphrasis 汉译探究［J］.

中国翻译, 2017 (2): 87 – 92.

[73] 芮渝萍, 范谊. 认知发展: 成长小说的叙事动力 [J]. 外国文学研究, 2007 (6): 29 – 35.

[74] 申丹. 对叙事视角分类的再认识 [J]. 国外文学, 1994 (2): 65 – 74.

[75] 申丹. 视角 [J]. 外国文学, 2004 (3): 52 – 61.

[76] 王安. 论空间叙事学的发展 [J]. 社会科学家, 2008 (1): 142 – 145.

[77] 王安. 语象叙事: 历史、定义与反思 [J]. 叙事理论与批评的纵深之路, 2015 (00): 107 – 117.

[78] 王安, 程锡麟. 西方文论关键词: 语象叙事 [J]. 外国文学, 2016 (4): 77 – 87.

[79] 王东. 抽象艺术"图说"(Ekphrasis) 论——语图关系理论视野下的现代艺术研究之二 [J]. 艺术探索, 2014 (3): 88 – 93.

[80] 王松林, 李洪琴. 海洋: 一面映照自我的镜子——论康拉德的小说《阴影线》的自我意识 [J]. 宁波大学学报 (人文科学版), 2010 (2): 35 – 40.

[81] 王霞. 道德上的发现应该是每一个故事的目标——从《阴影线》看康拉德的道德观 [J]. 黄山学院学报, 2011 (2): 79 – 81.

[82] 叶英. 是废奴主义者, 也是白人至上者——探析爱默生种族观的双重性 [J]. 西南民族大学学报 (人文社会科学版), 2012 (10): 193 – 198.

[83] 余新明. 小说叙事研究的新视野——空间叙事 [J]. 沈阳大学学报, 2008 (2): 79 – 82.

[84] 张友伦. 评价美国西进运动的几个问题 [J]. 历史研究,

1984（3）：166 – 181.

[85] 曾大兴 . 建设与文学史学科双峰并峙的文学地理学科——文学地理学的昨天、今天和明天 [J] . 江西社会科学，2012（1）：5 – 13.

[86] 张云雷 . 黑人的平等人性和政治智慧——《切雷诺》中的革命 [J] . 沈阳大学学报（社会科学版），2017（4）：496 – 500.

[87] 赵海平 . "简洁"而又"复杂"：一幅中国写意画——解读约瑟夫·康拉德的《阴影线》 [J] . 哈尔滨学院学报，2006（10）：92 – 97.

[88] 邹建军 . 文学地理学研究的主要领域 [J] . 世界文学评论，2009（1）：41 – 46.

[89] 邹建军，周亚芬 . 文学地理学批评的十个关键词 [J] . 安徽大学学报（哲学社会科学版），2010（2）：35 – 43.

[90] 邹建军 . 我们应当如何开展文学地理学研究 [J] . 江汉论坛，2013（3）：23 – 29.

[91] 胡晓梅 . 列斐伏尔空间生产理论研究 [D] . 开封：河南大学，2020.

[92] 张陟 . 国家如船：美国内战之前的航海叙事与国家想象[D] . 杭州：浙江大学，2017.

[93] 梅新林 . 中国文学地理学导论 [N] . 文艺报，2006 – 06 – 01（6）.

英文参考文献

[1] ATHENCUE M. The Contemporary Reviews of Mardi [M] // Mardi：A Voyage Thither. New York：Harper & Brother Publishers, 1849.

[2] ASSMANN J. Cultural Memory and Early Civilization：Writing,

Remembrance and Political Imagination [M]. Cambridge: Cambridge University Press, 2011.

[3] BAL M. Over – Writing as Un – Writing: Descriptions, World – Making and Novelistic Time [M] //BAL M. Narrative Theory: Critical Concepts in Literary and Cultural Studies (Volume I: Major Issues in Narrative Theory) London: Routledge, 2004.

[4] BAYM N. The Norton Anthology of American Literature (Vol B) [M]. New York: Norton & Company, 2007.

[5] BELSEY C. Textual Analysis as a Research Method [M] // GRIFFIN G. Research Methods for English Studies. Edinburgh: Edinburgh University Press, 2005.

[6] ROBBE – GRILLET A. Pour un nouveau roman [M]. Paris: Les Editiions de Minuit, 1963: 164.

[7] BULSON E. Novels, Maps, Modernity: The Spatial Imagination, 1850—2000 [M]. New York: Routledge, 2007.

[8] COMETA M. From Image/Text to Biopictures: Key Concepts in W. J. T. Mitchell's Image Theory [M] //PURGAR K. W. J. T. Mitchell's Image Theory: Living Pictures. New York and London: Routledge Taylor & Francis Group, 2017: 117 – 137.

[9] COOPER J F. The Pilot: A Tale of the Sea [M] //HOUSE K S. Albany: State University of New York Press, 1986.

[10] DELANO A. A Narrative of Voyages and Travels in the Northern and Southern Hemispheres [M]. Boston: E. G. House, 1817.

[11] ELKINS J. Visual Literacy [M]. New York and London: Routledge, 2007.

［12］ FHILBRICK T. James Fenimore Cooper and the Development of American Sea Fiction ［M］. Cambridge：Harvard University Press，1961.

［13］ FOSTER T. How to Read Novels Like a Professor ［M］. New York：Harper，2008.

［14］ GOMEL E. Narrative Space and Time Representing Impossible Topologies in Literature ［M］. New York：Routledge，2014.

［15］ GORI F. What is an Image? W. J. T. Mitchell's Picturing Theory ［M］//PURGAR K. W. J. T. Mitchell's Image Theory：Living Pictures. New York & London：Routledge，2017.

［16］ GWINN R P, NORTON P B, GOETZ P W. The New Encyclopædia Britannica ［M］. Chicago：Encyclopaedia，Inc，1989.

［17］ HAGSTRUM J. The Sister Arts：The Tradition of Literary Pictorialism in English Poetry from Dryden to Gray ［M］. Chicago：University of Chicago Press，1958.

［18］ HARRIS N. Building Lives ［M］. New Haven，CT：Yale University Press，1999.

［19］ HAWTHORNE N. Greek Myths：A Wonder Book for Girls and Boys ［M］. New York：Barnes & Noble，Inc，2012.

［20］ HAYES K J. The Cambridge Introduction to Herman Melville ［M］. Cambridge：Cambridge University Press，2007.

［21］ HAYES K J. Herman Melville in Context ［M］. Cambridge：Cambridge University Press，2018.

［22］ HEFFERNAN J A W. Museum of Words：The Poetics of Ekphrasis from Homer to Ashbery ［M］. Chicago，IL&London，UK：University of Chicago Press，1993.

[23] HIGGINS B, PARKER H. Herman Melville: The Contemporary Reviews [M]. Cambridge: Cambridge University Press, 1995

[24] KRIEGER M. Ekphrasis: The Illusion of the Natural Sign [M]. Baltimore and London: The Johns Hopkins University Press, 1992.

[25] KOOPMAN N. Ancient Greek Ekphrasis: Between Description and Narration; Five Linguistic and Narratological Case Studies [M]. Leiden: Brill Sense and Hotei Publishing, 2018.

[26] LEFEBVRE H. The Production of Space, Trans. Donald Nicholson‑Smith [M]. Oxford: Basil Blackwell Ltd, 1991.

[27] LESLIE J, STUCKEY S. The Death of Benito Cereno: A Reading of Herman Melville on Slavery: The Revolt on Board the Tryal [J]. The Journal of Negro History, 1982, 67 (4): 287 – 301.

[28] MARCUS M. What Is an Initiation Story [M] //COYLE W. The Young Man in American Literature: The Initiation Theme. New York: The Odyssey Press, 1969: 32.

[29] MCCALL D. Melville's Short Novels [M]. New York: W. W. Norton & Company, 2002.

[30] MELVILLE H, TANSELLE G, AERSHEL P, et al. The Confidence – Man, His Masquerade: Writings of Herman Melville [M]. Evanston: Northwestern University Press, 1984.

[31] MELVILLE H. Moby Dick; or, The Whale [M] //HUTCHINS R M. Great Books of The Western World. Chicago: William Benton, Publisher, 1986.

[32] MICHAEL P R. Subversive Genealogy: The Politics and Art of Herman Melville [M]. New York: Alfred A. Knopf, Inc, 1983.

[33] MITCHELL W J T. Picture Theory: Essays on Verbal and Visual Representation [M]. Chicago: The University of Chicago Press, 1994.

[34] MITCHELL W J T. What Do Pictures Want? [M]. Chicago: The University of Chicago Press, 2005.

[35] PARINI J. The Oxford Encyclopedia of American Literature (Volume 1) [M]. Shanghai: Shanghai Foreign Language Education Press, 2011.

[36] PEACHAM H. The Garden of Eloquence [M]. London: Hugh Jackson, 1593.

[37] PURGAR K. W. J. T. Mitchell's Image Theory: Living Pictures [M]. New York & London: Routledge, 2017.

[38] RAHV P. Literature and the Sixth Sense [M]. London: Faber and Faber, 1970.

[39] ROBERT S L, KRUPAT A. The Norton Anthology of American Literature (Volume B) [M]. New York & London: W. W. Norton & Company, 2007.

[40] SCOTT G F. The Sculpted Word: Keats, Ekphrasis, and the Visual Arts [M]. Hanover, NH, and London: University Press of New England, 1994.

[41] SHANNON F A. American Famers' Movements [M]. New York: Van Nostrand, 1957.

[42] SPITZER L. The "Ode on a Grecian Urn", or Content vs. Metagrammar [M] //HATCHER A. Essays on English and American Literature. Princeton: Princeton University Press, 1962: 72 – 73.

[43] STERLING L A. How to Write about Herman Melville [M].

New York: Bloom's Literary Criticism, 2009.

[44] SLOANE T O. Encyclopedia of Rhetoric [M]. Oxford: Oxford University Press, 2001.

[45] THOREAU H D. Walden [M]. Beijing: Foreign Languages Press, 2013.

[46] WALKER J, CHAPLIN S. Visual Culture: An Introduction [M]. Manchester: Manchester University Press, 1997.

[47] ADLER J. Melville's Benito Cereno: Slavery and Violence in the Americas [J]. Science & Society, 1974, 38 (1): 19 – 48.

[48] ALLAN M E. "Benito Cereno" and Manifest Destiny [J]. Nineteenth – Century Fiction, 1984, 39 (1): 48 – 68.

[49] ARVIN N. Melville's Mardi [J]. American Quarterly, 1950, 2 (1): 71 – 81.

[50] POLLIN B R. Additional Unrecorded Reviews of Melville's Books [J]. Journal of American Studies, 1975, 9 (1): 55 – 68.

[51] CUNNINGHAM V. Why Ekphrasis? [J]. Classical Philology, 2007, 102 (1): 57 – 71.

[52] EISNER J. Introduction: The Genres of Ekphrasis [J]. Ramus, 2002, 31: 1 – 18.

[53] FRANCIS J A. Metal Maidens, Achilles' Shield, and Pandora: The Beginnings of "Ekphrasis" [J]. The American Journal of Philology, 2009, (130) 1: 4.

[54] FRANK J. An Answer to Critics [J]. Critical Inquiry, 1977, 4 (2): 231 – 252.

[55] FRANK J. Some Further Reflections [J]. Critical Inquiry,

1978, 5 (2): 275 – 290.

[56] GRAHAM P. The Riddle of Melville's "Mardi": A Re – Interpretation [J]. Texas Studies in English, 1957, 36: 93 – 99.

[57] HONES S. Literary geography: setting and narrative space [J]. Social & Cultural Geography, 2011, 12 (7): 685 – 699.

[58] HEFFERNAN J A W. Ekphrasis and Representation [J]. New Literary History, Probings: Art, Criticism, Genre 1991, 22 (2): 297 – 316.

[59] JAMES E M, Jr. The Many Masks of "Mardi" [J]. The Journal of English and Germanic Philology, 1959, 58 (3): 400 – 413.

[60] KAPLAN S. Herman Melville and the American National Sin: The Meaning of Benito Cereno [J]. The Journal of Negro History, 1956, 41 (4): 311 – 338.

[61] KORON A. Narrative space in Ian McEwan's Saturday: A narratological perspective [J]. Frontiers of Narrative Studies, 2018, 4 (2): 359 – 373.

[62] MICHAEL P R. Melville's "Mardi": One Book or Three? [J]. Studies in the Novel, 1978, 10 (4): 411 – 419.

[63] MITCHELL W J T. What Do Pictures Really Want? [J]. 1996, 77: 71 – 82.

[64] PAUL D J. American Innocence and Guilt: Black – White Destiny in "Benito Cereno" [J]. Phylon, 1975, 36 (4): 426 – 434.

[65] SCOTT G F. Ekphrasis [J]. European Romantic Review, 1992, 3 (2): 215 – 224.

[66] SCOTT G F. Shelley, Medusa, and the Perils of Ekphrasis [J]. Studies in comparative literature, 1996 (6): 315 – 332.

[67] SCUDDER H H. Melville's Benito Cereno and Captain Delano's

Voyages [J]. PMLA, 1928, 43 (2): 502 – 532.

[68] SIMPSON E E. Melville and the Negro: From Typee to "Benito Cereno" [J]. American Literature, 1969, 41 (1): 19 – 38.

[69] STAUFFER J. Slavery and the American Dilemma [J]. English and American Literary Studies, 2017 (2): 84 – 111.

[70] TRUMBO J. Visual Literacy and Science Communication [J]. Science Communication, 1999 (20): 409 – 425.

[71] WALKER J. Visual Culture and Visual Culture Studies [J]. The Art Book, 1998, 5 (1): 14 – 16.

[72] WEBB R. Ekphrasis Ancient and Modern: The invention of a genre [J]. Word & Image: A Journal of Verbal/Visual Enquiry, 1999, 15 (1): 7 – 18.

[73] WELSH H. The Politics of Race in "Benito Cereno" [J]. American Literature, 1975, 46 (4): 556 – 566.

[74] WILLIAMS G J. Narrative Space, Angelic Revelation, and the End of Mark's Gospel [J]. Journal for the Study of the New Testament, 2013, 35 (3): 263 – 284.

[75] ZORAN G. Towards a Theory of Space in Narrative [J]. Poetics Today 1984, 5 (2): 309 – 335.

[76] ZUCKERT C H. Leadership – Natural and Conventional – in Melville's "Benito Cereno" [J]. Interpretation, 1999, 26 (2): 239 – 255.

[77] SEARS M J. Herman Melville's Mardi: The Biography of a Book [D]. New York: Yale University, 1947.

[78] STAUFFER J. Herman Melville and Race: Themes And Imagery [D]. New York: New York University, 1972.